Andrea Camilleri

Die sizilianische Oper

Andrea Camilleri

Die sizilianische Oper

Roman

Aus dem Italienischen von
Monika Lustig

Piper
München Zürich

Die Originalausgabe erschien 1995 unter dem Titel »Il birraio di Preston« bei Sellerio in Palermo. Die Übersetzerin dankt Francesco Gambaro für seine wertvolle Hilfe bei sizilianischen Wortergründungen.

Von Andrea Camilleri liegen im Piper Verlag außerdem vor:
Jagdsaison
Das launische Eiland
Hahn im Korb
Eine Sache der Ehre

ISBN 3-492-04401-8
Sonderausgabe 2002

Umschlaggestaltung: R·M·E
Roland Eschlbeck/Katharina Steinmetz
Umschlagabbildung: Detail aus dem Gemälde »Die Schlüsselübergabe« von Perugino, um 1483 (Sixtinische Kapelle in Rom)
Gesetzt aus der Garamond-Antiqua
Satz: Uhl + Massopust, Aalen
Druck und Bindung: Clausen & Bosse, Leck
Printed in Germany

www.piper.de

Die Nacht war zum Fürchten

Die Nacht war zum Fürchten. Ein gewaltiger Donnerschlag brachte die Fensterscheiben zum Klirren und schreckte den knapp zehnjährigen Gerd Hoffer aus dem Schlaf. Im selben Augenblick spürte er, daß er dringend mußte. Das mit der schwachen Blase war eine alte Geschichte: die Ärzte hatten dem Knaben eine angeborene Nierenfunktionsstörung diagnostiziert, und Bettnässen war also etwas ganz Natürliches bei ihm. Doch sein Vater, der Bergbauingenieur Fridolin Hoffer, war auf dem Ohr taub: es ließ ihm keine Ruhe, einen solchen Nichtsnutz von deutschem Sohn in die Welt gesetzt zu haben. Er war der Meinung, daß hier keine medizinische Behandlung, sondern eine feste Hand zur Stärkung der Willenskraft angesagt sei. So machte er sich jeden von Gott gewollten Morgen daran, das Bett des Sohns zu untersuchen: er lüpfte die Decke oder das Leintuch, je nach Jahreszeit, ließ die inquisitorische Hand darunter gleiten ... und stieß unweigerlich auf etwas Feuchtes. Darauf versetzte er dem Kind eine saftige Ohrfeige, auf daß die getroffene Wange anschwoll wie ein Klumpen Hefeteig. Um zumindest an diesem Morgen der Bestrafung durch die väterliche Hand zu entgehen, erhob sich Gerd in der Dunkelheit, die von Blitzen erleuchtet war, und machte sich tapsend auf den Weg in Richtung Abort. Das Herz schlug ihm bis zum Halse aus Angst vor lauernden Gefahren und Überraschungen auf seiner nächtlichen Wanderung. Einmal war ihm eine Eidechse die Beine hinaufgekrochen, und ein andermal war er mit nacktem Fuß auf einen Käfer getreten… Beim bloßen Gedanken an das glitschige Geräusch beim Zerquetschen drehte sich ihm heute noch der Magen um.

Am Abtritt angelangt, rollte er das Nachthemd bis zum Bauchnabel hoch und begann, Wasser zu lassen. Dabei blickte er wie immer durch das niedere Fenster in Richtung Vigàta und das Meer, einige Kilometer von Montelusa entfernt. Jedesmal geriet er in große Erregung, wenn er in der Ferne auf dem Wasser das schwache Licht einer Karbidlampe eines vereinzelten Fischerkahns auf Nachtfang gewahrte. Dann setzte mit einem Schlag eine Musik in seinem Kopf ein, Empfindungen ballten sich zusammen, die er nicht aus sich herausbrachte, seltene Worte kamen ihm in den Sinn und funkelten wie Sterne am tiefschwarzen Himmel. Schweiß trat ihm aus den Poren, und wenn er wieder im Bett lag, konnte er kein Auge schließen. Hin und her wälzte er sich, bis das Bettuch zu einem Strick geworden war. In einigen Jahren würde er Dichter und Schriftsteller sein. Aber noch ahnte er nichts davon.

In jener Nacht war es anders. Inmitten von Blitzen und Donnerschlägen, die ihn zugleich ängstigten und faszinierten, bot sich seinen Augen ein noch nie gesehener Anblick. Über Vigàta stand die Morgendämmerung oder etwas Ähnliches am Himmel, was mit absoluter Sicherheit nicht der Fall sein konnte und durfte. Hatte der Vater ihm doch mit teutonischer Genauigkeit bis in alle wissenschaftliche Einzelheiten erklärt, daß das Tageslicht auf der gegenüberliegenden Seite entstand, was vom großen Fenster des Speisesaals aus zu beobachten war. Er sah genauer hin. Da war kein Zweifel: ein rötlicher Halbmond bedeckte den Himmel über Vigàta, in seinem Widerschein waren sogar die Umrisse der Häuser zu erkennen, die oberhalb des Orts auf der Lanterna-Ebene standen.

Aus Erfahrung wußte er, wie gefährlich es war, den Vater aus dem Tiefschlaf zu wecken. Doch er befand, daß die Sache es dieses Mal wert sei. Zweierlei konnte nämlich der Fall sein: entweder war die Erdkugel es leid geworden, sich immer in dieselbe Richtung zu drehen, und hatte nun ihre Bahn geändert (bei dieser Vorstellung schwindelte ihm, dem geborenen Dichter und Schriftsteller, vor lauter Aufregung), oder sein Vater hatte ein einziges Mal seiner gewaltigen Unfehlbarkeit nicht entsprechen können (und diese Annahme brachte ihm, dem Sohn, den Kopf erst recht zum Glühen). Er lenkte seine Schritte hin zum väterlichen Gemach und war froh, daß seine Mutter nicht da war, sondern in Tübingen der Großmutter Wilhelmine zur Seite stand. Auf der Schwelle schon schlug ihm das ohrenbetäubende Schnarchen des Ingenieurs entgegen, eines einhundertzwanzig Kilogramm schweren und knapp zwei Meter großen Kolosses mit roten Stoppelhaaren und einem riesigen, ebenfalls roten Schnauzer. Er tippte den lärmenden Fleischberg an und zog schleunigst die Hand wieder zurück, als hätte er sich verbrannt.

»He?« machte der Vater, die Augen weit aufgerissen ob seines leichten Schlafs.

»Vater«, murmelte Gerd.

»Was ist denn? Was gibt's?« fragte der Ingenieur und zündete ein Streichholz für die Lampe auf der Kommode an.

»Heute nacht kommt Licht aus Vigàta.«

»Licht? Was für ein Licht denn? Morgenröte?«

»Ja, Vater.«

Ohne eine Silbe zu sagen, bedeutete der Ingenieur dem Sohn, näher zu kommen, und einmal in Reichweite, verpaßte er ihm eine dröhnende Ohrfeige.

Der Bursche schwankte, hielt sich die Wange, ließ sich aber nicht beirren. Hartnäckig wiederholte er:

»Ja, Herr Vater, in Vigàta dämmert es.«

»Geh sofort auf dein Zimmer!« herrschte der Ingenieur ihn an, der sich niemals unter den vermeintlich unschuldigen Augen des Sohnes im Nachtgewand zeigen würde.

Gerd gehorchte. Es mußte schon etwas Seltsames geschehen sein, dachte der Ingenieur, während er sich den Hausrock überzog und zum Abtritt ging. Ein einziger Blick genügte ihm. In Vigàta war nicht die Morgenröte, sondern ein Brand, und zwar ein recht großer, ausgebrochen. Spitzte man die Ohren, war sogar das verzweifelte Glockengeläute einer Kirche zu hören.

»Mein Gott!« stieß der Ingenieur atemlos heraus. Freudengebrüll und Entzückensschreie nur mühsam zurückhaltend, kleidete er sich in fieberhafter Eile an, öffnete die Schublade des Schranks, zog eine große vergoldete Trompete mit Tragriemen heraus, stürzte aus dem Haus und vergaß sogar, die Tür hinter sich zu schließen.

Auf der Straße hob er zu einem langgezogenen Freudengewieher an und nahm die Beine unter den Arm. Endlich würde er Gelegenheit haben, das geniale Feuerlöschgerät einzuweihen, das nach seinen Entwürfen in langen Monaten hingebungsvoller Arbeit außerhalb der Arbeitszeit im Bergwerk entstanden war und das er patentieren lassen wollte. Es handelte sich um einen länglichen Handkarren ohne Seitenwände, auf dessen Tragfläche eine schwere Eisenplatte eingelassen war. Auf dieser Platte war eine Art riesiger Brennkolben aus Kupfer fest verankert, der mit einem zweiten, wesentlich kleineren Kolben verbunden war, unter dem sich ein eiserner, oben offener Kasten befand, der als Heizkessel diente. Der kleine, mit Wasser gefüllte Brennkolben – und das war der wunderbaren Erfindung Papins zu verdanken – produzierte kraft des lodernden Feuers unter sich so viel Druck, daß das kalte Wasser mit Wucht aus dem größeren Brennkolben herausschoß. An den großen Karren war ein kleinerer angehängt, der Brennholz und zwei zusammensetzbare Trittleitern mit sich führte. Das Ganze wurde von vier Pferden gezogen; die Mannschaft der freiwilligen Feuerwehr bestand aus sechs Leuten, die an den Seiten des großen Karrens standen. Der Ingenieur hatte seinen Platz an der Seite des Kutschers. Bei den Übungen und beim Probealarm hatte das Gerät bislang immer gut abgeschnitten.

Als Fridolin Hoffer die Straße quer durch das ehemals arabische Viertel Ràbato einschlug, wo jetzt Bergwerksleute und Schwefelgrubenarbeiter lebten, holte er tief Luft und stieß auf der Trompete einen ganz hohen Ton aus. Er ging die ganze Straße entlang und spürte vor Anstrengung den Schmerz in der mächtigen Brust, wenn er in die Trompete blies. Am Ende der Straße machte er kehrt und begann erneut zu trompeten.

Die nächtlichen Klänge hatten beinahe sofort Erfolg. Die Männer der freiwilligen Feuerwehr, die instruiert worden waren, was das unsanfte Wecken durch Trompetenstöße mitten in der Nacht zu bedeuten hatte, schlüpften schnell in ihre Kleider und beruhigten ihre zitternden, weinenden Ehefrauen und Sprößlinge. Dann eilte einer von ihnen, den Lagerraum aufzuschließen, in dem das Gerät aufbewahrt wurde, und der Kutscher sorgte dafür, daß die Pferde paarweise vor den Vierspänner gestellt wurden; ein dritter und vierter Mann machten Feuer unter dem kleinen Brennkolben

Die anderen Einwohner des dichtbevölkerten Viertels, völlig ahnungslos, was das alles zu bedeuten hatte, erschraken gehörig bei den Trompetenklängen, die das Jüngste Gericht zu verkünden schienen. In Windeseile und mit Geschrei, Gebrüll, Rufen, Weinen, Gebeten, Verwünschungen und Heiligenanrufungen verriegelten sie Haustüren und Fenster. Die dreiundneunzigjährige Nunziata Lo Monaco, unsanft aus dem Schlaf gerissen, setzte sich im Bett auf und war fest davon überzeugt, daß der Aufstand von 1848 wieder losging. Darauf verlor sie das Bewußtsein und kippte stocksteif nach hinten. Verwandte fanden sie bei Morgengrauen tot auf ihrem Lager und machten das schwache Herz und das hohe Alter dafür verantwortlich. Gewiß nicht das hohe C des Deutschen.

Als man mit den Vorbereitungen fertig war, hatte sich die Mannschaft um den Ingenieur geschart. Die Männer waren erregt und ergriffen ob der großartigen Gelegenheit, die sich ihnen bot. Der Ingenieur musterte einen nach dem anderen, hob den Arm und gab das Startzeichen. In Null Komma nichts waren sie auf dem Karren und brachen mit straffen Zügeln Richtung Vigàta auf. Hoffer stieß von Zeit zu Zeit in die Trompete, die er umgehängt hatte, vielleicht um Kaninchen oder Hunde in der Nähe zu warnen, gewiß keinen Christenmenschen, da zu nächtlicher Stunde und bei einem solchen Wetter keine Menschenseele unterwegs war.

Für den allein zurückgebliebenen Gerd war es eine merkwürdige Nacht. Als er hörte, daß der Vater aus dem Haus gegangen war, stand er auf, verriegelte die Haustür und zündete sämtliche Lichter an, um alles hell zu erleuchten. Dann stellte er sich vor den Wandspiegel im Zimmer seiner Mutter (der Ingenieur und seine Gemahlin schliefen in getrennten Zimmern, was im Ort großen Anstoß erregte und gewiß nicht den Sitten der Christenmenschen entsprach; im übrigen war niemand in der Lage zu sagen, welcher Religion der Deutsche und seine Frau angehörten), hob das Hemd hoch und begann seinen nackten Körper zu betrachten. Dann ging er ins väterliche Arbeitszimmer, nahm ein Lineal vom Schreibtisch, trat wieder vor den Spiegel, in dem man sich von Kopf bis Fuß sehen konnte, ergriff das Ding, das er zwischen den Beinen trug (wie hieß es wohl: Schwanz, Schwengel, Pimmel, Kolben?), und legte das Lineal an. Die mehrfach wiederholte Messung erbrachte jedesmal ein unbefriedigendes Ergebnis, obwohl er die Haut langgezogen hatte, bis es weh tat. Er legte das Lineal wieder weg und kehrte ins Bett zurück. Mit geschlossenen Augen begann er ein langes und ausführliches Bittgesuch an Gott zu richten, auf daß er ihm sein Ding durch ein entsprechendes Wunder so lang wachsen ließ wie das seines Banknachbarn Sarino Guastella, der genauso groß und schwer war wie er, aber eines hatte, das aus unerklärlichen Gründen viermal so lang und dick war wie das seinige.

Als der Ingenieur und seine Männer die Lanterna-Ebene oberhalb von Vigàta erreicht hatten, mußten sie entsetzt feststellen, daß das Feuer kein Kinderspiel war und mindestens zwei große Gebäude lichterloh brannten. Während sie dastanden und schauten und der Ingenieur überlegte, von welcher Seite er wohl am besten mit dem Gerät hinunterfahren sollte, um so rasch wie möglich die Flammen zu bekämpfen, sahen sie im flackernden Widerschein des Feuers einen Mann, der bedächtig einherschritt und von Zeit zu Zeit schwankte. Seine Kleidung war angesengt, und die Haare standen ihm zu Berge, ob vor Schreck oder der Haartracht wegen, war nicht zu erkennen. Er hatte die Arme in die Höhe gestreckt, als wollte er sich ergeben. Sie hielten ihn an. Aber sie mußten ihn zweimal rufen, bis er sie überhaupt hörte.

»Was sein passiert?« fragte der Ingenieur ihn in seinem teutonischen Italienisch.

»Wo?« erwiderte der Mann freundlich.

»Was heißt wo? In Figàta, was sein passiert?«

»In Vigàta?«

»Ja«, riefen alle wie aus einem Munde.

»Dort scheint es zu brennen«, sagte der Mann und blickte, wie um sich zu versichern, aufs Dorf hinunter.

»Aber wie ist gekommen? Wissen Sie?«

Der Mann ließ die Arme sinken, legte sie auf dem Rücken zusammen und betrachtete seine Schuhspitzen.

»Ja, wißt ihr das nicht?«

»Nein. Keiner hier wissen.«

»Ach, es heißt, der Sopran habe an einer bestimmten Stelle falsch gesungen.«

Nach diesen Worten setzte er seinen Weg fort, und seine Hände nahmen wieder die Haltung von zuvor ein.

»Was zum Teufel ist denn der Sopran?« fragte Tano Alletto, der Kutscher.

»Das ist eine Frau, die singt«, erklärte Hoffer und schüttelte sich vor Staunen.

Ein Gespenst geht um in Europa

»Ein Gespenst geht um in Europa, vor dem alle Musikanten zittern!« verkündete der Cavaliere Mistretta mit lauter Stimme und schlug mit der Hand heftig auf den kleinen Tisch. Allen Anwesenden war klar, daß mit Musikanten die Komponisten gemeint waren. Der Cavaliere handelte mit Saubohnen und war kein ausgesprochener Freund von Lektüre, doch beim Reden flackerten manchmal apokalyptische Bilder vor seinem geistigen Auge auf.

Seine laute Stimme und der heftige Schlag ließen die Mitglieder des Bürgervereins »Familie und Fortschritt« zusammenfahren, die nach über drei Stunden hitziger Diskussionen ziemlich nervös geworden waren.

Völlig anders hingegen war die Reaktion des Diplomlandwirts Giosuè Zito, der eine Viertelstunde zuvor eingenickt war, da er in der Nacht wegen starker Zahnschmerzen kein Auge zugetan hatte. So unsanft aus dem Schlaf geschreckt, klang ihm noch das Wort Gespenst im Ohr nach. Rasch ließ er sich auf die Knie nieder und begann, sich bekreuzigend das Glaubensbekenntnis zu beten. Das ganze Dorf wußte, daß der Landwirt drei Jahre zuvor in seinem Bauernhaus von einem Gespenst zu Tode erschreckt worden war, das ihn mit großem Kettengerassel und den verzweifelten Schreien eines zum Fegefeuer Verdammten von einem Zimmer ins andere verfolgt hatte. Als Giosuè Zito mit dem Beten zu Ende war, erhob er sich, immer noch bleich wie ein Leichnam, und richtete das Wort an den Cavaliere, wobei sich seine Stimme beinahe überschlug:

»Sie Gottloser, Sie dürfen sich in meiner Gegenwart nie wieder unterstehen, von Geistern oder Gespenstern zu reden! Wollen Sie das begreifen, ja oder nein, Sie kalabresischer Dickschädel?! Ich weiß nur zu gut, welchen Schrecken ein Gespenst verbreitet!«

»Sie, mein Lieber, wissen einen feuchten Kehricht.«

»Was fällt Ihnen ein?«

»Mir fällt das ein, was mir dabei einfallen soll«, erwiderte der Cavaliere Mistretta beleidigt.

»Erklären Sie besser, was Sie meinen.«

»Das weiß doch Hinz und Kunz, daß Sie in jener berühmten Nacht, mit der Sie der ganzen Welt bereits mehr als genug in den Ohren gelegen sind, von keinem Gespenst, sondern von dem großen Gehörnten, ihrem Bruder Giacomino, heimgesucht wurden. Er hatte sich mit einem Leintuch verkleidet, um Sie in den Wahnsinn zu treiben und sich so das gesamte väterliche Erbe unter den Nagel zu reißen.«

»Und was bedeutet das?«

»Was das bedeutet? Daß es kein Gespenst gab. Es war Ihr Bruder Giacomino, der herumgeisterte!«

»Aber einen Riesenschreck habe ich trotzdem gekriegt! Er hat auf mich wie ein echtes Gespenst aus Fleisch und Blut gewirkt! Fieber habe ich bekommen, vierzig Grad Fieber! Und Blasen auf der Haut! Deshalb hätten Sie aus Rücksicht ein anderes Wort benutzen können!«

»Welches denn?«

»Was weiß denn ich, Sie sprechen doch mit Ihren Worten, nicht mit den meinigen.«

»Sehen Sie, ich konnte und kann das Wort nicht ändern, es ist mir eben so in den Sinn gekommen. Ich finde jetzt so mir nichts dir nichts kein anderes.«

»Sie mögen mir verzeihen«, schaltete sich an dieser Stelle der Marchese Manfredi Coniglio della Favara wie immer höchst diplomatisch und von vornehmer Zurückhaltung ein, »aber wollen der verehrte Cavaliere uns freundlicherweise erklären, von welchem Gespenst er spricht?«

An dieser Stelle bedarf es einer Erläuterung. Dem Marchese Coniglio della Favara gebührte aufgrund seines Standes und seines Vermögens eigentlich ein Platz unter den Mitgliedern des »Zirkels der Adligen« von Montelusa – den er auch tatsächlich innegehabt hatte. Bis eines unheilvollen Tages im Vorjahr – es war der Ehrentag des heiligen Joseph – die Statue des Heiligen unter den großen Fenstern des Vereinssitzes vorübergetragen wurde. An einem der Fenster stand der Marchese Manfredi und verfolgte den festlichen Umzug. Das Unglück wollte es, daß der Baron Leoluca Filò di Terrasini, ein fanatischer Anhänger des Papstes und Laienbruder des Franziskanerordens, an seiner Seite Stellung bezog. Und genau in jenem Augenblick fiel dem Marchese auf – nie zuvor in seinem Leben hatte er einen Gedanken darauf verschwendet –, wie alt der heilige Joseph in Wirklichkeit schon war. So stellte er Mutmaßungen über den Altersunterschied zwischen Joseph und Maria an und beging den Fehler, seine Schlußfolgerung laut zu äußern:

»In meinen Augen war es eine Zweckheirat.«

Die Laune des Schicksals wollte es, daß dem Baron Leoluca just die gleiche Idee gekommen war. Höllenangst überfiel ihn ob seines gotteslästerlichen Denkens. Schweißgebadet begriff er bestens, was die Worte des Marchese bedeuteten.

»Wiederholen Sie doch, was Sie da gesagt haben, wenn Sie den Mut dazu haben.«

Herausfordernd blitzte der Marchese ihn an, und seine Augen glühten wie Kohlen, während er sich mit dem Zeigefinger den rechten Schnurrbart zwirbelte:

»Gewiß doch.«

»Warten Sie, ich warne Sie: was Sie sagen, kann Folgen haben.«

»Die Folgen sind mir scheißegal. Sehen Sie, mir scheint, daß der heilige Joseph einfach zu alt war, um es mit der Maria zu treiben.«

Mehr konnte er nicht sagen, denn blitzschnell hatte der Baron ihm auch schon eine geschmiert. Ebenso blitzschnell erfolgte der Fußtritt, den der Marchese nicht gerade vornehm dem Baron zwischen die Beine versetzte. Von der Wucht des Tritts niedergestreckt, hatte sich der Baron keuchend auf dem Boden gewälzt. Dann hatten sie sich zum Duell gefordert und mit dem Schwert geschlagen. Der Baron hatte dem Marchese eine Streifwunde zugefügt, worauf dieser aus dem Zirkel von Montelusa ausgetreten war:

»Alles Leute, mit denen sich nicht vernünftig reden läßt.«

So hatte er schließlich einen Antrag auf Aufnahme in den Verein von Vigàta gestellt, wo man ihn mit Begeisterung willkommen hieß, zumal die Mitglieder alles Kaufleute, Grundschullehrer, Angestellte und Ärzte waren und es weit und breit keine Spur eines Adligen gab. Sein Beitritt brachte Glanz und Ehre.

Auf die höfliche Frage des Marchese hin warf sich der Cavaliere in die Brust.

»Ich spreche von Uogner! Und von seiner göttlichen Musik! Von dem Geist dieser Musik, der allen anderen Musikanten einen Schrecken einjagt. An ihr werden sich früher oder später alle einmal die Hörner abstoßen müssen!«

»Den Namen Uogner habe ich noch nie gehört«, sagte Giosuè Zito ehrlich erstaunt.

»Das kommt daher, daß Sie ein Ignorant sind! Zwischen Ihrer und der Kultur einer Meerbarbe besteht keinerlei Unterschied! Es war die werte Signora Gudrun Hoffer, die mir eine Kostprobe dieser Musik auf dem Klavier vorgespielt hat. Und ich fühlte mich dabei wie im Paradies! Aber Teufel noch mal, wie kann man bloß Uogner nicht kennen? Haben Sie noch nie etwas vom *Fliegenden Holländer* gehört?«

Giosuè Zito, der sich gerade erst vom Schlag zuvor erholt hatte, schwankte und konnte sich gerade noch an einem Beistelltisch festhalten.

»Sie wollen mich also richtig in Rage bringen! Warum reden Sie verdammt noch mal weiter von Gespenstern?«

»Weil so der Titel lautet und es eine großartige Oper ist! Mir ist es völlig egal, wenn Sie sich in die Hosen scheißen! Es ist eine neue, revolutionäre Musik! Genau wie der *Tristan*!«

»Au weh, au weh!« murmelte der Kanonikus Bonmartino, ein Gelehrter der Patristik, der wie gewöhnlich dabei war, sich beim Patiencenlegen selbst zu bescheißen.

»Was wollen Sie mir mit Ihrem ›au weh, au weh‹ sagen?«

»Nichts weiter«, erklärte der Kanonikus, und sein Gesichtsausdruck war so unschuldig, als flatterten zwei leibhaftige Engelein um sein Haupt. »Ich will Ihnen nur klarmachen, daß Tristano in italienischer Sprache melancholischer Arsch bedeutet. Ano triste. Und wenn das so ist, kann ich mir gut vorstellen, daß dieses Werk wahrhaft beeindruckend sein muß.«

»Also auch Sie begreifen einen Scheiß von Uogner!«

»Als erstes schreibt er sich W-a-g-n-e-r und wird auch so ausgesprochen. Er ist Deutscher, mein Guter, weder Engländer noch Amerikaner. Und er ist tatsächlich ein Gespenst, wie Sie sagen, ohne der Gesundheit des Herrn Zito schaden zu wollen. Er war nämlich längst tot, noch bevor er auf die Welt gekommen ist. Eine Fehlgeburt war er. Die Musik Ihres Herrn Wagner ist ein hochgradiger Schwachsinn, eine geräuschvolle Kackerei, die aus mit Luft gefüllten oder luftleeren Furzen besteht. Sachen für die Kloschüssel, für den Abort. Wer ernste Musik macht, bringt es nicht über sich, dieses Zeug zu spielen, glauben Sie mir.«

»Sie gestatten, daß ich ein Wort hinzufüge?« fragte der Vereinsvorsitzende Antonio Cozzo, der zeitunglesend auf seinem Sessel saß und sich bis zu jenem Moment mit keiner Silbe in das Streitgespräch eingemischt hatte.

»Das ist Ihr gutes Recht«, sagte Bonmartino.

»Ich spreche nicht mit Ihnen«, stellte der Vorsitzende klar, »sondern meine den Cavaliere Mistretta.«

»Bitte schön«, sagte Mistretta und blitzte ihn kriegslustig an.

»Ich will nur über den *Troubadour*, das Meisterwerk des Schwans von Busseto, sprechen. Ist das klar?«

»Ganz klar.«

»Also, Cavaliere, hören Sie gut zu. Ich nehme die *Ab-*

bietta zingara und stecke sie Ihnen ins rechte Ohr, dann greife ich mir *Tacea la notte placida* und baue es Ihnen ins linke Ohr ein, auf daß Sie nicht mehr Ihren geliebten Uogner, wie Sie ihn nennen, hören können. Dann packe ich *Chi del gitano* und stopfe es Ihnen ins linke Nasenloch, und ins rechte kommt *Stride la vampa*, und so können Sie nicht mal mehr schnaufen. Dann mache ich aus *Il balen del tuo sorriso, Di quella pira* und aus dem *Miserere* ein einziges Bündel und schieb' es Ihnen in den Hintern, der, wie man sich erzählt, eine recht großzügige Öffnung hat.«

In der Vereinsrunde stand mit einem Schlag die Zeit still. Dann hob der Stuhl neben dem des Cavaliere Mistretta ab und flog quer durch den Saal auf den Kopf des Vorsitzenden Cozzo zu. Da dieser mit einer solchen Reaktion gerechnet hatte, war er rechtzeitig aufgestanden, um dem Geschoß auszuweichen, und griff sich mit der rechten Hand an die hintere Hosentasche, wo er das Schießeisen, einen Revolver Smith and Wesson mit fünf Schuß, verwahrte. Doch keiner der Anwesenden zeigte sich irgendwie beunruhigt. Alle wußten, daß die Geste des Vorsitzenden so etwas wie ein Tick war, der ihn bis zu dreimal pro Tag überkam – immer dann, wenn es zu heißen Diskussionen oder Raufereien kam. Cozzo aber würde nie und nimmer seinen Revolver mißbrauchen und auf irgendein Lebewesen, ganz gleich ob Mensch oder Tier, schießen, da war man sich ganz sicher.

»Schluß jetzt, meine Herren, wollen wir endlich mit diesen Dummheiten aufhören?« mischte sich der Commendatore Restuccia ein, ein verschwiegener, wortkarger Mensch voll gefährlicher Widersprüche.

»Der da hat mich provoziert!« versuchte der Cavaliere

sich zu rechtfertigen, als wären sie zwei Schulbuben, die sich zankten.

Doch der Commendatore, offensichtlich der Sache leid, blickte die beiden Streithähne streng an und sagte in scharfem Ton:

»Ich habe Schluß gesagt, und das bedeutet Schluß.«

Schleunigst brachten sie alles wieder in Ordnung. Der Vorsitzende Cozzo hob den Stuhl auf, der ihn gestreift hatte, und der Cavaliere Mistretta richtete sein Jackett wieder her. »Geben Sie einander die Hand«, befahl der Commendatore. Ihm den Gehorsam zu verweigern hätte mit größter Wahrscheinlichkeit fatale Folgen gehabt. Ohne sich eines Blickes zu würdigen, gehorchten sie. Just in diesem Augenblick brachte der Diener Tano ein Tablett mit einer Kanne Kaffee, Biskuits Regina, Cannoli, Zitronenhalbgefrorenem, Jasminsorbets, Mandelmilch und Aniswasser. Tano bediente die Anwesenden ihren Wünschen entsprechend. Eine Weile herrschte Schweigen, und genau in diesem Schweigen vernahmen alle Anwesenden, wie Don Totò Prestia mit geschürzten Lippen *Una furtiva lacrima* anstimmte.

Schweigend aßen und tranken sie und ließen sich von Don Totòs Stimme verzaubern. Die Tränen hätten einem kommen können wie Lämmern auf der Schlachtbank! Nach dem Beifall am Schluß stimmte Don Cosmo Montalbano mit seiner wohltönenden Stimme mit *Una voce poco fa* eine Art Erwiderung an.

»Wahrlich, es gibt schon schöne Musik!« seufzte der Uogner-Liebhaber und machte so dem gegnerischen Lager ein gewisses Zugeständnis.

»Wollen Sie sich etwa bekehren?« fragte der Kanonikus Bonmartino. »Ich sag' Ihnen eins, meinen Segen werden Sie nie und nimmer haben, für mich sind und bleiben Sie auf ewig ein Ketzer und werden in der Verdammung sterben.«

»Darf man fragen, was für ein beschissener Pfarrer Sie sind?« fragte wütend der Cavaliere Mistretta.

»Ruhe, meine Herrschaften, Ruhe«, ertönte die Stimme des Commendatore in die angespannte Stille hinein.

»Aber Sie haben recht, Cavaliere«, ließ sich der Kanonikus von neuem hören. »Es gibt wahrlich schöne Musik. Und doch sind wir gezwungen, uns nolens volens eine Musik zu Gemüte zu führen, von der wir nicht mal wissen, wie sie ist, nur weil die Obrigkeit das so will! Der reinste Wahnsinn! Wir sollen unsere Ohren mit der Musik von diesem Luigi Ricci strapazieren, nur weil der Herr Präfekt das verordnet hat.«

Der Fachmann für Patristik war ehrlich entrüstet und brachte sogar die Patience durcheinander, die ihm nach einer Reihe von Schummeleien endlich gelingen wollte.

»Wissen die Herrschaften schon?« schaltete sich der Arzt Gammacurta ein, »dieser Ricci, der die Musik zum *Bierbrauer von Preston* geschrieben hat, soll eine Oper komponiert haben, die eindeutig eine schlechte Kopie eines Stücks von Mozart ist.«

Bei diesem Namen fuhren alle Anwesenden entsetzt zusammen. Den Namen Mozart auszusprechen, der bei den Sizilianern aus unerklärlichen Gründen auf Ablehnung stieß, kam einer Gotteslästerung gleich. In Vigàta gab es nur eine einzige Person, die diese Musik verteidigte, die nach Meinung aller weder Fisch noch Fleisch war, und das war der Schreiner Don Ciccio Adornato.

Doch wie es schien, tat er das aus persönlichen Gründen, über die er sich aber ausschwieg.

»Mozart?«

Das kam nicht wie aus einem Mund, auch wenn alle den Namen zum gleichen Zeitpunkt ausriefen. Die einen sprachen den Namen mit Abscheu, andere wiederum voller Schmerz aus, als handle es sich um Verrat, und wieder andere mächtig erstaunt oder tief entrüstet.

»Jawohl, meine Herren, Mozart. Das hat mir einer gesagt, der Bescheid weiß. Dieser Scheißkerl von Luigi Ricci hat in der Scala eine Oper mit dem Titel *Die Hochzeit des Figaro* aufführen lassen, die ein einziger Abklatsch einer Oper Mozarts war, die genauso heißt. Nach dem Ende haben ihm die Mailänder auf den Kopf gespuckt. Ricci brach deshalb in Tränen aus und stürzte sich trostsuchend in die Arme Rossinis, der ihm wer weiß aus welchem Grund wohlgesinnt war. Rossini kam seinen Freundespflichten nach und sprach ihm Mut zu, gab aber allen zu verstehen, daß Ricci sich das Ganze im Grunde selbst eingebrockt hatte.«

»Und wir sollen unser Theater in Vigàta mit der Oper eines Dilettanten einweihen, nur weil der Herr Präfekt übergeschnappt ist?« fragte der Vorsitzende und faßte sich drohend an die Hosentasche, wo der Revolver steckte.

»O du guter Gott«, rief der Kanonikus. »Mozart ist schon sterbenslangweilig, stellen wir uns noch die schlechte Kopie eines schlechten Originals vor! Darf man vielleicht wissen, was der Herr Präfekt im Hirn hat?«

Da keiner ihm eine Antwort geben konnte, machte sich erneut nachdenkliches Schweigen breit. Giosuè Zito war es schließlich, der in die Stille hinein und ganz leise, um nicht von der Straße her gehört zu werden, anhob:

»Ah, non credea mirarti…«

Der Marchese Coniglio della Favara stimmte ein:

»Qui la voce sua soave…«

Und in tiefem Baß sang der Commendatore Restuccia:

»Vi ravviso, o luoghi ameni…«

An dieser Stelle erhob sich der Kanonikus Bonmartino von seinem Stuhl, eilte an die Fenster und zog die Vorhänge zu. Der Vorsitzende Cozzo steckte ein Licht an, um das sich alle im Halbkreis aufstellten. Der Arzt Gammacurta sang im Bariton:

»Suoni la tromba e intrepido…«

Als erstes kam, wie es die Partitur vorschrieb, der Einsatz des Commendatore und nach und nach der aller anderen. Sie standen einander bei den Händen haltend im Kreis, sahen sich in die Augen und sangen instinktiv leiser.

In jenem Augenblick waren sie im Namen Bellinis zu Verschworenen geworden.

Der Bierbrauer von Preston, lyrische Oper von Luigi Ricci, die der Präfekt von Montelusa ihnen aufzwingen wollte, würde nicht zur Aufführung kommen.

Sollte er das Moskitonetz aufheben?

»Sollte er das Moskitonetz aufheben?« fragte sich Concetta Riguccio verwitwete Lo Russo, zitternd unter dem gestärkten Baumwolltuch verborgen, das im Sommer über ihrem Bett angebracht war, um sie vor Mücken- und Bremsenstichen zu schützen. Der Fliegenschleier glich einem Gespenst, das an einem Nagel hing. Der gewaltige Busen der Witwe wurde jetzt von einem Sturm Windstärke zehn gepackt: die Brust auf der Backbordseite drückte es nach Nordwesten, und die auf Steuerbord ließ sich nach Südosten treiben. Als Frau eines Matrosen, der in den Fluten bei Gibraltar ertrunken war, konnte sie nicht anders als in der Seefahrersprache denken, die ihr Mann ihr in fünf Jahren Ehe beigebracht hatte, bis sie schließlich im Alter von nur zwanzig Jahren schon strenge Trauer tragen mußte.

Jesus Maria! Was für ein Treiben! Was für eine Nacht! Und welch hoher Seegang! Wegen der ausgemachten Sache, die stattfinden sollte, war ihr Blut ohnehin schon in Wallung: einmal sank es, und sie wurde ganz bleich; dann stieg es bis an Deck und ließ sie rot und violett anlaufen. Zu allem Überfluß hatte sie in den ersten Nachtstunden voller Schrecken großes Geschrei aus dem neuen Theater gegenüber ihres Hauses vernommen; darauf ertönte eine Trompete, und der Lärm einer wilden Jagd von Christenmenschen und galoppierenden Pferden war zu hören. Vielleicht hatte es irgendwo eine Schießerei gegeben.

So war sie zu der Überzeugung gelangt, daß er sich wegen dieses schrecklichen, ihr unerklärlichen Treibens in dieser Nacht nicht zu ihr getrauen würde. Und deshalb durfte sie auch ihr Herz und andere Körperteile wieder beruhigen.

Sich in ihr Schicksal fügend, hatte sie sich entkleidet und zur Ruhe gelegt. Sie war gerade am Einnicken, als sie ein schwaches Geräusch auf dem Dach vernahm und dann seine vorsichtig schleichenden Schritte auf der Regenrinne. Mit einem gedämpften Aufprall war er vom Dach auf die Brüstung des großen Fensters gesprungen, das, wie abgemacht, nur halb geschlossen war. Jetzt, da sie sicher war, daß er sein Wort gehalten hatte und in wenigen Minuten in ihrem Zimmer stehen würde, überkamen sie Schamgefühle. Sie durfte doch nicht halbnackt wie eine Hure nur mit dem Nachthemd und nichts darunter auf dem Bett liegen! Eilig war sie aufgesprungen und hatte sich das große Moskitonetz gegen den Leib gepreßt.

Sie hörte, wie er in die dichte Finsternis ihres Gemachs eindrang und das Fenster hinter sich schloß. Jetzt mußte er wohl auf ihr Bett zusteuern. Schon ahnte sie seine Verwunderung, wenn er sie nach langem Tasten nicht darin finden würde. Er machte sich neben dem Nachtschränkchen zu schaffen, und man hörte, wie er ein Streichholz anzündete. Durch das dichte Netz hindurch gewahrte sie erst den schwachen Schein, und als dann der zweiarmige Kerzenleuchter brannte, war das ganze Zimmer in helles Licht getaucht. In diesem Augenblick mußte sie, Concetta Riguccio verwitwete Lo Russo, feststellen, daß er vollkommen nackt war. Wann hatte er sich bloß ausgezogen? Gleich, nachdem er ins

Zimmer geschlichen war, oder war er so schon übers Dach gekommen? Weiter mußte sie feststellen, daß ihm zwischen den Beinen ein dreißig Zentimeter langes Ankertau von der dicken Sorte hing, nicht das für Boote, sondern das für Dampfschiffe, ein Tau, das an einem Poller mit zwei merkwürdigen Knaufen befestigt war. Bei diesem Anblick wurde sie von einer heftigen Welle erfaßt, die sie in die Knie zwang. Trotz des Nebels, der ihr mit einemmal vor Augen stand, sah sie seine Gestalt zielsicher auf die Stelle zusteuern, wo sie sich zusammengekauert hatte, vor dem Fliegennetz haltmachen, den Kerzenleuchter auf dem Boden abstellen, das Netz ergreifen und mit einem Schlag die Segel hissen. Sie, die Witwe, wußte nicht, daß sein Kompaß nicht die Augen, sondern das Gehör war. So war er einfach dem jammernden Taubengurren gefolgt, das ihr aus der Kehle drang. Jetzt kniete sie vor ihm und klappte den Mund auf und zu wie eine Meerbarbe, die sich im Netz verfangen hat.

Doch trotz vorgeblicher Atemnot bekam die Witwe mit, wie das Ankertau seine Form veränderte und langsam zu einem steifen Bugspriet wurde. Darauf beugte er sich hinab, griff ihr wortlos unter die verschwitzten Achseln und hißte sie hoch über seinen Kopf. Sie merkte, welch schwere Last sie für sein Tauwerk geworden war; doch er hielt das Gleichgewicht und ließ sie nur ein Stück weit herab, damit sich ihre Beine auf seinem Rücken verankern konnten. Der Bugspriet hatte inzwischen noch einmal seine Form verändert: jetzt war er zu einem gewaltigen Großmast geworden, an dem die Witwe Lo Russo festgezurrt war und an dem sie bebte, flatterte, zerrte wie ein Segel im starken Wind.

Einmal hatte ihr Ehemann eine Geschichte erzählt, die er von einem Seemann gehört hatte, der auf Walfang ausgezogen war: In den kalten Wassern des Nordens, hatte der Seefahrer gesagt, lebt ein sagenhafter Fisch, der Narwal heißt. Er ist groß wie drei Mann und trägt mitten auf dem Kopf zwischen den Augen ein über drei Meter langes Elfenbeinhorn. Wer ihn findet, wird reich: eine winzige Prise seines zu Pulver gemahlenen Horns macht ein Mannsbild stark genug, um fünfzehn Weiber in einer Nacht zu nehmen. Damals hatte Concetta dieser Geschichte keinen Glauben schenken wollen. Jetzt aber wußte sie, daß es kein Märchen war. Sie hielt einen kleinen Narwal in den Armen, dessen Horn zwar nur dreißig Zentimeter lang war, ihr aber vollauf genügte.

Die Geschichte zwischen den beiden hatte an einem Sonntag begonnen, als sie mit ihrer Schwester Agatina zu spät zur Messe gekommen war. Die Kirche war voll, und es gab keine Spur mehr von einem jener Hocker mit Strohsitz, die der Küster gegen einen halben Tari vermietete. Sie hatten eine dichte Schar von Männern vor sich, und es wäre für sie nicht schicklich gewesen, um Verzeihung bittend da durchzugehen. Notgedrungen sahen sie den Altar nur aus einiger Entfernung.

»Laß uns hier am Eingang bleiben«, hatte darum Agatina gesagt.

Mit einemmal war der Flügel der Innentür aufgegangen, und er kam herein. Nie zuvor hatte Concetta ihn zu Gesicht bekommen. Doch kaum hatte sie ihn gesehen, war ihr klar, daß sie für einige Minuten die Gewalt über ihr Steuerruder verlieren würde. Schön war er, schön wie ein Engel im Paradies! Hochgewachsen, mit vielen blonden Locken, und hager war er, wie ein echtes Mannsbild sein mußte. Ein Auge war blau wie das Meer, und das andere, das rechte, fehlte. Es war unter den Augenlidern versteckt, die an der unteren Seite verklebt, ja wie zugemauert waren. Trotzdem wirkte es nicht abstoßend, im Gegenteil: das ganze Licht des verdeckten Auges erstrahlte in dem anderen, ließ es funkeln wie einen Edelstein, war hell wie ein Leuchtturm in der Nacht. Von Agatina erfuhr sie später, daß er das Auge durch einen Messerstich bei einer Rauferei verloren hatte. Für sie hatte das keine Bedeutung. Genau in diesem Augenblick wurde ihr klar, daß sich fortan alles auf ihrer Route ändern würde: um jeden Preis mußte er ihr Hafen werden – und müßte sie dafür Kap Hoorn umsegeln! Vielleicht hatte er ihre Gedanken erraten, denn er drehte den Kopf, bis er ihr in die Augen sehen konnte, und warf dort seinen Anker aus. Eine Minute lang starrten sie einander an, und die Minute dauerte eine Ewigkeit. Und so war die Sache abgemacht. Er drückte die Fingerspitzen der rechten Hand eng zusammen und bewegte die nach oben gewölbte Hand auf und ab. Das war eine eindeutige Frage.

»Wie stellen wir es an?«

Langsam löste Concetta ihre Arme vom Leib, ließ sie an den Hüften hinuntergleiten und kehrte mit betrübtem Gesichtsausdruck die Handflächen nach außen.

»Ich weiß es nicht.«

Ihr Zwiegespräch dauerte nur kurz und war auf ein paar knappe Gesten beschränkt.

Die heftige Kursänderung, die er an einem bestimmten Punkt vornahm, traf sie unvorbereitet, doch ohne Widerspruch fügte sie sich willig. Jetzt war Concetta das Boot, das Schiff mit Lateinersegel. Den Bug auf dem Kopfkissen, das Heck in der Höhe, fing sie den Wind von der Bugseite her auf, der sie von einer Riesenwelle zur nächsten springen ließ und sie unaufhaltsam, ohne Kompaß und Sextant, auf die offene See trieb.

Als am darauffolgenden Sonntag die Stunde des Kirchgangs näherrückte, stellte sie alles Menschenmögliche an, um zu spät zu kommen. Ihre Schwester Agatina regte sich auf. Mit ihrer Trödelei stehle sie dem lieben Gott die Zeit, warf sie ihr vor. Doch kaum hatte sie das Gotteshaus betreten, erstrahlte auch schon auf sie gerichtet der meerblaue Scheinwerfer und erfüllte sie mit Glück. Unter seinem warmen Licht fühlte sie sich wie eine Eidechse, die sich auf einem Stein in der Sonne räkelt. Dann deutete er mit dem Zeigefinger der rechten Hand auf sie.

»Du.«

Und kehrte den Zeigefinger gegen sich.

»Mir.«

Dann ballte er dieselbe Hand zur Faust, legte Daumen und Zeigefinger aneinander und ließ sie kreisen.

»Den Schlüssel.«

Sie schüttelte den Kopf. Den Hausschlüssel konnte sie ihm wirklich nicht geben: im Erdgeschoß wohnten die Pizzutos, im ersten Stock Donna Nunzia, die nachts kein Auge zutat. Nein, die Gefahr war einfach zu groß, daß er gesehen würde, während er die Treppe zu ihr hinaufstieg.

Er breitete die Arme aus, legte den Kopf schräg, lächelte bitter und ließ die Arme wieder sinken.

»Dann sag mir doch gleich, daß du mich nicht liebhast.«

Unter ihren Füßen schien sich ein Abgrund aufzutun, und ihre Knie zitterten. Der Rosenkranz glitt ihr aus den Händen und fiel auf den Boden. Sie beugte sich hinab, um ihn aufzuheben, preßte das Kreuz ein-, zweimal lange an die Lippen und sah ihm dabei in sein einziges Auge, das zu glühen schien. Das Hellblau verwandelte sich in ein flammendes Rot.

»Aber was sagst du da? Ich hätte dich am liebsten gekreuzigt vor mir, um dich überall zu küssen, wie Magdalena es mit dem Jesus getan hat.«

Jetzt segelten sie mit dem Wind, die Fahrt war ruhig, und das Meer bewegte sich langsam und schaukelte sie wie in einer Wiege, keine Welle wühlte es auf. Sie waren ein Wogenroß, er war das Segel und sie der Kiel.

Am dritten Sonntag beim Gottesdienst legte er Zeige- und Mittelfinger aneinander und deutete damit gegen seine Brust.

»Ich.«

Mit den zwei Fingern ahmte er einen Gehenden nach.

»Ich komme zu dir.«

Sie preßte die Fingerspitzen aneinander, und ihre Hand nahm die Form einer ausgehöhlten Frucht an.

»Und wie?«

Er hob das Auge gen Himmel und verharrte eine Weile so, dann streckte er den Zeigefinger in die Höhe.

»Vom Dach.«

Verwundert und erschrocken zugleich bedeutete sie wieder mit zugespitzter Hand.

»Und wie kommst du dahin?«

Er lächelte, machte den linken Handrücken ganz steif

und spazierte mit dem Zeige- und dem Mittelfinger der rechten Hand darüber.

»Mit Hilfe eines Bretts.«

Verdutzt sah sie ihn an. Wieder lächelte er ruhig und voller Entschlossenheit.

Sie bildete mit dem Zeigefinger und dem Daumen einen kleinen Kreis, der eine Uhr darstellen sollte, und spitzte erneut die Finger.

»Und wann?«

Er hob die gespreizten Hände bis auf Brusthöhe und schob etwas Unsichtbares vor und zurück.

»Warte nur.«

»Das Fischerboot«, hatte ihr einmal ihr verstorbener Mann, die gute Seele, erklärt, »besteht aus verschiedenen Teilen, und ganz unten in der Tiefe gibt es auch ein finsteres, stinkendes Loch, in dem sämtliche Abfälle des Schiffs landen.«

Aber wenn das doch ein ekliger, dreckiger Ort war, warum wollte er dann mit Gewalt dort eindringen, wie er es jetzt tat?

Schließlich hatte er an einem jener Sonntage mit dem Zeigefinger und dem Mittelfinger einen Gehenden nachgeahmt.

»Ich komme.«

Und ohne ihr Zeit zum Antworten zu lassen, hatte er drei Finger ausgestreckt.

»In drei Tagen.«

Gleich darauf hatte er die geschlossenen Fäuste aneinander gelegt und dann nach vorne hin geöffnet.

»Öffne das große Fenster, den Balkon.«

Draußen vor der Kirche hatte sie nicht den Mut gehabt, ihrer Schwester Agatina etwas von den Unterredungen zu sagen, die sie mit dem Unbekannten Sonntag um Sonntag geführt hatte. Sie fragte nur:

»Kennst du den jungen Mann mit dem einen meerblauen Auge, den man immer in der Kirche sieht?«

»Ja, er gehört zur Familie der Inclima und heißt Gaspàno. Er ist nicht verheiratet.«

Und sie hatten weiter über ihn gesprochen, bis sie an ihrer Haustür angelangt waren. Beim Abschied hatte Agatina zu ihr gesagt:

»Gaspàno ist Gold wert. Für dich wäre er genau der Richtige.«

Als Concetta allein war, eilte sie an das große Fenster im Schlafzimmer und sah hinaus. Sofort war ihr das kühne Vorhaben Gaspànos klar. Genau hinter dem Haus türmte sich ein großer Haufen Salz bis zum Dachgiebel, das war der Lagerbestand der Firma Capuana. Von der Spitze des Hügels aus war es nicht schwer, mit einem Brett aus vertäutem Schilfrohr den Dachsims zu erreichen und sich von da aus zum Fenster hinunterzulassen. Sie ging in die Küche, um sich etwas zu essen zu machen. Doch vergeblich, ihre Speiseröhre war wie mit einem Stein verschlossen. Nach dem Mittag wußte sie nicht, was mit ihrer Zeit anfangen, also tat sie belanglose Dinge wie einen Knopf an einer Bluse annähen oder den Docht eines Leuchters richten. Doch alles, was sie in die Hand nahm, mißlang ihr. In Gedanken war sie nicht bei der Sache.

Noch bei Tageslicht ging sie zu Bett, fand aber keinen Schlaf. Mit einemmal bildete sich völlig unerwartet an einer bestimmten Stelle ihres Körpers ein Strudel. Als erstes kräuselten sich die Wellen unter dem warmen Wind, wärmer als der Schirokko, dann wurden die Windstöße immer stärker und kreisten an ein und derselben Stelle wie eine Bohrwinde. Und die Spitze des Bohrers saß fest auf dieser Stelle und kreiste und kreiste, während der obere Teil des Strudels immer mehr um sich griff und Concetta, die mit gespreizten Armen und Beinen auf dem Bett lag, am ganzen Leib erfaßte und beutelte.

Einmal hatte ihr verstorbener Gatte erzählt, daß man einen solchen Strudel aufschlitzen und wie bei einem durchlöcherten Ball die Luft herauslassen konnte. Man mußte nur den Mut haben, sich mit dem Ruderboot der Basis des Strudels zu nähern, ihn mit einem Ruder zu durchstoßen und einige geheime Sprüche aufzusagen, die ihr der Gute nicht verraten hatte.

Ihre Hand wurde zum Einmannboot und stach in See, ging Richtung Süden auf Fahrt, näherte sich dem Loch inmitten des Bauchs und fuhr wieder und wieder daran entlang, und einer genauen Route folgend gelangte sie in die Mitte des Golfs ihrer gespreizten Beine und warf den Anker exakt an der Stelle aus, an der sich der Strudel bildete. Auf der Schaluppe, die heftig auf dem Meer schaukelte, zog sie eines der Ruder hoch – den Zeigefinger – und lenkte ihn, bis er die kleine Stelle berührte, die den ganzen Wirbel verursachte. Nachdem sie diesen Punkt gut erkundet hatte, begann sie, mit dem Ruder immer stärker dagegen zu klopfen. Wie schon gesagt, kannte sie die geheimen Worte nicht, doch kamen ihr andere über die Lippen, die vielleicht noch passender waren: »Oh, Gaspàno, oh, Gaspàno, oh, mein Gaspàno …«

Mit einemmal beruhigte sich der Strudel, fiel in den Golf zurück und ward zu dichtem, klebrigem Schaum.

Jetzt war er weder Boot noch Meer, sondern einfach ein erschlaffter Mann, und sein Atem ging schwer. Concetta leckte ihm die glatte Brust, die unbehaart war wie bei einem unreifen Knaben. Die Haut schmeckte nach Salz wie seinerzeit die des lieben Verstorbenen. Er schloß die Augen und drückte sie fester an sich.

»Weißt du überhaupt, wie ich heiße?« fragte Concetta ihn. Auch ihr waren die Lider schwer geworden und hingen über ihren Augen wie das Weinlaub über den reifen Trauben. Die Schiffahrt hatte lange gedauert und sie sehr ermüdet. Sie bekam keine Antwort, Gaspàno war schon eingeschlummert.

»So ruft denn Emanuele!« befahl Seine Exzellenz, der Präfekt von Montelusa, Cavaliere Doktor Eugenio Bortuzzi, und gab dem Bürodiener eine dicke Mappe mit unterzeichneten Schriftstücken zurück.

»Er wartet schon seit einer halben Stunde hier draußen.«

Seine Exzellenz geriet in Rage.

»Mein Gott, Orlando, du bist immer der gleiche Schwachkopf. Das hättest du mir doch gleich sagen können! Geh.«

Was jetzt kam, sah aus wie ein Zaubertrick. Der Bürodiener Orlando war noch nicht zur Tür hinaus, als Emanuele Ferraguto auch schon wie durch ihn hindurch eingetreten war, als wäre dieser unsichtbar. In der näheren und ferneren Umgebung war er als »Don Memè« oder einfacher als Gevatter Memè bekannt, vor allem bei denen, die mit ihm nicht die geringste Verwandtschaftsbeziehung hatten.

Don Memè war um die Fünfzig, groß und schlank und recht gut gekleidet. Er deutete eine Verbeugung an und wartete mit seinem breiten, freundlichen Lächeln, daß der Präfekt ihm ein Zeichen machte, näher zu treten.

Man erzählt sich, daß Don Memè sein Lächeln auch dann nicht verloren habe, als fünf Jahre zuvor der Kommissar das Leichentuch gehoben und ihm den geschundenen nackten Leichnam seines Sohns Gnazino, der noch keine zwanzig war, auf dem kalten Marmor gezeigt hatte. Nach der Autopsie hatte Don Memè wohlerzogen und immer noch mit dem gleichen Lächeln den Amtsarzt um nähere Einzelheiten gebeten; dieser hatte ihm erklärt, daß seines Erachtens nach dem jungen Mann, bevor man ihn erwürgt hatte, erst die Zunge abgeschnitten, dann die Ohren abgesägt, die Augen ausgekratzt und Hoden und Penis ausgerissen worden waren. Don Memè notierte sich alles sorgfältig genau in dieser Reihenfolge, wobei er den Kopierstift von Zeit zu Zeit mit der Zungenspitze befeuchtete. Das Ritual der Hinrichtung besagte unmißverständlich, daß der Mörder den Jungen als Wortbrüchigen und Hurenbock abstempelte, der alle Weiber, die ihm in die Quere kamen, bestieg, ganz gleich, ob ledig oder verheiratet. In den folgenden zwei Monaten hatte sich Don Memè aufwendigen Transaktionen gewidmet. Am Ende dieser Geschäfte hatte er die Rechte an seinem Feudalbesitz Cantarella anderen Personen übereignet und durfte dafür die zwei Mörder seines Sohns auf einem seiner Landgüter empfangen, und zwar so zugerichtet, daß sie keinen Finger mehr rühren konnten.

Man erzählte sich weiterhin, daß Don Memè, nachdem er sich eine Schürze vorgebunden hatte, um seinen Anzug nicht mit Blut zu beschmutzen, sich höchstpersönlich ihrer hatte annehmen wollen. Dazu hatte er den Zettel mit den Notizen herausgezogen, die er sich bei der Unterredung mit dem Amtsarzt gemacht hatte, ihn an einem Nagel an der Wand aufgespießt und seinen Wortlaut getreu befolgt, ohne seine Phantasie großartig anzustrengen. Nachdem er ihnen Schwanz und Eier abgeschnitten hatte, war er jedoch in einem Anflug von Kreativität vom Drehbuch abgewichen: halbtot hatte er die beiden über den Rücken eines Esels gelegt und sie just auf den übereigneten Feudalsitz Cantarella geführt, wo er sie auf den Zweigen eines Ölbaums aufspießte.

Als der Kommissar die von Krähen und Hunden angefressenen Leichen entdeckt hatte, stellte er nur oberflächliche Ermittlungen an. Er wog sich in der Sicherheit, daß zwei mal zwei immer noch vier machte. Ohne Umwege war er zu Don Memè gegangen und hatte ihn verhaftet. Im Laufe desselben Tages noch waren zehn unbescholtene Bürger aus Varo, einer fünfzig Kilometer von Montelusa entfernten Ortschaft, herbeigeeilt und hatten ausgesagt, daß Don Memè am Tag des Doppelmords den Festlichkeiten zu Ehren des heiligen Calogero in Varo beigewohnt hatte. Unter denen, die das Alibi lieferten, waren der Postbeamte Ugo Bordin aus der Region Venetien, der Direktor des Finanzamts Doktor Carlo Alberto Pautasso aus Asti sowie der Buchhalter und Katasterbeamte Ilio Giannanneschi, aus Prato gebürtig.

»Ach, was für eine schöne Sache ist doch die Einheit Italiens!« hatte Don Memè mit einem noch herzlicheren Lächeln als gewöhnlich ausgerufen, während die Gefängnistore sich wieder hinter ihm schlossen.

Nach mehrfachen Verbeugungen näherte sich Emanuele Ferraguto unter einigen Schwierigkeiten dem Schreibtisch des Präfekten. In der Rechten hielt er die *coppola,* eine Schirmmütze aus englischem Tuch, und ein Päckchen, in der Linken ein größeres Paket.

»Treten Sie näher, mein Lieber«, tat der Präfekt ganz jovial.

Don Memè, der die Tür mit einem Fuß geschlossen hatte, setzte seinen Weg leicht hinkend fort.

»Sind Sie irgendwie verletzt?« erkundigte sich Seine Exzellenz besorgt.

Don Memè bemühte sich, mit dem rechten Zeigefinger ein Zeichen der Verneinung zu machen, ohne die *coppola* und das Päckchen fallen zu lassen.

»Es ist wegen der Rolle«, flüsterte er und sah verschwörerisch um sich. Das Päckchen stellte er auf dem Schreibtisch ab.

»Das sind *cannoli* aus Sfiacca, wie Ihre werte Frau Gemahlin sie liebt.«

Dann war das große und schwere Paket an der Reihe.

»Das hingegen ist eine schöne Überraschung für Sie, Exzellenz.«

Der Präfekt sah das Paket an. Gieriger Glanz überzog seine Augen, und seine Stimme bebte.

»Ja, sagen Sie mir bloß nicht!«

»Und ob!« erwiderte Ferraguto triumphierend.

»Das ist wirklich die Geschichte der Archäologie Siziliens vom Herzog von Serradifalco?«

»Gewiß. Das sind die Bücher, die Sie gesucht hatten.«

»Und wie sind Sie an die gekommen?«

»Ich habe sie beim Notar Scimè entdeckt und ihn höflich darum gebeten; er hat sie mir geschenkt, um Ihnen seine Ehrerbietung zu bezeugen.«

»Wirklich? Ich werde ihm ein Kärtchen schicken.«

»Besser nicht, Exzellenz.«

»Und warum nicht?«

»Weil er sich sonst gehörnt und betrogen vorkäme. Ihn zu überzeugen war nämlich gar nicht so leicht, verstehen Sie? Der Notar hing sehr an diesen Büchern. Ich habe ihn erst ein wenig, sagen wir mal, überreden müssen, daß die Sache in seinem Interesse ist.«

»Ach so«, meinte Seine Exzellenz und strich liebevoll mit einer Hand über das Paket. »Ich verrate Ihnen was, Ferraguto. Die Bücher mit viel Schrift langweilen mich, sie bringen mich ganz aus dem Konzept. Abbildungen sagen mir einfach mehr. Und zum Glück sind die Bücher des Serradifalco ja voller Bilder.«

Don Memè beschloß das kulturelle Zwischenspiel zu beenden.

»Seine Exzellenz werden verzeihen«, sagte er, während er sich daranmachte, seine Hosenträger abzuknöpfen. Der Präfekt sprang mit einem Satz auf, eilte zur Tür, schloß zweimal ab und ließ den Schlüssel in der Hosentasche verschwinden. Inzwischen hatte Ferraguto eine lange Rolle aus dem rechten Hosenbein herausgezogen, die er auf den Schreibtisch legte. Dann hatte er sich die Hose wieder zugeknöpft.

»Deswegen mußte ich so schief gehen«, sagte er. »Ich hatte Angst, daß das Blatt geknickt würde. Mit einer *lupara* in der Hose hat man dieses Problem nicht.«

Er lachte, während Seine Exzellenz die Rolle ausbreitete. Es waren der Andruck eines Plakats, das die bevorstehende Aufführung der Oper *Der Bierbrauer von Preston* zur Einweihung des neuen Theaters von Vigàta ankündigte. Da der Präfekt nach aufmerksamer Lektüre keinen Fehler gefunden hatte, gab er Ferraguto die Rolle zurück, der sie sich wieder in die Hose schob.

»Wir sind jetzt mit den Steinen am Tor, mein Bester.«

»Ich verstehe Sie nicht, Exzellenz.«

»Das ist eine Redensart aus meiner Gegend. Es bedeutet, daß wir nur noch ganz wenig Zeit haben. Übermorgen, vielmehr in drei Tagen wird die Oper aufgeführt. Und ich bin sehr in Sorge.«

Sie schwiegen eine Weile, ohne sich aus den Augen zu lassen.

»Als Bub spielte ich mit den *comerdioni*«, sagte Emanuele Ferraguto bedächtig in das Schweigen hinein.

»Ach ja?« erwiderte der Präfekt ein wenig angewidert, der sich unter *comerdioni* eine Art haariger, widerlicher Spinnen vorstellte, denen der kleine Ferraguto ein Bein nach dem anderen ausriß.

»Ja«, fuhr Ferraguto fort. »Wie nennt ihr in euren Breitengraden diese Spielsachen, die die Kinder basteln...?«

»Ach, es handelt sich also um Spielzeug?« unterbrach ihn der Präfekt sichtlich erleichtert.

»Jawohl. Man nimmt ein Stück buntes Papier und schneidet es in einer bestimmten Form aus, dann werden zwei Bambusstäbe mit Mehlkleister angeklebt... und zum Schluß läßt man es an einer Schnur in die Lüfte steigen.«

»Ich habe begriffen! Die Papierdrachen!« rief der Präfekt aus.

»Die Drachen, jawohl, mein Herr. Ich spielte damit in der Gegend von Punta Raisi bei Palermo. Kennen Sie den Ort?«

»Was sind das für Fragen, Ferraguto! Sie wissen doch genau, daß ich nicht gern aus dem Haus gehe. Sizilien kenne ich von Abbildungen. Das ist besser, als sich vor Ort zu begeben.«

»Punta Raisi ist keine günstige Stelle für das Drachensteigen. Manchmal herrschte dort völlige Windstille, und um nichts auf der Welt wollten die Dinger abheben. Andere Male wiederum wehte Wind, doch kaum war der Drachen in der Höhe, traf ihn eine starke Strömung, so daß er sich überschlug, auf die Bäume herunterstürzte und in den Ästen hängenblieb. Ich aber hatte einen Dickschädel und versuchte mich weiter im Drachensteigen. Das war falsch, ich war im Unrecht. Habe ich mich klar genug ausgedrückt?«

Die unvermittelte Frage traf Seine Exzellenz wie ein Schlag. Was verdammt noch mal gab es in dieser Geschichte von den Drachen und den Gegenwinden nur zu begreifen?

»Nein, das haben Sie nicht.«

»Er ist und bleibt ein Florentiner Arsch«, dachte Ferraguto und formulierte die Frage von neuem.

»Ihre Exzellenz gestatten, daß ich *lateinisch* spreche?«

Der Präfekt spürte, wie ihm der Schweiß den Rücken hinunter rann. Seitdem ihm *rosa, rosae* untergekommen war, war dieses Zeug für ihn ein Schreckgespenst.

»Ferraguto, unter uns, in der Schule war ich keine Leuchte.«

Don Memès berühmtes Lächeln verbreiterte sich.

»Aber was haben Sie denn verstanden, Exzellenz? Bei uns in Sizilien bedeutet, sich auf lateinisch auszudrücken, Klartext zu reden.«

»Und wenn ihr im unklaren bleiben wollt?«

»Dann reden wir sizilianisch, Exzellenz.«

»Machen Sie in lateinisch weiter.«

»Exzellenz, warum versteifen Sie sich darauf, diesen Drachen namens *Bierbrauer* in Vigàta steigen zu lassen, wo es doch Gegenwinde gibt? Glauben Sie mir, der ich mich Ihr Freund zu sein schätze, das ist keine gute Sache.«

Endlich begriff der Präfekt die bildhafte Umschreibung.

»Was die da in Vigàta machen sollen und was nicht, das bestimme ich! Die müssen tun, was ich sage und befehle. *Der Bierbrauer von Preston* wird aufgeführt und den gebührenden Erfolg haben.«

»Exzellenz, darf ich *spartanisch* reden?«

»Was soll das nun wieder heißen?«

»Das bedeutet, so reden, wie einem der Schnabel gewachsen ist. Wollen Sie mir also erklären, aus welchem dreifach verteufelten Grund Sie sich ins Hirn gesetzt haben, den Vigatesern die Aufführung einer Oper aufzuzwingen, die ihnen nicht paßt? Will der Herr vielleicht eine Revolution heraufbeschwören?«

»Was für hochtrabende Worte, Ferraguto!«

»Nein, Exzellenz, das sind keine hochtrabenden Worte. Ich kenne die Leutchen da. Die sind lieb und nett, aber wenn denen der Gaul durchgeht, sind sie in der Lage, einen Krieg anzuzetteln.«

»Ach du lieber Gott, warum sollten die Vigateser einen Krieg heraufbeschwören, anstatt sich eine Oper anzuhören?«

»Je nachdem, um was für eine Oper es sich handelt, Exzellenz.«

»Erzählen Sie mir bloß nichts, Ferraguto! Sind in Vigàta etwa die besten Musikkritiker der Welt zu Hause?«

»Darum geht es nicht. Die Vigateser mit Ausnahme von drei bis vier Personen verstehen nichts von Musik.«

»Ja, und?«

»Das Problem ist, daß dieses Stück von Ihnen, dem Präfekten von Montelusa, gewollt ist. Und den Vigatesern behagt nichts von all dem, was die Monteluser sagen und tun.«

»Soll das ein Witz sein?«

»Nein. Die Oper als solche schert sie keinen Deut. Aber sie wollen einfach nicht, daß der, der in Montelusa und Umgebung kommandiert, auch in Vigàta das große Wort führt. Wissen Sie, was der Kanonikus Bonmartino, ein von allen geschätzter Diener Gottes, gesagt hat?«

»Nein.«

»Er hat gesagt, wenn die Vigateser dem Präfekten in der Sache mit der Oper nachgeben, wird der sich dann im Recht sehen, ihnen vorzuschreiben, was sie zu essen und wann sie zu scheißen hätten.«

»Aber das ist doch völliger Schwachsinn! Es handelt sich um eine schöne Oper, und diese Leute verstehen einfach nichts von Musik!«

»Exzellenz, die Sache stünde genauso, wenn die Oper vom Herrgott im Himmel gemeinsam mit einer Schar von Engeln geschrieben worden wäre.«

»Du heiliger Bimbam! Es muß etwas getan werden, Ferraguto! Das Werk muß Triumphe feiern! Es muß ein denkwürdiger Erfolg werden! Sonst ist meine Karriere beim Teufel!«

»Wenn Sie mir das vorher gesagt hätten, Exzellenz, wenn Sie mich von Ihrem Vorhaben rechtzeitig unterrichtet hätten, hätte ich mich darum bemüht, Ihnen einige bescheidene Ratschläge zu geben. Jetzt tue ich, was noch möglich ist.«

»Mehr, Ferraguto, mehr müssen Sie tun. Koste es ...«

Er hielt inne.

»Koste es was?« drängte Ferraguto ihn.

Der Präfekt schwankte und merkte, daß er sich auf ein gefährliches Pflaster begeben hatte.

»Ich überlasse das Ihnen und Ihrem Feingefühl«, sagte er zum Abschluß und erhob sich.

An dem Tag, an dem der Arzt Gammacurta ermordet wurde, hielt dieser sich wie üblich in seiner Praxis auf. Dort war er auch am Nachmittag nach der Essenspause und einem Nickerchen von einer halben Stunde. Doch er hatte nicht seine gewohnte Laune und war richtiggehend nervös. Heute fehlte ihm die Geduld für die Kleinkinder mit den verklebten Augen, und er regte sich wegen der Patienten mit Dreitage- und Viertagewechselfieber auf. Als er bei einem hinten am Hals ein Karbunkel entfernen sollte, den man wegen seines Gewichts und seiner Angst vor dem Skalpell einfach nicht festhalten konnte, geriet er in Rage.

Gerade als er die Praxis schließen und sich auf den Heimweg machen wollte, wurde dringend nach ihm gerufen: das Meer habe einen halbertrunkenen Fremden an Land gespült. Als Gammacurta ihn dann zu Gesicht bekam, begann er lauthals zu fluchen: »Zum Teufel mit euch allen! Was heißt hier halb ertrunken! Seht ihr nicht, daß der schon seit mindestens einer Woche tot und von den Fischen angefressen ist? Holt, wen ihr verdammt noch mal wollt, den Pfarrer, den Kommissar, aber geht mir bloß nicht auf die Eier!«

Schlechte Laune war bei Gammacurta, in Stadt und Land als freundlich und wohlerzogen bekannt, überaus merkwürdig. Der Grund dafür war, daß er an diesem Abend ins Theater gehen mußte und daß kein Heiliger ihn davor bewahren konnte. Im Bürgerverein hatte er sich gemeinsam mit den anderen verpflichtet, die Aufführung der Oper, die der Präfekt den Vigatesern aufgezwungen hatte, in Pfiffen und Furzgeräuschen untergehen zu lassen. Von Natur aus neigte er jedoch nicht dazu, das Licht der Öffentlichkeit zu suchen. So hatte er sich überlegt, als Ausrede den Besuch bei einem Schwerkranken zu erfinden. Diese Rechnung hatte er jedoch ohne seine Gemahlin gemacht, mit der er tags zuvor einen heftigen Wortwechsel gehabt hatte:

»Ich habe mir eigens für den Anlaß in Palermo ein Kleid schneidern lassen!«

Der Arzt hatte sich das Gewand angesehen. In seinen Augen war es eher ein Karnevalskostüm. Aber selbst im Karneval wäre es für eine echte Dame eine Zumutung gewesen, sich damit zu zeigen. Wie auch immer, der Theaterbesuch war für Madame längst beschlossene Sache.

»Ich kann dir gleich sagen, daß die Musik nichts taugt.«

»Ach ja? Woher weißt du das? Bist du jetzt ein Musikwissenschaftler geworden? Und im übrigen mache ich mir sowieso nichts aus Musik.«

»Warum willst du dann in die Oper gehen?«

»Weil die Signora Cozzo auch hingeht.«

Das war ein Argument, das keine Gegenrede zuließ. Frau Cozzo, die Gattin des Vereinsvorsitzenden, war ein rotes Tuch für Frau Gammacurta.

Das Anziehen war mühselig, und nichts wollte ihm gelingen. Wie betäubt war er von den heftigen Stimmen aus dem Nebenzimmer, wo sich seine Frau mit Hilfe der offensichtlich ungeschickten Dienerin Rosina zurechtmachte. Der Knopf des Hemdkragens wollte nicht zugehen und fiel dreimal auf den Boden; von den Manschettenknöpfen fand er nur einen; den anderen entdeckte er, nachdem er eine gute Stunde auf allen vieren herumgerutscht war, schließlich unter der Kommode. Und obendrein drückten ihn die Lackschuhe.

Jetzt saß er endlich in der dritten Reihe des Parketts und ihm zur Seite seine Angetraute, die wie eine bunt verzierte Zuckerbäckertorte aussah. Glückselig lächelte sie, weil das Kleid von Frau Cozzo, die mit ihrem Gatten zwei Reihen hinter ihnen saß, lange nicht so viel Aufsehen erregt hatte wie das ihre. Der Arzt sah sich um: die Mitglieder des Zirkels, mit denen er Grußworte, Lächeln und stumme Zeichen austauschte, hatten alle strategisch günstig in den Logen und im Parkett Stellung bezogen.

Das Bühnenbild stellte den Hof einer Brauerei im englischen Preston dar, was auf den Zetteln stand, die am Theatereingang verteilt worden waren. Linker Hand sah man die Fassade eines zweistöckigen Gebäudes mit einer Außentreppe, rechts war ein großes eisernes Tor aufgebaut und im Hintergrund eine Backsteinmauer mit einer Tür in der Mitte. Überall standen Schubkarren, Säcke mit wer weiß was gefüllt, Schaufeln und Körbe herum.

Die Musik setzte ein, und mit grauer Schürze vor dem Leib tauchte auf, der dem Gedruckten nach Bob, der Vorarbeiter, war. Heiter und vergnügt begann er eine Glocke zu läuten. Sogleich traten sechs Personen, ebenfalls die Arbeitsschürze vorgebunden, durchs Tor. Doch statt sich an die Arbeit zu machen, stellten sie sich in einer Reihe vor den Leuten im Theater auf. Ihren Gesichtern und Gesten nach mußten sie noch glücklicher sein als ihr Vorarbeiter. Dieser sah sie an, breitete die Arme aus und begann zu singen:

Freunde, zur Fabrik
heiter laßt uns eilen!

Und die sechs Arbeiter schienen im siebten Himmel:

Heiter laßt uns eilen!

sangen alle zusammen, die Arme hochwerfend.

Die sechs mit den Schürzen begannen vor Freude zu hüpfen:

Das Bier brauen wir.

Der Vorarbeiter Bob drehte eine Runde um den ganzen Hof und stellte das Werkzeug zur Schau.

Der unsre ist der beste
von sämtlichen Berufen.

Die sechs umarmten sich und verabreichten einander kräftige Schläge auf den Rücken.

Von sämtlichen Berufen.

Und Bob sang, vom Karren zum Sack und vom Sack zu einem Stapel Körbe eilend:

Wir machen ein Bier,
das bereitet Pläsier.

»Dir schmeckt das vielleicht«, rief einer mit lauter Stimme, der auf einem der Plätze genau unterm Schnürboden saß. »Für mich ist Bier eine Pißbrühe, ich trinke nur Wein!«

Der Einwurf hatte sogar die Musik übertönt. Doch der Chor ließ sich nicht aus dem Takt bringen und sang weiter.

Das bereitet Pläsier.

An dieser Stelle wurde der Mandelhändler Don Gregorio Smecca, ein höchst gewissenhafter Mann, richtiggehend böse.

»Aber wieso wiederholen die sechs Idioten da immer das gleiche? Glauben die vielleicht, wir sind Hornochsen? Was es zu begreifen gibt, das begreifen wir auf Anhieb, dazu braucht es keine Wiederholung!«

Diese Gelegenheit machte sich Lollò Sciacchitano zunutze, der ebenfalls auf der Galerie saß, aber in einiger Entfernung von seinem Freund Sciaverio, der verkündet hatte, daß ihm Bier nicht mundete.

»Sciavè, aber warum sind die denn so lustig?« fragte er mit einer Stimme, die sogar das tosende Meer übertönt hätte.

»Weil sie arbeiten gehen«, kam prompt die Antwort Sciaverios.

»Erzähl doch keinen Mist!«

»He, dann frag sie am besten selbst!«

Sciacchitano stand auf und wand sich an die sieben auf der Bühne.

»Ich bitte um Verzeihung, aber wollt ihr mir vielleicht sagen, wie die Dinge hier stehen? Warum seid ihr bloß so vergnügt auf dem Weg zur Arbeit?«

Auf der Bühne kam jetzt ein gewisses Durcheinander auf. Zwei aus dem Chor schirmten mit der Hand die Augen gegen das Licht, um zur Galerie zu schauen, aber der Dirigentenstab rief sie gleich wieder zur Ordnung.

Der Präfekt Bortuzzi auf seinem königlichen Rang witterte Gefahr und spürte, wie ihm das Blut zu Kopf stieg. Wütend winkte er den Kommissar Puglisi zu sich, der hinter ihm stand.

»Verhaften Sie sofort diese Arschlöcher! Aber schnell!«

Puglisi fehlte der Mut, seinen Befehl auszuführen. Er wußte, daß es an diesem Punkt nur einer Winzigkeit bedurfte, um einen Aufstand ausbrechen zu lassen.

»Sehen Sie, Exzellenz, Sie mögen mir verzeihen, hinter dem, was die da tun, steckt keinerlei Böswilligkeit oder üble Absicht. Das sind keine Störenfriede, ich kenne jeden einzelnen von ihnen. Das sind brave und respektvolle Leute, glauben Sie mir. Nur haben sie noch nie ein Theater von innen gesehen und wissen nicht, wie man sich zu benehmen hat.«

Und er hatte Erfolg. Dem Präfekten lief der Schweiß aus allen Poren, aber er bestand nicht auf der Ausführung des Befehls.

Inzwischen war Daniele Robinson, der Besitzer der Brauerei, über die kleine Treppe auf der linken Seite heruntergekommen. Er war noch heiterer als die anderen und gab endlich eine Erklärung ab. Dieses sei nämlich ein Festtag, weil er heute eine gewisse Effy heiraten wollte. Die Nachricht ließ alle vor Freude beinahe ohnmächtig werden. Bob hub an:

Wen besser hätt' er erwählen können,
wen gütiger im Herzen und schöner?

Die sechs mit den Schürzen ließen sich auch dieses Mal vernehmen und wiederholten prompt:

Wen gütiger im Herzen und schöner?

Don Gregorio Smecca konnte nicht mehr länger an sich halten.

»Schon wieder diese Erzlangweiler! Ich geh' jetzt, gute Nacht.«

Er stand auf und ging weg, ohne seiner Frau weitere Erklärungen zu liefern.

Unterdessen besangen die Frohnaturen auf der Bühne Effy als einen »kostbaren Edelstein« und als »Wahrzeichen der Liebe«. Daniele Robinson begann nun, an alle Geld zu verteilen, und gab Anweisungen für die Vorbereitungen zu einem großen Fest.

Sucht, findet in allen Ecken
die Flöten, die Kesselpauken, die Pfeifen, die Hörner.

»Die Hörner brauchst du nicht zu suchen gehen, die wachsen dir von allein«, ertönte es wieder von der Galerie. Jemand lachte.

»Aber sind die Kessel nicht diese Dinger, in denen du das Essen zubereitest?« fragte Gammacurta mit ernsthafter Miene seine Gattin.

»Jawohl.«

»Was haben denn Kessel bitte mit Pfeifen und Flöten zu tun?«

Endlich wurde es etwas ruhiger im Theater. Die Arbeiter waren alle hinausgegangen, um die Instrumente zu suchen und die Nachbarn einzuladen. Auch wenn Daniele jetzt niemanden mehr zur Seite hatte, begann er, Bob merkwürdige Zeichen zu machen, als wolle er ihm etwas Geheimnisvolles mitteilen. Bob trat näher, und sein Herr verriet ihm, daß im Laufe des Tages sein Zwillingsbruder eintreffen würde, den er schon seit zwei Jahren nicht mehr gesehen hatte. Er heiße Giorgio und sei Soldat und habe keinen sehr friedfertigen Charakter. Bob zeigte sich skeptisch:

Und wird er kommen?

Daniele wurde nachdenklich und erwiderte:

Ich hoffe es, wenn jener schreckliche Beruf,
seinen Hintern hinzuhalten…

Die Männer im Saal hielten den Atem an, als sie von dem kuriosen Beruf des Zwillingsbruders Giorgio hörten. Manche glaubten, nicht richtig gehört zu haben, und erkundigten sich bei ihren Platznachbarn. Wie es die Musik wollte, wiederholte Daniele in einer höheren Tonlage die Stelle mit der Beschäftigung seines Bruders.

Wenn jener schreckliche Beruf,
seinen Hintern hinzuhalten...

Da brach schallendes Gelächter los, das von A-Rufen bis U-Lauten reichte: da waren Lacher, die im Hals kratzten, solche, die von einem Nieser begleitet wurden, andere gluckerten wie Springbrünnlein, klangen wie unterdrückter Schluckauf oder als würde ein Motor angeworfen, als grunzte ein Schwein und so weiter. So kam es, daß die gesungene Erklärung von Giorgios seltsamem Beruf völlig unterging:

... seinen Hintern hinzuhalten,
sich zu opfern fürs Vaterland.

Das Gelächter, das der Cavaliere Mistretta zu unterdrücken suchte, erregte das größte Aufsehen. Der Cavaliere litt nämlich unter Asthma und bekam keine Luft mehr. Um wieder welche zu bekommen, tat er einen Atemzug, der dem Klang eines Nebelhorns zum Verwechseln ähnlich war. Trotz des mächtigen Tons bekam er noch immer keine Luft und begann, mit den Armen herumzufuchteln, und verpaßte dabei den Sitznachbarn heftige und krampfhafte Schläge. Seine Frau erschrak und jammerte laut. Andere eilten dem Cavaliere zu Hilfe, und der Geistesgegenwärtigste unter ihnen lud ihn auf seine Schultern und brachte ihn in den Vorraum, gefolgt von der Ehefrau, die unaufhörlich jammerte und weinte.

Anfangs war der Doktor Gammacurta hocherfreut und dachte, daß Mistretta das Ganze in Szene gesetzt habe, um ihren Abmachungen gemäß die Aufführung zu stören. Doch dann begriff er, daß es etwas Ernstes war.

Auf der Bühne war inzwischen sie, die Jungfer Effy, die sagenhafte Schönheit, erschienen. Es war ein Riesenweib von über zwei Metern mit Händen wie Schaufeln und einer Nase, an der sich einer, wenn starker Wind blies, gut festhalten konnte. Unter der Nase war der dunkle Schatten eines Schnurrbarts, den auch die reichlich aufgetragene Schminke nicht überdecken konnte. Außerdem bewegte sie sich mit weit ausholenden Schritten und schlug laut die Hacken zusammen.

Filippa, die Frau von Giosuè Zito, saß seelenruhig da. Sie war von Geburt an taub und hatte nichts von dem mitbekommen, was im Zuschauerraum oder auf der Bühne gesagt wurde. Für sie spielte sich alles in himmlischer Eintracht ab. Erst beim Anblick des großen Weibs wurde sie neugierig.

»Giosuè, wer ist das?«

Giosuè Zito war bei Effys Erscheinen unruhig geworden.

»Da stimmt was nicht«, hatte er gedacht, »da ist was faul, das ist keine Frau, sondern ein Mann.«

»Das ist Giorgio, der Zwillingsbruder«, antwortete er im Brustton der Überzeugung, laut brüllend ob der Schwerhörigkeit seiner Frau.

Wieder brach großes Gelächter aus, doch der Beitrag Giosuè Zitos zum Absägen der Oper war gänzlich unfreiwillig gewesen.

Die Sängerin, die den Part von Effy sang, war wegen der Ereignisse im Zuschauerraum und wegen der Dinge, die ihr noch vor dem Auftritt zu Ohren gekommen waren, sichtlich in Panik geraten. Ihr Blick, ihre verkrampften, ringenden Gesten und so mancher ruckartige, ungelenke Schritt drückten das ganze Gegenteil von dem aus, was sie eigentlich sollten – nämlich Freude über die bevorstehende Hochzeit. Auf das gebieterische Zeichen des Dirigenten hin stimmte sie mit einer Stimme, schwach wie ein flackerndes Flämmchen kurz vorm Verlöschen, ihren Part an:

Auch ich kenn' die Kunst ein wenig,
die Kunst der Koketterie,
weiß Zeiten und Orte auszutauschen,
Blicke und liebliches Plauschen:
tausend schmachtende Liebste
hab' ich im Wahn für mich gesehen.

An dieser Stelle ließ sich von der Galerie die Stimme Lollò Sciacchitanos vernehmen.

»Sciavè, wärst du fähig, nach einem solchen Weib zu schmachten?«

Klar und deutlich kam die Antwort Sciaverios:

»Nicht mal nach dreißig Jahren schweren Kerkers.«

Den Doktor Gammacurta dauerte jene Frau auf der Bühne, die mutig weitersang. Es war ungerecht, fand er, denn die Arme, die sich da ehrlich ihr Brot verdiente, hatte doch nichts mit den Vigatesern, den Montelusern und diesem Arschloch von Präfekten zu tun.

»Ich gehe mal, um zu sehen, wie sich der Cavaliere Mistretta fühlt«, sagte er zu seiner Frau. Er erhob sich, ließ die vier Personen aufstehen, die ihm den Weg zum Gang versperrten, und ging ins Foyer.

Meine sehr verehrten gnädigen Frauen und gewissermaßen sehr verehrten gnädigen Herren

»Meine sehr verehrten gnädigen Frauen und gewissermaßen sehr verehrten gnädigen Herren. Meiner Frau Concetta wurde der Vorschlag unterbreitet, daß ich einen Vortrag über Luigi Ricci, den Komponisten der Oper *Der Bierbrauer von Preston,* halten solle, die in wenigen Tagen im neuen Theater von Vigàta, dem ganzen Stolz dieses lieblichen Städtchens, aufgeführt wird. Diese Rede bin ich gezwungen zu halten, unter allen Umständen, weil ich meiner Frau nicht eine einzige Bitte abschlagen kann. Warum nur, werden Sie sich fragen.«

Er machte ein schluchzendes Geräusch, kramte ein rotkariertes Taschentuch hervor, wackelte um Mitleid heischend mit dem Kopf, schneuzte sich kräftig die Nase, steckte das Taschentuch wieder in die Hosentasche seines Festtagsanzugs und fuhr bitter lächelnd fort.

»Meine Mutter hatte es mir gesagt. Immer wieder war sie in mich gedrungen und hatte von mir wissen wollen: kannst du mir erklären, warum du dir in den Kopf gesetzt hast, sie zu heiraten? Concetta ist dreißig Jahre jünger als du, nach zehn Jahren Ehe wirst du die Sechzig erreicht haben, während sie erst dreißig ist. Und um sie dir nicht entwischen zu lassen und des lieben Familienfriedens willen wirst du schlimmer als ein Sklave dich jeder ihrer Launen beugen müssen. Wie recht sie doch hatte, die gute Mutter! Ihre Worte sind nicht mit Gold aufzuwiegen! Nur um Ihnen ein Beispiel zu nennen: ich wußte nichts von diesem Luigi Ricci, der mir, verzeihen Sie, scheißegal war, er und seine Musik. Im übrigen gibt es nur noch wenige Dinge, die mir Freude bereiten können. Statt dessen aber lautete ihr Befehl: diesen Vortrag mußt du halten, ansonsten ... Ansonsten, ich weiß genau, was »ansonsten« zu bedeuten hat! Schluß, lassen wir es gut sein. Und wer hat meiner Frau Gemahlin diese Sache ans Herz gelegt? Sie wissen ja alle, daß Concetta eng mit der Gattin Seiner Exzellenz des Präfekten Bortuzzi befreundet ist. Habe ich das Geheimnis jetzt gelüftet? Ist es jetzt klar? Ebendas ist der Grund, weshalb ich hier wie ein Idiot vor Ihnen stehe.«

Don Memè saß in der ersten Reihe neben dem vergoldeten Sessel des Präfekten, der heute zum Glück die erlauchte Last wegen unaufschiebbarer Amtspflichten nicht zu tragen hatte. Seitdem der da vorne zu reden begonnen hatte, fühlte er sich so verloren wie noch nie in seinem Leben – und an Gelegenheiten, sich verloren zu fühlen, hatte es ihm gewiß nicht gemangelt. Der glückliche Einfall, dem Präfekten zu sagen, daß seine Signora Luigia, Giagia genannt, mit Frau Concetta, die mit dem Gymnasialdirektor Carnazza aus Fela verheiratet ist, sprechen solle, stammte nämlich von ihm. Freunde, die er um Rat angegangen war, hatten ihm den Studienrat Carnazza als einfühlsamen Musikkenner genannt und verschwiegen, diese Hornochsen, daß er sich wesentlich besser in Sachen Wein auskannte. Und es muß gesagt sein, daß selbst Seine Exzellenz ihn gewarnt hatte.

»Können wir sichergehen mit diesem Carnazza?«

»Gewiß, Exzellenz. Warum?«

»Weil meine Angetraute mir gesagt hat, daß Sie von Frau Carnazza im Vertrauen erfahren hat, daß der Rektor sich oft und gerne *dranhängt.*«

»Wo hängt er sich dran, Exzellenz?«

»Wo zum Teufel soll er sich schon dranhängen, Ferraguto? An die Flasche hängt er sich, und immer, wenn er das tut, geht ihm das Mundwerk über.«

»Exzellenz, seien Sie versichert. Wie ein Schatten werde ich an ihm kleben. Nicht einmal Wasser wird er zu trinken kriegen.«

Und da stand er vor allen, voll wie ein Eimer. Von wegen der Mund ging ihm über! Er spann herum wie das Orakel von Cuma. Bestimmt hatte er sich ein paar Flaschen, die er in den Taschen des Übermantels versteckt hielt, hinter die Binde gekippt. Das mußte er wenige Minuten vor dem Beginn seiner Rede getan haben, als er um Erlaubnis gebeten hatte, aufs Klo gehen zu dürfen. Bei so viel Wein im Blut genügte es schon, daß er nur am Flaschenkorken roch, um abzuheben.

»Also, also, also. Dieser Luigi Ricci erblickt in Neapel bei einer Bullenhitze, nämlich im Juli 1805, das Licht der Welt. Als hätten die Neapolitaner nicht eh schon genügend Unglück zu ertragen, wird vier Jahre später sein Bruder Federico geboren, der ebenfalls Musiker wird.

Ich habe euch eine wichtige Sache zu sagen, hört mir gut zu, du liebe Güte, könnt ihr mir vielleicht sagen, weshalb ihr lacht? Ich werfe euch aus der Klasse, habt ihr verstanden? Also, wo waren wir stehengeblieben… Der Vater der beiden hieß Pietro, er war kein Neapolitaner, sondern stammte aus Florenz; ich bin mir nicht sicher, ob ich mich deutlich genug ausdrücke: er war Florentiner wie eine andere Person, vielmehr eine Persönlichkeit, die wir alle kennen! Und er spielte Klavier, wie es alle können, zum Beispiel meine Gattin. Ganz nettes Geklimper, wenn ihr wißt, was ich meine. Da meine Frau eine Schönheit ist, sagen alle zu ihr, sie spiele wie ein Engel. Meines Wissens spielen Engel Klarinette und Trompete, niemals aber Klavier. Ach, apropos, ist unter den Anwesenden jemand, der mir ein gebrauchtes, noch gut erhaltenes Klavier verkaufen kann? Das, was mich meine Frau hat kaufen lassen, ist auf dem Umzug von Bìcari, wo ich Lateinlehrer war, nach Fela kaputtgegangen. Es braucht kein Markenklavier zu sein, Hauptsache, es spielt... Ach, wo war ich stehengeblieben? Zum Teufel, wo waren wir gerade? Ach ja, ich sprach von Luigi Ricci. Nun gut, er studierte also Musik und machte sich ans Komponieren. Die ersten idiotischen Stücke, ich bitte um Verzeihung, das ist mir eben so herausgerutscht, die er schrieb, hatten, wer weiß warum, großen Erfolg. Alle Theater von Rom bis Neapel, von Turin bis Mailand wollten ihn. Und da er nicht mehr mitkam bei den ganzen Aufträgen, fing er an, hie und da ein wenig abzuschreiben, wie es alle meine Schüler tun. Unter ihnen ist einer, der scheint mit dem Teufel im Bund zu stehen. Wenn ich einen lateinischen Aufsatz diktiere, was macht der? Der setzt sich... wohin setzt er sich denn? Was hat das hiermit zu tun? Ach ja, Ricci Luigi. Wie auch immer, dem Ricci wurde überall Beifall geklatscht, und der verlor keine Zeit, sondern schrieb und kopierte und ging mit allen Sängerinnen, die ihm vor die Flinte kamen, ins Bett. In Triest lernte er drei Böhminnen kennen, ja, wenn man das so hört, klingt es, als seien es Stücke aus

Glas, aus Kristall. Man sagt besser: drei Frauen aus Böhmen, und die waren Schwestern und hießen Stolz mit Nachnamen. Ludmilla, Francesca und Teresa Stolz. Die letztere, Teresa, das ist die engelsgleiche, und das meine ich dieses Mal ernst, Interpretin der Opern Verdis, des Schwans von Busseto. Und anscheinend hat sie sich ziemlich oft für den Schwan in Leda verwandelt. Ha, ha, ha! Habe ich mich klar genug ausgedrückt? Warum lacht ihr nicht? Kennt ihr nicht die Geschichte von Leda und dem Schwan? Nein? Ich erzähle sie euch trotzdem nicht, ihr Dummköpfe. Gehen wir weiter, besser gesagt zurück. Luigi Ricci begann also, mit Ludmilla und Francesca seine Spielchen zu treiben. Auch an Teresa scheint er sich gütlich getan zu haben, aber nur, wenn die anderen zwei mal nicht in Reichweite waren. Ha, ha. Luigino konnte sich zwischen Ludmilla und Francesca nicht entscheiden, und der Zweifel nagte zu nächtlicher Stunde an ihm. Um bei keiner als unhöflich zu gelten, widmete er sich der einen wie der anderen in gleichem Maße. Am Ende heiratete er Ludmilla, und Francesca schenkte ihm einen Sohn. Das kann vorkommen. Ihr glaubt das nicht? Ich schwöre euch, haargenau die gleiche Sache ist einem Freund von mir passiert, den ich hier im Saal an der Seite seiner Gnädigsten sitzen sehe. Er hatte zwei Frauen, vertraute er mir an: mit der einen redete er, mit der anderen trieb er es. Von der, mit der er sich unterhielt, bekam er eine Tochter. Da muß ich mich jetzt aber fragen: mit welchem Organ redete mein Freund eigentlich?«

Der Makler Patanè in der vierten Reihe erkannte sich sofort in den Worten des Rektors wieder, und ein gewaltiger Schrecken überkam ihn, der sich in einem Schlag auf den Magen ausdrückte. Vor Schmerz krümmte er sich zusammen.

»Geht es dir nicht gut?« fragte seine Frau ihn.

»Nichts, nichts, eine Spur von Sodbrennen. Das Zicklein liegt mir noch im Magen«, erwiderte der Makler und wünschte, daß ein Erdbeben, eine Windhose oder irgendeine andere Naturkatastrophe Carnazza hindern würde, seine Rede fortzusetzen. Doch der Wein im Blut und somit im Kopf des Rektors kreiste weiter auf unberechenbaren Bahnen. Den Namen des Freunds verriet der Rektor jedoch nicht.

»Verzeiht, ich nehme den Faden der Ariadne, vielmehr den der Rede, wieder auf, das ist ja dasselbe. Jawohl. Der rote Faden, mit dem man ans Ende der Rede gelangt, besteht aus Konjunktiven. Ist euch das noch nie aufgefallen? Wenn jemand es schafft, sich an einem festzuhalten und den nachkommenden zu folgen, dann findet er den Weg aus dem Labyrinth heraus. Ach ja, Ricci. Luigi Ricci ist vor ein paar Jahren in keiner geringeren Stadt als in Prag verschieden. Auf dem gesamten Erdenrund hat er Schaden angerichtet. Auch mit Hilfe seines Bruders. Kommen wir also zu diesem *Bierbrauer von Preston*. Er wurde 1847 in Florenz uraufgeführt. Und da haben wir es wieder. In Florenz, habt ihr verstanden? Seht ihr, wie sich der Kreis schließt? Aus Florenz stammt Luigis Vater, in Florenz fand die erste Aufführung statt, und aus Florenz kommt einer – wir wissen ja wer –, der uns regiert. Soweit ich weiß, hat der Verfasser des Librettos, ein gewisser Francesco Guidi, von einem französischen Autor namens Adolphe Adam abgeschrieben, der 1838 eine komische Oper in der Opéra-Comique aufgeführt hat…

Halt, keine Bewegung! Ich habe den Faden verloren. Also Guidi hat von Adam eine Oper mit französischem Libretto, aber mit dem gleichen Titel abgeschrieben. Genug jetzt. An dieser Stelle scheint mir, es handelt sich um eine Abschreiberei auf Teufel komm raus, sowohl was die Musik als was auch die Worte anbelangt. Darf ich in diesem Zusammenhang etwas sagen? Ich muß mal, in meinem Bauch rumort es ganz gewaltig.«

Schwankenden Schritts, als herrsche hoher Seegang, einmal schlingernd, dann wieder stampfend, machte er sich auf den Weg nach draußen. Don Memè traf in der Not der Verzweiflung eine Entscheidung: ich gehe ihm jetzt nach bis auf die Toilette, und sobald er sich auf den Thron gesetzt hat, haue ich ihm den Revolverknauf so auf die Rübe, daß er für immer stumm bleibt. Er wollte gerade aufstehen, als der Marchese Coniglio della Favara vor ihm auftauchte.

»Haben Sie Dank, Don Memè«, sagte er lächelnd, »ich hatte gar nicht gewußt, daß Sie trotz allem auf unserer Seite stehen.«

»Dieser Trottel hat recht«, schoß es Don Memè erschrocken durch den Kopf, und das Blut wollte ihm gefrieren.

So wie die Dinge standen, würde der Präfekt allen Ernstes glauben, daß er ihn hereingelegt hatte. Er hatte sich für einen Vortrag stark gemacht, der sich als böser Scherz entpuppte, weil er eindeutig zugunsten der *Bierbrauer*-Opposition ausfiel.

Süffisant lächelte der Marchese ihm lange zu und ließ ihn schließlich stehen, um mit anderen Gästen zu sprechen. Der Vortrag fand im Musiksaal seines Palazzos in

Montelusa statt, worum Ferraguto ihn ausdrücklich gebeten hatte. Und der Marchese hatte sich nicht gedrückt. Als er Don Memè nämlich einmal einen Gefallen abgeschlagen hatte, gingen, welch seltsamer Zufall, zweihundert Olivenbäume auf seinem Landgut in Flammen auf.

Don Memè sah sich um, keiner von den adligen Montelusern, diesen Rindviechern, hatte sich herbemüht. Vielleicht war das angesichts der Trunkenheit des Rektors auch besser so. Das Großbürgertum war im Übermaß vertreten, und jede Menge Angestellte waren da. Doch der größte Teil von ihnen war schon am Gehen, vor allem die Damen, diese Betschwestern, die über Carnazzas Ausdrucksweise empört waren und ihre Ehemänner im Schlepptau hatten. Diese gaben nur unwillig dem Begehren ihrer Frauen nach. Viel lieber wären sie dageblieben, um den Ausgang der Komödie mitzukriegen. So waren gerade noch dreißig Personen übrig.

Don Memè war unschlüssig, ob er zu Carnazza gehen und ihn umbringen oder ob er seelenruhig in der selbstproduzierten Scheiße untergehen sollte. Bei diesen Überlegungen widmete er sich ausgiebig dem Anblick der Deckenfresken. Mit einem Mal zuckte er zusammen. Aus seinem Dämmerzustand erwachend, fragte er sich besorgt: wie lange war der Rektor eigentlich schon draußen? Er kam nicht zum Antworten, denn schon baute sich der Marchese erneut vor ihm auf.

»Sie verzeihen, verehrtester Ferraguto, aber glauben Sie nicht, daß der Studienrat Carnazza meine und die Geduld meiner Gäste mißbraucht?«

»Zum Teufel mit dem Marchese«, dachte Don Memè. »Der will mein Verderben bis zum Ende auskosten!«

Auf dem Abtritt war der Rektor nicht. Ja, der Diener, den man vor der Klotür aufgestellt hatte, erklärte, daß der Rektor Carnazza diesen Ort überhaupt nicht betreten hatte. Er fragte einen anderen Diener am Ende eines langen Flurs, ob er ihn hatte vorbeikommen sehen, doch dieser verneinte. Er machte zwei, drei Zimmertüren auf und steckte den Kopf hinein. Doch ohne Erfolg. Fluchend kehrte er in den Saal zurück und ging zum Marchese, der ihm jetzt unverschämt und rückhaltlos ins Gesicht lachte.

»Ich kann ihn nicht finden.«

Der Marchese versammelte rasch Dienerschaft, Familienangehörige und Gäste, die bei dieser Art Schnitzeljagd begeistert mitmachten. Mit Sicherheit hatte der Rektor sich innerhalb des Gebäudes verlaufen, denn der Torwächter hatte hoch und heilig geschworen, daß er ihn nicht hatte hinausgehen sehen. Mit Lampen, Kerzen, Leuchtern und Lichtern ausgerüstet suchten sie stundenlang nach ihm, stiegen in die Kellerräume hinunter und kletterten in die Dachkammern. Sie brachten die ganze Nacht mit Suchen zu, auch weil der Marchese für Mitternacht wohlweislich einen kleinen Imbiß vorgesehen hatte: Spaghetti mit Schweinefleisch und danach vier Zicklein aus dem Ofen. Wie sehr sie sich auch bemühten, vom Rektor gab es nicht die mindeste Spur. Seitdem er den Musiksaal verlassen hatte, war und blieb er verschwunden.

»Wenn der seinen Rausch ausgeschlafen hat, wird er schon wiederkommen«, lautete die Schlußfolgerung des Marchese bei Morgengrauen.

Seine Vorhersage erwies sich als falsch. Der Rektor Artidoro Carnazza tauchte nie wieder auf. Jemand sah ihn, oder glaubte das zumindest, in einer Schenke in Palermo, wo er Horazsche Verse vor Leuten aufsagte, die noch mehr dem Wein verfallen waren als er selbst. Die Baronin Jacopa della Mànnara schwor, ihn zwischen den Ruinen des Theaters von Taormina gesehen zu haben, wie er, eine Krone aus Weinlaub auf dem Kopf, mit lauter Stimme Verse von Catull deklamierte. Fest steht nur eines, daß seine Ehefrau sich ein paar Jahre später einen Totenschein ausstellen ließ und in den Witwenstand treten konnte. Nach der Trauerzeit heiratete sie einen Neffen Seiner Exzellenz Bortuzzi, der auf der Insel gelandet war, um an einer Hasenjagd teilzunehmen.

(Diese Klammer wird nicht geöffnet, weil der Autor das so will. Die Geschichte selbst erfordert es. Während des Kriegsjahres 1942 wurde Montelusa von einem einzigen, aber verheerenden Bombenangriff der Amerikaner heimgesucht – im Gegensatz zu Vigàta, das mehrfach bombardiert wurde. Im Laufe dieses mehr oder weniger kriegerischen Geschehens wurde der Palazzo Coniglio zur Hälfte zerstört. Kaum hatten die Sirenen Entwarnung gegeben, eilten die Helfer herbei und eilten in alle Ecken und Winkel auf der Suche nach möglichen Opfern oder Verletzten. Unter ihnen war auch so mancher, der ein ernsthaftes Interesse hatte, einige der vermeintlich märchenhaften Schätze des Palastes mitgehen zu lassen. Auf dem Speicher im westlichen Flügel, der wie durch ein Wunder heil geblieben war, fand man im Innern einer Truhe ein männliches Skelett im Festanzug. Da keine Spur von Gewaltanwendung zu entdecken war, mußte die Todesursache mit Sicherheit eine natürliche gewesen sein.

Es handelte sich um eine ganz spezielle Truhe: sie konnte zwar von außen geöffnet werden, doch war sie einmal ins Schloß gefallen, sprang eine Feder auf, die es unmöglich machte, die Truhe von innen zu öffnen. Wer sich auch nur zum Scherz hineinlegte, kam aus eigener Kraft nicht mehr heraus. Neben den sterblichen Überresten fanden sich ein paar Papierblätter, auf denen ganz schwach noch einige unverständliche Worte zu lesen waren. Mühsam entzifferte man einen Namen: den eines gewissen Luigi Picci oder Ricci, wie auch immer.)

Turiddru Macca, der Sohn

Turiddru Macca, der Sohn von Donna Nunzia, von Beruf Hafenarbeiter, hatte sich, wie er es schon seit Jahren tat, bei Einbruch der Dunkelheit, gleich nach dem Abendläuten, schlafen gelegt. Er war wie erschlagen von der Arbeit. Über zweihundert Säcke mußte er täglich auf den Schultern vom Kai zum Segelschiff schleppen. Noch keine sechs Stunden hatte er geschlafen, als er von einem heftigen Klopfen an der Tür der ebenerdigen Behausung, vier mal vier Meter groß, die nur durch ein kleines Fenster neben der Tür Licht bekam, geweckt wurde. Hier lebte er mit der ganzen Familie.

»Turiddru Macca!«

Erschrocken fuhr er aus dem Bett hoch und wollte sich mit einer Hand auf die Matratze stützen, traf statt dessen aber das Gesicht seines Sohns Pasqualino, der im Schlaf jammerte. Das Pochen wurde heftiger.

»Turiddru Macca!«

Turridru streckte die Beine aus, um aufzustehen, aber jetzt versetzte er seiner Tochter Annetta einen Stoß, so daß sie aus dem Bett plumpste. Sie war an solche Stürze gewöhnt und krabbelte ohne die Augen zu öffnen wieder ins Bett zurück. Das Klopfen an der Tür hielt an und ließ keine Zeit zum Überlegen. Turiddru stieg aus dem Bett, wobei er die Füße auf die Leber seines Sohns Minicuzzo stellte, der auf dem Boden schlief. Im Dunkeln tappte er Richtung Fenster und wäre beinahe über seinen Sohn Antonio gestolpert, dessen Bett ein Strohsack war.

»Turiddru Macca!«

Seine Frau Carolina öffnete die Augen, richtete sich auf und war bedacht, nicht die sechs Monate alte Tochter Biniditta zu zerquetschen, die an der Mutterbrust hängend eingeschlafen war.

»Wer ist das denn? Bei der Heiligen Jungfrau, wer kann das bloß sein zu dieser Unzeit?«

»Ich weiß es nicht. Sei still und schlaf«, fuhr Turiddru sie an, der in der Zwischenzeit nervös geworden war.

Er schob die Fensterluke auf. Ein eisiger Luftzug schlug ihm entgegen. Es war eine schlimme Nacht.

»Wer ist da?«

»Ich bin's, Turi, Gegè Bufalino.«

»Und was zum Teufel willst du so spät? Was ist denn passiert?«

»Das Haus deiner Mutter, Donna Nunzia, steht in Flammen. Zieh dich an und lauf hin.«

Gegè Bufalino durfte man nie trauen, egal ob er voll war oder keinen Tropfen angerührt hatte.

»Gegè, ich warne dich! Wenn sich herausstellt, daß du die Sache erfunden hast, ich schwör dir, dann prügle ich dich kreuzlahm.«

»Mit Blindheit soll ich geschlagen sein! Den Garaus soll man mir machen, wenn es nicht stimmt!« schwor Gegè. »Wahr ist es wie das heilige Evangelium.«

Turiddru schlüpfte eilig in seine Kleider. Es war stockfinster draußen, nur hin und wieder zuckte ein Blitz durch die dunkle Nacht. In Richtung Dorfmitte, da, wo das neue Theater und beinahe direkt anschließend das Haus seiner Mutter Nunzia standen, erhellte ein großer rötlicher Lichtschein den Himmel. Und das war Feuer, da gab es keinen Zweifel. Turiddru nahm die Beine unter den Arm.

Nachdem der Ingenieur Hoffer den Kordon der berittenen Soldaten durchbrochen hatte, die Seite an Seite einen dichten Kreis um die Brandzone gebildet hatten, war ihm mit einem Blick klar, daß für das neue Theater jede Hilfe zu spät kam. Es war schon zur Hälfte niedergebrannt. Er eilte zum hinteren Teil des Gebäudes: eine knapp drei Meter breite Gasse trennte das Theater von einem zweistöckigen Haus, das ebenfalls von den Flammen angegriffen worden war.

»Hier, hier, hierher!« brüllte der Ingenieur seinen Männern zu, die im Handumdrehen mit dem Feuerlöschgerät vor ihm standen.

Ein Mann mit einem feuchten Taschentuch vor der Nase zum Schutz gegen den Rauch kam auf ihn zu.

»Ich bin Kommissar Puglisi. Wer sind Sie und was haben Sie vor?«

»Ich sein und bin Ingenieur Hoffer. Bergbauingenieur. Ich habe hier eine Maschine, von mir erfunden, die Feuer löscht. Sie helfen mir?«

»Gewiß«, sagte der Beamte, der schon resigniert die Arme vor dem Unglück ausgebreitet hatte und dem jeder Fliegenschiß gelegen kam.

»Kut. Sie lassen eine Kette von Männern von hier bis zum Meer bilden, die viele Eimer haben. Sie nehmen Wasser vom Meer und schütten es in Maschine. Maschine braucht immer neues Wasser.«

»Einverstanden«, sagte Puglisi und entfernte sich eilig, um Anweisungen zu geben. Während die Männer das Holzfeuer unter dem Kessel schürten, um den notwendigen Druck zu erzeugen, bei dem das kalte Wasser austreten sollte, bemerkte der Ingenieur hinter sich eine Gruppe von Personen, die wie zu Säulen erstarrt dastanden. Es waren ein Mann in den Fünfzigern, eine Frau um die Vierzig, ein zwanzigjähriger Bursche und ein ungefähr sechzehnjähriges junges Mädchen. Die beiden Männer trugen nichts als wollene Unterwäsche auf dem Leib, da sie, wie man sah, ihre Oberbekleidung den Frauen überlassen hatten. Diese waren nur im Nachtgewand und bedeckten ihre Blöße mit den Männerkleidern.

»Ihr wohnen in diesem Haus?« fragte der Ingenieur die reglose Gruppe.

Nun kam Leben in sie.

»Wir sind die Familie Pizzuto«, sagten alle vier wie aus einem Mund.

Dann machte der Fünfzigjährige einen Schritt nach vorn.

»Ich heiße Antonio Pizzuto«, sagte er schleppend und in wehleidigem Tonfall. »Wir wohnen im Erdgeschoß dieses Hauses, das in Brand geriet. Wir schliefen bei geschlossenen Fenstern.«

»Bei geschlossenen Fenstern«, wiederholten die anderen.

»Weil es zuvor wie in einer Latrine zuging«, erklärte Antonio Pizzuto weiter.

»Wie in einer Latrine«, echoten die anderen.

Der Ingenieur Hoffer, mit humanistischen Studien nicht besonders vertraut, erkannte nicht, daß die Familie Pizzuto im wesentlichen aus einem Koryphäen und dem dazugehörigen Sprechchor bestand.

»Was?«

»Ja, der Herr, eine Latrine. Wegen dieser verdammten Theatereinweihung kamen Dutzende von Kutschen aus Montelusa, Montechiuso, Cavàra, Fela und weiß der Teufel woher.«

»Weiß der Teufel woher«, bekräftigte der Chor.

»Auf alle Fälle kamen die Diener und Kutscher, wenn sie mal mußten, hinters Theater, das heißt in unsere Gasse, und pißten und kackten da. Und wegen des Gestanks haben wir die Fenster schließen müssen.«

»Die Fenster schließen müssen.«

»Und so haben wir nicht gleich mitgekriegt, was draußen vor sich ging. Gott sei Dank hatte mein Sohn Nenè Durst und ging ein Glas Wasser trinken. Ansonsten wären wir bei lebendigem Leib verbrutzelt, allesamt.«

»Bei lebendigem Leib verbrutzelt, allesamt«, kam es wehklagend aus dem Chor.

Unterdes waren die ersten Eimer mit Meerwasser über die auf Anweisung Puglisis schleunigst gebildete Kette von Männern angekommen. Jetzt konnte mit dem Werk begonnen werden. Hoffers Männer bezogen Stellung, wie sie es bei den zahlreichen aufreibenden Übungsmanövern getan hatten. Zwei hielten den Griff der Pumpe fest und richteten sie auf die Eingangstür des brennenden Hauses.

»Achtung!« brüllte der Ingenieur. *»Alle zum Löschen bereit!«*

Er sah seine Männer an, und vor Ergriffenheit verspürte er einen Knoten im Hals.

»Aufmachen!«

Nardo Sciascia drehte befehlsgemäß mit sicherer Hand den Kaltwasserhahn auf. Sofort schoß ein mächtiger Wasserstrahl in die Flammen und brachte die beiden Männer an der Pumpe zum Schwanken. Vor Aufregung hüpfte der Ingenieur wie ein Tanzbär von einem Bein aufs andere.

Turiddru Macca schaffte es, mit Verwünschungen, Flüchen und Geschrei den Ring der berittenen Soldaten zu durchbrechen. Mit Tränen schmerzlichen Bedauerns in den Augen, die allerdings auch wegen des scharfen Rauchs tränten, trat er in das brennende Haus seiner Mutter ein. Das Feuer war noch nicht über das Erdgeschoß hinaus, doch schon züngelten die bösen Flammen zum großen Fenster des ersten Stockwerks hinauf, von wo aus seine Mutter ihm so viele Male zugewinkt hatte. Turiddru weinte vor Schreck über die Gefahr, in der sich seine Mutter befand. Vielleicht weinte er aber auch wegen der schönen Wohnung mit drei Zimmern und Küche, die in Rauch und Flammen aufging und die er und seine Familie nach dem Tod von Donna Nunzia zu von Gott gewollter Stunde hätten beziehen können. Endlich hätten sie mehr Platz und Bequemlichkeit gehabt als da, wo sie jetzt hausten.

»Wo ist meine Mutter, Donna Nunzia?« fragte er aufgeregt den Kommissar.

»Wir haben sie noch nicht zu Gesicht bekommen«, entgegnete ihm Puglisi.

»Aber sie ist noch am Leben?«

»Was weiß denn ich? Man müßte ins Haus hinein, aber wie du siehst, können wir uns nicht einmal nähern.«

»Stehenbleiben! Stopp! Halt!« schrie plötzlich der Ingenieur seine Männer an, und Nardo drehte den Hahn zu. Hoffer hatte gemerkt, daß die Eimer viel zu langsam eintrafen: die Wassermenge, die aus dem Schlauch austrat, war bedeutend höher als die, die eingefüllt wurde. Der Druckmesser schnellte gefährlich in die Höhe. Es bestand Gefahr, daß der Heizkessel explodierte.

»Schnell! Presto! Schneller machen! Wasser, Wasser! Mehr Wasser!« brüllte der Ingenieur zu der langen Menschenkette hin. Endlich wurden die Wasserkübel mit größerer Geschwindigkeit weitergereicht.

In diesem Augenblick wurde das Fenster des von Donna Nunzia bewohnten Teils aufgerissen, und eine ältere Frauengestalt in weißem Nachthemd erschien. Die Erscheinung hob die Arme gen Himmel.

»Du guter Gott! Heilige Madonna! Feuer sollte es geben, und Feuer ward!«

»Mama! Mama!« rief Turiddru.

Die Alte machte keinerlei Anzeichen, ihn gehört zu haben. Sie verschwand erneut im Innern des Hauses.

»*Schnell! Presto!*« rief Hoffer mit sich überschlagender Stimme. *»Die alte Frau retten!«*

Er konnte sehen, daß der Wasserstandsanzeiger jetzt einen guten Punkt erreicht hatte, auch wenn es vielleicht besser gewesen wäre, noch ein wenig zu warten. Doch es war keine Zeit zu verlieren. Die große Freude, mit seiner Erfindung ein Menschenleben retten zu können, ließ ihn in diesem Augenblick einen verhängnisvollen Irrtum begehen. Für eine kleine Weile vergaß Hoffer, daß er sich in Vigàta, in Sizilien, befand. Er hatte es einfach nicht mehr im Griff, ständig aus dem Deutschen ins Italienische zu übersetzen, wie er es normalerweise tat.

»Schnell! Kaltes Wasser!« rief er auf deutsch.

Nardo Sciascia, der sich anschickte, die Kaltwasserdüse aufzudrehen, hielt mit einem Ruck inne und sah ihn wie vor den Kopf geschlagen an.

»*Kaltes Wasser! Kalt! Kalt!*« röhrte der Ingenieur, nicht bedenkend, daß er damit heißes Wasser anforderte.

»Er will *acqua calda! Calda!* Der Druck!« schrie Sciascia

zu Cecè Consolo, der an der hinteren Seite des Feuerlöschgeräts stand. Cecè drehte am Handgriff für die Druckverminderung und trat beiseite. Sogleich kam ein heftiger Strahl kochendheißen Wassers hinten aus dem Kessel heraus. Die Statuengruppe der Pizzutos, die noch immer hinter der Maschine stand, wurde mit einem Streich von einer weißen Dampfwolke ausgelöscht, aus der sich die höchsten Klagelaute im Stil des altgriechischen Sprechchors erhoben.

»Fehler! Fehler! Acva fredda! Fredda!« schrie Hoffer aus vollem Hals.

Als sich die weiße Wolke verzog, konnte man die Pizzutos sehen, die sich mit Verbrennungen unterschiedlichen Grades wimmernd auf dem Boden wälzten. Puglisi eilte mit zwei seiner Männer zu ihnen.

»Schnell!« rief Puglisi. »Laßt euch helfen. Bettet sie vorsichtig in eine Kutsche und fahrt sie zu Doktor Gammacurta.«

»Der Arzt Gammacurta ist nirgendwo zu finden«, sagte jemand.

»Dann schafft sie zu Doktor Addamo.«

»Addamo hat die Praxis voll mit Damen, denen es wegen des Aufruhrs im Theater schwindlig wurde, und mit Leuten, die verletzt wurden, als Don Memè um sich geschossen hat.«

»Geht mir bloß nicht auf den Sack mit euren Geschichten. Bringt diese Leute zu Addamo, der wird schon selbst sehen, daß es sich um Schwerverletzte handelt.«

Unterdes hatte Donna Nunzia sich erneut am großen Fenster gezeigt. Sie hielt ein Stück Papier in der Hand und begann, es in ganz kleine Stücke zu reißen, die sie nach und nach weit von sich in den Wind warf. »Ich flehe euch an, ihr lieben Heiligen! Jesus, Joseph und Maria, haltet mir das Feuer fern!«

»Aber was macht die alte Frau?« fragte Hoffer entgeistert.

»Nichts. Das sind Bannbildchen der geheiligten Stätten, die die Fratres im Heiligen Land verkaufen. Mit ihnen sollen Feuer und Wasser ferngehalten werden.«

Der Ingenieur verzichtete auf weitere Erklärungen.

»Mama!« schrie Turiddru.

Wieder schien die Alte ihn weder zu sehen noch zu hören.

»Der Pfarrer Virga hatte recht, das Theater ist ein Werk des Teufels! Er hatte gesagt, daß das Theater ein Sodom und Gomorrha ist! Ein heiliger Mann ist der Pfarrer Virga! Feuer sollte es geben, und Feuer ward!«

Als Donna Nunzia ihre Heiligenbildchen aufgebraucht hatte, zog sie sich wieder ins Wohnungsinnere zurück. Turiddru konnte feststellen, daß die Maschine des Ingenieurs den Brand recht und schlecht eingedämmt hatte. Ohne eine Silbe zu verlieren, nahm er Anlauf, stürzte durch das Tor ins Haus und verschwand im Treppenhaus.

Es waren noch keine fünf Minuten vergangen, als Turiddru Macca wieder aus den Rauchschwaden auftauchte und die reglose Donna Nunzia auf dem Rücken trug.

»Ist sie ohnmächtig?« erkundigte sich Puglisi.

»Nein, der Herr. Ich habe ihr eine Ohrfeige gegeben.«

»Und warum?«

»Sie weigerte sich, im Nachthemd inmitten all dieser Männer das Haus zu verlassen.«

»In diesem Haus Feuer kaputt«, erklärte der Ingenieur, und seine Stimme kiekste beinahe vor Glück. *»Wer wohnt oben?«* Der Kommissar blickte in die Höhe.

»Im zweiten Stockwerk wohnt Frau Concetta Riguccio. Aber von ihr hat man nichts gehört und gesehen. Bei diesem ganzen Lärm und Aufruhr hätte sie längst um Hilfe gerufen, wäre sie im Haus. Ich kenne sie. Vielleicht übernachtet sie heute bei ihrer Schwester.«

»Nur wer ein echter Kerl ist, kann solche Gefühle hegen«, dachte Don Pippino Mazzaglia mit einer Mischung aus Neid und Mitleid, während er der Rede des jungen Nando Traquandi lauschte, der in geheimer Mission aus Rom gekommen war und den er seit einer Woche in seinem Landhaus versteckt hielt. Er war hager mit roten Locken und trug eine Brille, hinter der weit aufgerissene Augen blitzten. Mit der linken Hand kratzte er sich von Zeit zu Zeit den spärlichen Spitzbart ums Kinn. Mit der rechten Hand führte er alle fünf Minuten ein Spitzentaschentuch an die Lippen, um die weißen Speichelreste in den Mundwinkeln zu trocknen.

Traquandi war mit zwei Empfehlungsschreiben in Sizilien eingetroffen: das eine stammte aus der Feder Napoleone Colajannis und das andere von dem Parlamentarier Pantano. Sie baten darin die Freunde und Anhänger von Mazzini um Kost und Logis, Ausrüstung und Beistand für den jungen Mann, den sie als Ausführer eines ebenso geheimen wie gefährlichen Auftrags auswiesen. Pippino Mazzaglia war diesen Forderungen nachgekommen, doch schon bei den ersten Worten, die er mit dem Fremden gewechselt hatte, war ihm klar, daß er sich von diesem nichts als Unbill erwarten durfte. Ein *picciotto* kannte nur die eine Wahrheit, nach der Weiß nichts anderes als Weiß und Schwarz nichts anderes als Schwarz ist. Ihm fehlte das notwendige Alter, um zu begreifen, daß, wenn das Weiß dem Schwarz ganz nahekommt, es beinahe berührt, sich zwischen den beiden Farben eine Schattenzone bildet, wo das Weiß nicht mehr weiß und das Schwarz nicht mehr schwarz ist. Die Farbe jener Linien heißt Grau. Und inmitten dieses Streifens, wo die zwei Farben, sich vereinigend, eine dritte hervorbringen, besitzen die Dinge kaum einen eindeutigen Namen oder eine klar umrissene Gestalt. Es ist wie zu fortgeschrittener Abendstunde, wenn das Dunkel noch nicht zur Schwärze der Nacht geworden ist und man eine Menschengestalt leicht mit einem Baum verwechselt. Doch Gedanken dieser Art waren dem *picciotto* fremd, offensichtlich wußte er sehr wohl, wohin er seine Schritte lenken mußte, wenn die Nacht hereinbrach.

»Wie unsympathisch er doch ist!« dachte Mazzaglia bei sich, während der andere in einem fort redete. »Ich fühle mich dreißig Jahre zurückversetzt, als ich vor das Gericht der Bourbonen geschleppt und zu zehn Jahren schweren Kerkers verurteilt wurde. An dieser Schmach ging ich beinahe zugrunde. Und das bedeutet, daß auch ich seinerzeit ein solcher Idiot war wie der hier.«

»Ich habe andere Unterlagen bei mir, die belegen, daß die Lage sich aufs äußerste zugespitzt hat«, fügte der junge Mann in einem Atemzug hinzu. »Ich lese euch einige Abschnitte aus einem Bericht an den Minister vor, den wir, ich verrate euch aber nicht wie, an uns bringen konnten.«

Er rückte sich die Brille zurecht, streckte die Hand mit dem Taschentuch in die Mappe voller Papiere und kramte herum. Genau in diesem Augenblick ergriff Ninì Prestìa das Wort. Seit Beginn ihrer Versammlung hatte er den Römer keine Sekunde aus den Augen gelassen.

»Und ich bin nicht hier, um Sie über dieses *Wie* auszufragen, da mir das *Wie* scheißegal ist.«

Der junge Mann sah ihn verdutzt an. Die Heftigkeit, die aus seinen Worten sprach, überraschte ihn.

»Ich habe nicht recht verstanden.«

»Gestatten Sie mir eine Frage, die nichts mit dem zu tun hat, was Sie uns gerade erzählen?«

Traquandis Augen verengten sich zu schmalen Schlitzen. Er begriff, daß er sich in acht nehmen mußte: »Wenn sie nichts damit zu tun hat, warum fragen Sie dann?«

»Weil mir das so in den Kram paßt.«

»Dann stellen Sie schon Ihre Frage.«

»Wir, die wir hier um den Tisch herumsitzen, sind ohne Sie vier Mann. Pippino Mazzaglia, ich, Cosimo Bellofiore und Decu Garzìa. Wenn Sie nun, nehmen wir einmal an, mitbekämen, daß einer von uns Sie anzeigen wollte, um Sie verhaften zu lassen, was würden Sie als erstes tun?«

»Dem würde ich in den Kopf schießen«, erwiderte Traquandi ohne zu zögern.

»Ohne ihn auch nur nach dem Grund gefragt zu haben, warum er das tun will?«

»Was juckt mich denn, warum er das machen will? Das interessiert mich einen Dreck, das ist verdammt noch mal seine Angelegenheit. Ich schieß' ihm einfach in den Kopf, und damit hat es sich. Aber verzeihen Sie, warum stellen Sie mir eine solche Frage?«

»Lassen Sie es gut sein, es ist nicht weiter wichtig.«

Pippino Mazzaglia spürte eine heftige Hitzewallung in der Brust, die ihm die Tränen in die Augen trieb. Ninì Prestìa war sein treuer Freund aus alten Zeiten. Mit ihm konnte er zu jeder Stunde offen und freimütig reden, mit ihm hatte er dreißig Jahre Schreckensherrschaft, Verfolgungen, Fluchtversuche, Anschläge, Kerker – mit einem Wort, viel Leid und wenig Freud geteilt. In Gedanken spürte er noch, wie sich Ninìs warme Hand auf die seinige legte, während die bourbonischen Richter das Urteil verlasen und so die Wurzeln ihrer Jugend ausrissen: sie löschten Bücher aus, die noch gelesen, Worte, die noch gesagt, Frauen, die noch geliebt, und Kinder, die noch geherzt werden wollten. Als hätte Peppino laut gesprochen, war Ninì seinen Überlegungen und Ansichten über den Römer gefolgt. Mazzaglia sah zu dem Freund hinüber und hatte die Augenlider halb geschlossen, um zu vermeiden, daß ihm die Tränen hervortraten: alt war Ninì geworden, die Haare waren grau und die Augen ein wenig trüb. Mit einemmal wurde ihm klar, daß er sein Ebenbild vor sich hatte. Da überkam ihn der heilige Zorn, und er schloß sich Prestìa an:

»Haben Sie noch eine Minute Geduld, Herr Traquandi. Wenn Sie offensichtlich über alles Bescheid wissen, will ich Sie noch etwas anderes fragen.«

Der römische Fremde zog die Hände aus der Tasche und legte sie wortlos auf den kleinen Tisch, als wolle er ergeben zuhören. Aber er zeigte großen Unwillen, und Mazzaglias Abneigung gegen ihn wuchs.

»Meine Frage soll keine Zeitverschwendung sein, wie es Ihnen vielleicht vorkommen mag. Seitdem diese Geschichte mit dem *Bierbrauer* losgegangen ist, frage ich mich unaufhörlich, warum der Präfekt von Montelusa sich in den Kopf gesetzt hat, mit dieser Oper, die keiner will, das Theater von Vigàta einzuweihen. Wie ich erfahren habe, geht es ihm dabei nicht um Geld, noch ist der Komponist mit ihm verwandt, auch geht er mit keiner der Sängerinnen ins Bett. Warum also hat er das getan? Um sein Ziel zu verfolgen, hat er zwei Mitglieder des Verwaltungsrats des Theaters zum Rücktritt gezwungen, bis er dann die richtigen Schafe gefunden hat, die unter seiner Knute zu allem ja und amen sagen. Aber warum?«

»Das Warum kümmert mich einen Dreck.«

»Aber so geht es nicht, verzeihen Sie. Wenn diese Geschichte uns einen Vorwand liefern soll, um irgendeine Protestveranstaltung in die Wege zu leiten, muß man auch die wahren Gründe des Gegners kennen.«

»Dann sage ich Ihnen, daß der Präfekt einfach eine Demonstration seiner Macht geben will. Er will zeigen, wie stark die Regierung ist, die er repräsentiert.«

»Das ist zu einfach.«

»Sehen Sie? Diese ganze Fragerei nach dem Warum und dem Warum-nicht führt bloß dazu, daß man gar nichts mehr tut, weil man nicht mehr weiß, was man tun und lassen soll. Die Wahrheit ist, daß jeder Versuch, den Gegner zu begreifen, den Anfang von Verhandlungen mit ebendiesem Gegner bedeutet. Reden, diskutieren, verstehen, das ist etwas für …«

»Alte Leute?« unterbrach ihn Mazzaglia.

»Es tut mir leid, doch genauso kommt es mir vor.«

Er neigte den Kopf, zog ein Blatt Papier aus der Tasche und zeigte es den Anwesenden.

»Das ist der Geheimbericht des Polizeipräsidenten von Palermo, Albanese, an den Innenminister Medici. Ich zitiere also die Worte eines unserer schlimmsten Gegner.«

»Nein«, entgegnete Ninì Prestìa darauf schlichtweg, wobei er ihn weiterhin prüfend musterte.

»Was soll das heißen?«

»Das heißt, daß meine schlimmsten Gegner, wie Sie sich ausdrücken, nicht Leute wie Albanese sind. Albanese gehört nämlich nicht dem Menschengeschlecht an, sondern ist einer von den Scheißhaufen, wie sie das Menschengeschlecht täglich hervorbringt.«

»Wie meinen Sie das?«

»Ich möchte Ihnen nur ein Beispiel nennen, mein lieber Freund. Als Maniscalco, der Henker der Bourbonen, mit dem ich und mein getreuer Freund Pippino Mazzaglia zu tun gehabt haben, nach Marseille ging, um dort zu krepieren, war seine Witwe vier Jahre später so unverschämt, bei der italienischen Regierung einen Rentenantrag zu stellen. Der Oberste Rechnungshof zog darauf bei Isidoro La Lumia, dem Verantwortlichen der sizilianischen Archive, Erkundungen ein. La Lumia war ein Gentleman, und sein Antwortschreiben begann wie folgt: der Unterzeichnete hat die Ehre, die folgenden Nachrichten über den unseligen Henker namens Salvatore Maniscalco, der zehn Jahre lang wie eine Seuche in Sizilien wütete, mitzuteilen. So schrieb La Lumia. Aber Ihr Feind, verehrter junger Herr aus Rom, ebender Polizeipräsident Albanese, war bestrebt wissen zu lassen, daß seine Meinung sich von der Don Isidoros unterschied. Die Pension stand der Witwe zu, weil – ich zitiere hier auf Punkt und Komma getreu – Maniscalco abgesehen von den situationsbedingten Ausschreitungen und der Schuld, die er auf sein Haupt geladen hatte, trotz allem ein getreuer Diener des Staats gewesen war, um welchen Staat es sich handelte, war nebensächlich. Haben Sie verstanden? Zwei Scheißhaufen, auch wenn sie aus zwei verschiedenen Ärschen kommen, verbreiten immer den gleichen Gestank, und früher oder später machen sie gemeinsame Sache.«

»Mir soll's recht sein, mein Freund. Was soll ich jetzt tun? Soll ich nicht lesen?«

»Lesen Sie nur«, sagte Mazzaglia kurz und bündig.

»Ich überspringe einige Stellen. Also die allgemeine Stimmung – sagt Albanese –, insbesondere in Palermo, ist gegen die Regierung eingestellt, darüber braucht man sich keine Illusionen zu machen; im geringsten Fall bezichtigen die Leute die Regierenden, sich wie Wilderer aufzuführen, und geben ihnen die Schuld am finanziellen Ruin und am Stillstand von Industrie und Handel.«

Er machte eine Pause, trocknete sich die Lippen mit dem Taschentuch, rückte die Brille zurecht und fuhr fort.

»Nicht ein einziges neues Industrieunternehmen – das sind immer noch Albaneses Worte – hat Fuß fassen und Arbeitsplätze schaffen können, noch haben öffentliche Aufträge den Broterwerb für die Arbeiter ermöglicht. Und darum geht es in erster Linie: um Arbeit und Brot. Langsam macht sich die Auffassung breit, daß nicht die einzelnen Personen, sondern die Institutionen selbst die Ursache dafür sein könnten; so daß, während auf der einen Seite die Feinde der Monarchie ihre Dolche zücken und die föderalistisch eingestellten Mazzini-Anhänger an den Föderalismus oder an die Regionen denken, auf der anderen Seite nicht wenige anfangen, nach der Diktatur zu schreien. Und immer neue Steuern schaffen immer größere Unzufriedenheit.«

Als er zu Ende gelesen hatte, verstaute er das Papier sorgfältig wieder in seiner Aktenmappe und zog ein zweites hervor.

»Und das hier ist ein Bericht des Kommandanten von

Caltanissetta mit folgendem Wortlaut: Alle in dieser Gegend warten nur auf die Anarchie, die auf den kurzen Triumph der Sekten Mazzinis und der Sozialisten folgen würde.«

»Ich würde gerne wissen ...«

Das war Cosimo Bellofiore, der die ganze Sitzung über stumm geblieben war.

»Noch einen Augenblick«, schnitt ihm der Römer das Wort ab und hielt schon das nächste Blatt in der Hand. »Ich lese noch einen Satz des Präfekten von Syrakus vor: Das Maß der Unzufriedenheit ist längst voll. Sie hat alle Kreise der Bürgerschaft erfaßt. Die zahlreichen schweren Opfer, die Sizilien für die Einheit Italiens hat auf sich nehmen müssen, haben der Insel nach über einem Jahrzehnt keinerlei Nutzen gebracht – sieht man von dem moralischen und abstrakten Vorteil einmal ab, Teil einer großen Nation zu sein. Wer aber nicht weiß, wie er die eigene Familie ernähren soll, vermag darin nur einen schwachen Trost zu finden.«

Er steckte das Blatt wieder weg, nahm die Brille ab und fuhr sich mit dem Handrücken über die Augenlider.

»Ich bin fertig, doch könnte ich mit den Kommentaren unserer Feinde, die mit den unseren identisch sind, noch lange weitermachen. Laßt uns versuchen zu begreifen: Italien ist ein Vulkan, der kurz vor dem Ausbruch steht. Und die wissen das und haben Angst. Sie stecken unsere Leute ins Gefängnis, spüren unsere Waffenlager auf, beschlagnahmen sie oder stecken sie in Brand. Doch tags darauf tauchen haargenau so viele wieder auf, wie zerstört wurden. Und wir Mazzini-Anhänger hier in Vigàta wären Idioten, wenn wir uns die Gelegenheit von heute abend entgehen ließen.«

»Welche Gelegenheit?« fragte Cosimo.

»Die von heute abend. Vor einer Stunde, als das Volk von Vigàta gegen den Präfekten rebelliert hat.«

»Was heißt hier ›rebellieren‹!« winkte Mazzaglia ab. »Das war doch nur ein kurzes Aufbegehren, eine Unmutsäußerung, die im Nu vergessen ist.«

»Und das Volk, wie Sie es nennen«, fügte Prestìa hinzu, »hockte zu Hause. Das Publikum im Theater bestand aus Akademikern, Kaufleuten und Fischhändlern. Das Volk, die Leute, die wirklich arbeiten, war schlafen gegangen.«

»Es wird so sein, wie ihr sagt. Aber wir müssen die Situation nutzen und sie so zuspitzen, daß es keinen Ausweg mehr gibt. Anders gesagt, wenn die Lage so bleibt wie im Augenblick, dann ist gut reden: in zwei Tagen werden alle die Sache vergessen haben. Machen wir aber etwas wirklich Großartiges daraus, dann kommt keiner umhin, darüber zu reden, und das nicht nur in Vigàta. Habe ich mich deutlich genug ausgedrückt? Die Sache muß landesweit Aufsehen erregen.«

»Und wie?« fragte Decu Garzìa, der sofort die Ohren spitzte. Ging es darum, Rabatz zu machen, war er immer einer der ersten. Der jeweilige Anlaß war ihm völlig schnuppe.

Traquandi trocknete sich die Lippen und sah einen nach dem anderen an.

»Wir müssen das Theater in Brand stecken.«

Mazzaglia schnellte vom Stuhl hoch.

»Soll das ein Witz sein? Bedenken Sie bitte, daß heute nacht auch noch starker Wind bläst, vorausgesetzt, wir wären uns tatsächlich einig, das Theater niederzubrennen.«

»Was soll das heißen, es bläst Wind?«

»Die Flammen können auf die anderen Häuser übergreifen, in denen Leute schlafen.«

»Was scheren mich die Leute, die schlafen? Wenn es Tote gibt, um so besser! Dann erregt die Sache noch größeres Aufsehen.«

Sie wissen, wie ich darüber denke

»Sie wissen, wie ich darüber denke«, sagte der Präfekt Bortuzzi streng und lehnte sich mit finsterem Gesicht in seinem Sessel zurück. Die Rede mit vielen so und so nicht, die sein Gegenüber ihm seit einer halben Stunde freundlich, aber bestimmt, und ohne auch nur einen Millimeter von seiner Position abzuweichen, hielt, gefiel ihm nicht.

»Piemonteser!« sagte sich Bortuzzi. »Er ist und bleibt ein falscher, scheißfreundlicher Piemonteser.«

»Und Sie wissen Ihrerseits bestens, wie ich die Sache sehe«, erwiderte knallhart der Oberst Aymone Vidusso, Kommandant von Montelusa, und fuhr fort, den Blick fest auf Bortuzzi geheftet: »Was zur Zeit geschieht, halte ich für völlig sinnlos.«

Wenn der Präfekt wollte, daß Latein gesprochen wird, wie die Sizilianer sagen, dann würde er ihm den Gefallen tun. Seit Anbeginn ihrer Unterredung hatte Seine Exzellenz nicht begriffen oder nicht begreifen wollen, was er ihm zu sagen hatte.

»Sinnlos?«

»Ja, der Herr.«

»Und warum das?«

»Weil kein Volksaufstand riskiert werden darf, nur weil Ihnen die Schnapsidee gekommen ist, in Vigàta eine Oper aufführen zu lassen, die, wie es nun mal aussieht, einfach nicht den Geschmack der Vigateser trifft.«

»Das ist nicht wahr.«

»Was ist nicht wahr?«

»Daß sie den Vigatesern nicht gefällt. Die Vigateser sind sowieso bekloppt, was glauben Sie, wieviel die von Musik verstehen? Fest steht eins, daß jemand, noch weiß ich nicht wer, ihnen gesagt hat, sich so zu verhalten.«

»Und was sollte der Grund sein?«

»Das ist einfach, mein geschätzter Oberst. Widerstand um jeden Preis gegen den Regierungsvertreter.«

»Das mag schon sein, Exzellenz. Aber wenn Sie stur sind, besteht die Gefahr, daß genau zu dem Zeitpunkt großer Unmut aufkommt, da wir ihn überhaupt nicht gebrauchen können. Das sollten Sie ebensogut wissen wie ich. Ich brauche Sie ja nicht daran zu erinnern, daß die Insel ein Pulverfaß ist. Und wenn sie bis jetzt noch nicht explodiert ist, verdankt sich das der Umsichtigkeit oder, wenn Sie es lieber haben, der Angst Mazzinis. Aus diesem Grunde werde ich meine Soldaten nicht für eine Demonstration von Starrsinn zur Verfügung stellen.«

»Der Starrsinn der Vigateser.«

»Ja. Aber auch der Ihre.«

»Der meine! Was erlauben Sie sich da?«

Aymone Vidusso gelang es wie ein Wunder, an sich zu halten und nicht mit Fäusten auf sein Gegenüber loszugehen.

»Exzellenz, versuchen wir ruhig Blut und einen kühlen Kopf zu bewahren.«

»Ich habe einen kühlen Kopf, glauben Sie mir! Und mit dem sage ich Ihnen, wenn Gefahr von Aufständen gegen die Obrigkeit, den Staat, gegen alle Streitkräfte, alle, sage ich, ohne Unterscheidung nach Korps oder Waffengattung, besteht, dann müssen diese, bei der Heiligen Jungfrau, zusammenhalten und dürfen sich nicht in tausenderlei Kleinigkeiten verzetteln. Die Sizilianer sind Leute, die stinken, bei denen ist etwas faul, das wissen Sie doch, oder nicht?«

Der Oberst schien ihn nicht gehört zu haben, und sein Monokel zurechtrückend blieb er ihm die Antwort schuldig.

»Jawohl, der Herr, die stinken. Und die Vigateser mehr als alle anderen«, bekräftigte Bortuzzi.

»Ich lasse mich nicht über Gerüche aus«, meinte Aymone Vidusso diplomatisch, dem es schon seit geraumer Zeit so vorkam, als stinke Seine Exzellenz der Präfekt, und zwar gewaltig. »Ich will nochmals betonen: Noch nie in meinem Leben habe ich gehört, daß es rechtmäßig wäre, mit einem Erlaß des Präfekten irgend jemandem das Wohlgefallen an einer Oper polizeilich zu verordnen.«

Nach diesen Worten erstarrte er und hielt verstört inne. Wie war ihm, einem steifen Piemontesen, bloß ein solch ironischer Satz über die Lippen gekommen? Offenbar setzte der Präfekt seinen Nerven mehr zu, als ihm je widerfahren war. Er faßte sich wieder und fügte hinzu: »Wenn es Ihnen paßt, können Sie das machen. Es steht Ihnen zwar nicht zu, aber Sie können es machen. Möglicherweise sieht jemand in Ihrem Handeln einen Amtsmißbrauch. Das ist dann Ihre Sache. Aber das italienische Heer darf unter keinen Umständen in eine Dummheit wie diese verwickelt werden. Ich werde jedenfalls die Stellungnahme des dafür Zuständigen einholen. Sie verzeihen.«

Lang und steif erhob er sich, kniff das Augenglas fest und führte mit einer knappen Verbeugung die Hand ans Visier. Bortuzzi beobachtete das Manöver, und seine

Miene verfinsterte sich. Sein Blick aber war wie ein flammendes Schwert, es fehlte nicht viel, und von dem anderen wäre nur noch Asche übriggeblieben.

»Oberst«, sagte er. »Oberst, ich warne Sie. Ich habe Ihre unmißverständliche Weigerung zusammenzuarbeiten zur Kenntnis nehmen müssen und sehe mich gezwungen, Ihrem direkten Vorgesetzten Rapport zu erstatten. Das ist der General Casanova, nicht wahr?«

»Jawohl der Herr, Avogadro di Casanova. Tun Sie nur, was Sie für richtig halten, Exzellenz.«

Er machte auf dem Absatz kehrt, ging hinaus und zog die Tür hinter sich zu.

»Oberarschloch!« murmelte Seine Exzellenz. »Das wirst du mir büßen! Du wirst in einen Wirbelsturm geraten und den eisigen Wind auf der nackten Haut zu spüren kriegen! Die Schrotkugeln werde ich dir um die Ohren pfeifen lassen wie auf der Schnepfenjagd!«

Bortuzzi konnte noch so viel vor sich hin fluchen, es half nichts. Der Oberst verfügte über Rückendeckung. Als er nämlich gemerkt hatte, woher der Wind wehte, und vorauszusehen war, daß im Ernstfall das Einschreiten des Heeres gefordert werden würde, hatte er vier Tage vor der Unterredung mit dem Präfekten einen ausführlichen Bericht an den Generalleutnant Avogadro di Casanova, stationiert in Palermo, verfaßt. Er erklärte, daß der Präfekt sowohl untauglich und, schlimmer noch, ein Hanswurst sei, der zu den ärgsten Narreteien aufgelegt war. Anders gesagt, er sei schlimmer als ein Clown: ein Individuum, dem die Macht in den Kopf gestiegen sei und das nicht gezögert habe, sich zur Ausübung dieser Macht mit einem schmierigen Typen, gemeinhin als Mafioso bekannt, zu verbünden. Der Starrsinn dieses

Mannes, der den Vigatesern um jeden Preis die Aufführung des *Bierbrauers von Preston* aufzwingen wollte, könne Schäden von unüberschaubaren Ausmaßen anrichten.

So hatte er seinen treuen Kurier zu sich befohlen: »Bring diese Nachricht zum Kommando. Überreiche sie zu Händen des Generals Casanova. Ich will die Antwort bis spätestens heute abend. Schaffst du das?«

»Teufel noch eins!« erwiderte der Bote in beleidigtem Ton. Das war doch keine Frage! In den Abendstunden würde er ganz sicher mit der Antwort zurück sein.

Tatsächlich hatte Vidussi ihn gegen zehn Uhr abends schlammverkrustet und vor Zufriedenheit strahlend bei sich eintreten sehen. Der Bote reichte ihm ein Kuvert. Merkwürdigerweise trug der Umschlag weder einen Absender noch einen Stempel, und das gleiche galt für den Zettel darin, der in keiner Weise offiziell war. Das Schreiben bestand aus zwei Zeilen und trug die unverkennbare Signatur des Generals Casanova. Es besagte: »Sagen Sie Ihrem Präfekten, mit einem schönen Gruß von mir, er soll sich ins Knie ficken.«

Er wußte nicht, mit wieviel Takt, aber dem Befehl und seiner persönlichen Neigung folgend, hatte er deshalb Seiner Exzellenz klar und deutlich gesagt, daß er sich zum Teufel scheren solle.

Seitdem Vidusso den Raum verlassen hatte, saß der Präfekt, den Kopf in den Händen, da und stieß immer verstiegenere Flüche aus, wie sie ihm gerade in den Sinn kamen. Mit finsterer Miene sah er auf Emanuele Ferraguto, der mit einem breiten Lächeln übers ganze Gesicht gerade sein Amtszimmer betrat.

»Die Sache sieht gar nicht gut aus, Ferraguto. Mit Vidusso habe ich einen Reinfall erlebt. Er will nicht.«

»Aber was ist geschehen, Exzellenz?« fragte Don Memè besorgt.

»Ich weiß nicht, was ich tun soll. Dieser Arsch von Vidusso hat mir klipp und klar gesagt, daß das Heer im Notfall nicht einschreiten wird.«

»Uns kann das doch scheißegal sein.«

»Meinen Sie?«

»Aber gewiß doch, Exzellenz. Der Hauptmann Villaroel mit seinen berittenen Soldaten genügt uns vollauf. Wieviel Radau können die paar Schwachköpfe aus Vigàta schon machen? Der Villaroel wird schon fertig werden mit denen.«

»Es geht nicht darum, wie laut der Krach ist. Wichtig ist, daß er gar nicht erst gemacht wird! Und auf jeden Fall, sollte etwas geschehen, hätte das Einschreiten des Heers die Sache auf eine andere, wie soll ich sagen, weniger private Ebene gestellt. So aber hat dieser Scheißkerl von Vidusso mich im Stich gelassen!«

»Exzellenz, bleiben Sie ruhig und halten Sie die Ohren steif. Emanuele Ferraguto gibt Ihnen sein Wort, daß in Vigàta, wenn der *Bierbrauer* aufgeführt wird, nicht das geringste passieren wird. Der Hauptmann Villaroel und seine vierundzwanzig Soldaten von der leichten Kavallerie können uns, Sie werden verzeihen, Exzellenz, vor, während und nach der Musikaufführung am Sack kratzen. Sie werden nichts zu tun haben! Doch hören Sie nur, welche Neuigkeit ich Ihnen mitgebracht habe.«

Er holte aus der Hosentasche ein achtfach gefaltetes Blatt hervor, strich es glatt und legte es vor dem Präfekten auf den Schreibtisch.

»Es kommt ganz frisch aus der Presse. Meine Hände sind noch schwarz von Druckerfarbe.«

Es war eine Ausgabe der »Gallina Faraona«, des satirischen Wochenblatts von Montelusa, das aus nur einem Bogen bestand und schon immer die Politik des Präfekten erbarmungslos niedergemacht hatte. Don Memè tippte mit dem Zeigefinger auf einen Artikel in der ersten Spalte gleich unter dem Zeitungskopf mit dem Titel in Großbuchstaben »Gewichtiger Brief an die Vigateser«.

Eifrig machte Bortuzzi sich an die Lektüre.

Der offene Brief besagte im wesentlichen, daß »hiermit die Vigateser so höflich sein« und ein einziges Mal den Worten einer Zeitung aus Montelusa Gehör schenken mögen. Der Verfasser des Artikels, der Herausgeber Micio Cigna in Person, wußte nur allzu gut, »wie sehr die Vigateser immer und bei jeder Gelegenheit die Ratschläge und Aufrufe in den Wind geschlagen haben, die ihnen aus dem Hauptort Montelusa so reichlich zuteil wurden, um den Ableger Vigàta auch am Fortschritt der Zivilisation teilnehmen zu lassen«. Doch für die Sache, um die es in dem Artikel ging, bat Micio Cigna sie inbrünstig um die gebührende Aufmerksamkeit. Es war gemeinhin bekannt, daß aus Anlaß der Einweihung des neuen Theaters von Vigàta »nach einer langatmigen und manchmal hitzigen Auseinandersetzung, bei der ehrenhafte Männer aufeinander losgingen, jedoch stets mit dem gemeinsamen Ziel, der Bürgerschaft das Beste zukommen zu lassen, was auf dem schwierigen Terrain der Kunst geboten wurde«, am Ende mehrheitlich der Aufführung eines leider nicht allen bekannten und nicht von allen geschätzten Opernwerks wie des *Bierbrauers von Preston* von Luigi Ricci zugestimmt worden war. »Das Stück kann große Erfolge an den anderen Theatern Italiens vorweisen.« Bei der Ankündigung des Werks, mit dem das Theater eingeweiht werden sollte – fuhr Micio Cigna fort –, »waren ungewöhnlicher Mißmut, unwilliges Raunen und nicht gerade verhüllte Aufrufe zu unbesonnenem Boykott laut geworden. Die Absicht war, die Aufführung zu einem vollkommenen Mißerfolg werden zu lassen.« Der Schreiber hatte nicht die geringste Lust, »auf die Gründe einer solchen Stimmungslage einzugehen«, und noch viel weniger, eine Analyse des »hohen künstlerischen Werts der Oper« zu liefern; ihm ging es einzig und allein darum, einen Appell an die »Intelligenz und das Feingefühl« der Vigateser zu richten, auf daß sie »den wahren Wert« der Oper erst nach der Aufführung »derselben« beurteilen mögen.

Das war alles, was Micio Cigna von den Vigatesern forderte – ein Urteil, das ruhig »streng sein durfte, aber gerecht«, wie es die Vigateser im übrigen bei anderen Gelegenheiten »von wesentlich größerer Gewichtigkeit« zu geben verstanden hatten.

Der offene Brief endete so:

»Vorurteile haben immer nur Schaden und großes Unheil angerichtet, die weitaus schlimmer waren als das, was ein vernünftiges und wohlüberlegtes Urteil – auch wenn es negativ ausfällt – bewerkstelligen kann.«

Als Seine Exzellenz am Ende angelangt war, hellte sich seine Miene ein wenig auf. Don Memès Lächeln verbreiterte sich.

»Gott sei Dank. Diese ›Gallina Faraona‹, die mich immer angestunken hat, hat sich dieses Mal gut benommen. Soll ich Ihnen was sagen, Ferraguto? Ich hätte nicht damit gerechnet. Haben Sie die Leute da zur Vernunft gebracht?«

»Dazu brauchte es nicht viel, Exzellenz. Don Micio Cigna ist ein Mann, der seinen Verstand einzusetzen versteht.«

»Dieser Artikel wird uns das Spiel erleichtern. Danke, Ferraguto.«

Mit Micio Cigna, das war bekannt, war es unmöglich, offen zu verhandeln. Wenn er herumzickte, dann war's aus mit ihm. Da konnte auch der liebe Gott im Himmel nichts in seinem harten Kalabresenschädel ausrichten. Weil aber Don Memè über die Absichten Cignas Bescheid wußte, nämlich mit einem netten Artikel in der »Gallina Faraona« die Vigateser aufzufordern, die Oper, die Sänger und den Präfekten in den Schmutz zu ziehen, war er ihm, ohne Zeit und Worte zu verlieren, zuvorgekommen. Micio Cigna war mit der Tochter Don Gerlando Curtòs verlobt, und noch vor Jahresende sollte die Hochzeit gefeiert werden. Sechs Tage vor dem vorgesehenen Erscheinen des Artikels gegen den *Bierbrauer* verschwanden zu nächtlicher Stunde tausend Schafe aus dem Besitz Don Gerlandos. Die maskierten Diebe hatten die drei Wächter mit Knüppelhieben außer Gefecht gesetzt. Curtò wütete und schnaubte, aber von den Schafen fand sich nicht eine einzige Wollfluse mehr. Zwei Tage bevor der Artikel veröffentlicht werden sollte, war Don Memè feierlich lächelnd mit aalglattem Getue bei Don Gerlando erschienen.

»Don Gerlando, ich habe mir erlaubt, Ihre Schafe für Sie sicherzustellen.«

Curtò hatte nicht die mindeste Freude gezeigt, sondern war besorgt. Was würde Don Memè wohl als Gegenleistung fordern? Es war sternklar, daß der, der ihm die Schafe geklaut, und der, der sie jetzt wiedergefunden hatte, ein und dieselbe Person waren. Er schwieg, und Don Memè fuhr fort: »Ich konnte nicht zulassen, daß einer so unbescholtenen und ehrenhaften Person wie Ihnen ein Unrecht zugefügt wird.«

»Wissen Sie, wer es war?«

»Leute von auswärts, die nicht besonders ortskundig waren.«

»Danke«, zischte Don Gerlando unwillig zwischen den Zähnen hervor.

»Ich habe nur meine Pflicht getan. Ihre Schafe stehen jetzt in der Gegend von Inficherna unter der Aufsicht zweier Personen meines Vertrauens. Schicken Sie, wann es Ihnen paßt, jemanden hin, um sie abzuholen. Und seien Sie versichert, man wird Ihnen nie mehr wieder ein Unrecht zufügen.«

»Sagen Sie, wie ich meine Schuld bei Ihnen wiedergutmachen kann.«

Don Memè schlug sich auf die Brust und verzog schmerzlich das Gesicht, als hätte eine Kugel ihn mitten ins Herz getroffen.

»Will der Herr mich beleidigen?«

»Ohne Beleidigung, Don Memè. Auch ich will meiner Pflicht nachkommen.«

»Also gut. Aber es handelt sich um eine Kleinigkeit. Euer Wohlgeboren sollten ein Wörtchen mit Ihrem zukünftigen Schwiegersohn reden, der in meinen Augen eine allzu leichtsinnige Person ist und sehr großen Schaden anrichten kann.«

»Zu Diensten.«

»Es handelt sich um eine höchst bescheidene Bitte.«

Und Don Memè erklärte Curtò, was er Micio Cigna sagen sollte. Die ganze Nacht über konnte die Nachbarschaft wegen der lautstarken Auseinandersetzung zwischen den zwei zukünftigen Verwandten, Schwiegervater und Schwiegersohn, kein Auge zutun.

»Wenn du nicht tust, was ich dir sage, wirst du meine Tochter von jetzt an nur noch durchs Fernglas sehen!«

»Aber was glauben Sie eigentlich, wer Sie sind, daß Sie mir Befehle erteilen wollen! Ich schreibe, was mir paßt.«

Das Geschrei ließ erst bei Morgengrauen nach. Das Ergebnis war der Artikel, den Seine Exzellenz mit offenkundiger Genugtuung gelesen hatte.

Die Wintersonne stand nur als armer Schein, milchig und matt hinter Wolkenschichten

Die Wintersonne stand nur als armer Schein, milchig und matt hinter Wolkenschichten, über Vigàta, und es schien, als hätte sie keine große Lust aufzugehen. In der Luft hing ein mohrenschwarzer Geruch, das heißt ein ins Schwarze gehendes Dunkelbraun. Dem Geruch eine Farbe anzudichten, war eine Marotte von Kommissar Puglisi. Als er einmal zum Polizeichef gesagt hatte, daß er beim Beschatten von einem gelben Geruch nach frisch gemähtem Korn überwältigt worden sei, hätte ihn der um ein Haar ins Irrenhaus eingewiesen.

Das Theater rauchte und schwelte noch immer, aber nur im Innern der Mauern, die dem Brand standgehalten hatten, auch wenn das Dach eingestürzt war. Langsam glühte der riesige Brennofen aus. Der Ingenieur Hoffer spritzte weiterhin mit seinem Feuerlöscher und mit Hilfe seiner zu Tode erschöpften Männer Wasser. Der Nachschub war jetzt dank zehn großer Fässer gesichert, die auf fünf vom Commendatore Restuccia zur Verfügung gestellten Handkarren herbeigeschafft worden waren. Er gehörte zwar zur Gruppe der Verschwörer gegen die Aufführung der Oper, aber angesichts des brennenden Theaters, das seiner Meinung nach das Opfer mutwilliger Brandstiftung geworden war, hatte sich doch Empörung in ihm breitgemacht. Aus diesem Grund griff er dem Ingenieur unter die Arme. Das Ab- und Aufladen der Fässer besorgten die berittenen Soldaten, die nichts sonst zu tun hatten, da die Bevölkerung längst zu Bett gegangen war. Puglisi wäre zu gern ihrem Beispiel gefolgt, doch sein Pflichtbewußtsein ließ ihn einen Mittelweg wählen. Er spürte seinen Leib schwer vor Müdigkeit, seine Knochen wie zerschlagen und sein Hirn verworren. Was ihm am meisten zusetzte, war das Gefühl von Schmutz, das Rauch und Schlamm auf seiner Haut hinterlassen hatten. Er dachte, eine kleine Wäsche darf ich mir wohl gönnen. Danach wollte er zur Überwachung der Operationen wieder an Ort und Stelle zurückkehren. Im Höchstfall hätte ihn das eine halbe Stunde gekostet.

»Du bleibst hier«, sagte er zu einem Polizisten, den er als Wache vor dem zur Hälfte niedergebrannten Haus von Donna Nunzia und den Pizzutos aufgestellt hatte, damit sich kein Schlitzohr hineinschlich, um etwas mitgehen zu lassen. »Ich bin gleich wieder da. Ich gehe nur mal geschwind nach Hause, um mich etwas frisch zu machen.«

Er machte sich auf den Weg zu seiner Wohnung, zwei Zimmer mit Toilette und Küchenbenutzung, die er bei Signora Gesualda Contino gemietet hatte, einer Frau um die Siebzig, für die er wie ein Sohn war.

Trostlose Zerstörung beherrschte das Bild des kleinen Platzes vor dem Theater, den der Bürgermeister mit Blumenbeeten und kreisförmig angeordneten Laternen hatte verschönern lassen. Die verheerenden Schäden waren noch vor dem Ausbruch des Brands von den Pferden der Soldaten und den verschreckten Theaterbesuchern auf der Flucht angerichtet worden. Von der Grünfläche war so gut wie nichts mehr übrig, und drei der sechs Laternen waren aus dem Boden gerissen worden. Am Rand des Platzes lag eine zertrümmerte Karosse, die

Räder in der Luft; eine zweite daneben war auf die Seite gekippt und hatte noch das tote Pferd im Gespann. Puglisi warf einen Blick auf die Theaterfassade: sie war nur leicht von Rauch geschwärzt. Hoffers Männer gingen durch das Hauptportal ein und aus, um die letzten Feuer unmittelbar am Brandherd zu bekämpfen.

Die ungenaue Wahrnehmung, daß etwas nicht stimmte, drang langsam in Puglisis Gehirn. Mit angeschlagenen Beinen machte er kehrt und ging dicht an der Mauer entlang zur Rückseite des Theaters. Je weiter er vordrang, desto deutlicher erkannte er die Spuren der Zerstörung. Er erreichte die hintere Gasse zwischen dem Theater und dem Haus von Donna Nunzia. Der Wachhabende sah Puglisi wieder auftauchen.

»Wollten Sie nicht nach Hause gehen?«

»Noch nicht. Mir ist eine Idee gekommen.«

»Was gibt es, Herr Kommissar?«

»Mir ist die Idee gekommen, ein bißchen frische Luft zu schnappen, in Ordnung?« erwiderte Puglisi barsch. Puglisi liebte es, Fragen zu stellen, aber nicht, daß man ihm welche stellte.

Eingehend betrachtete er die hintere Fassade des Theaters. Ebenerdig gab es sechs Kellerluken, durch die Luft und ein wenig Licht in die Räume unter dem Straßenniveau drangen.

Es waren nur noch Bruchstücke der Fensterrahmen ohne Fensterglas übrig, das Feuer hatte sein zerstörerisches Werk getan. In der Mitte zwischen den Fensteröffnungen befand sich eine verkohlte Holztür oder zumindest das, was von ihr übriggeblieben war. Von ihr führten sechs steinerne Stufen ins Innere zur Unterbühne hinab. Um die Türöffnung herum hatte das wütende, gefräßige

Feuer seine Spuren hinterlassen, die hier sehr viel stärker als an anderen Stellen waren. Vor dieser Tür blieb Puglisi wie angewurzelt stehen. Das letzte Kellerfenster auf der rechten Seite war wie durch ein Wunder so gut wie heil geblieben. Er trat näher und bückte sich, um es genauer zu betrachten. Das Fensterglas war eingeschlagen, aber die Scherben waren nach innen gefallen. Puglisi richtete sich auf und ging langsam rückwärts, bis er mit den Schultern fast die Hauswand Donna Nunzias streifte. Der Anblick, der sich ihm bot, bestärkte ihn in einer Vermutung, die nach und nach Form annahm: das Feuer war nicht im Foyer ausgebrochen, wo sich die Kasse und die Freitreppe zu den Rängen, ins Parkett und in die Galerie befanden und wo ein unachtsamer Zuschauer mit der glühenden Zigarre einen Vorhang angesengt haben könnte. Das Feuer war genau auf der entgegengesetzten Seite des Theaters ausgebrochen.

Möglicherweise war es die Schuld eines Bühnenarbeiters, der in der Unterbühne eine paffen gegangen war. Aber was hatten dann die eingeschlagenen Kellerluken und die offenstehende Tür zu bedeuten? Es bestand kein Zweifel, daß die Hintertür zum Zeitpunkt des Brands offengestanden hatte, das bezeugten die Reste der Türflügel, die noch in den Angeln steckten. War die Tür etwa aufgerissen worden, um für kräftigen Durchzug zu sorgen und so das Feuer anzufachen? Der Jagdhund, der in Puglisi steckte, nahm Witterung auf, spitzte die Ohren und schnupperte in der Luft. Doch die Müdigkeit war groß. Wenn er sich frisch gemacht hatte, wollte er wiederkommen und der Sache mit leichterem und freierem Kopf auf den Grund gehen.

An diesem Morgen jedoch sollte aus seiner Toilette nichts werden. Puglisi wollte gerade den Schlüssel ins Haustürschloß stecken, als er erstarrte: Was ließ ihn eigentlich so sicher sein, daß die Witwe Lo Russo, die einen Stock über Donna Nunzia wohnte, tatsächlich die Nacht bei ihrer Schwester Agatina verbracht hatte? Sie hatte zwar während des ganzen Brands und des anschließenden Chaos kein einziges Lebenszeichen von sich gegeben, doch konnte es ja auch möglich sein, daß sie sich von Anfang an unwohl gefühlt hatte. So lag sie jetzt vielleicht noch immer ohnmächtig und hilflos da! Er steckte den Hausschlüssel wieder in den Hosensack und blieb noch eine Weile auf dem Treppenabsatz stehen, während er überlegte, was er machen sollte: die Haustür der Witwe einschlagen oder die Schwester fragen, ob Concetta bei ihr geschlafen hatte.

Er entschied sich für die zweite Möglichkeit, auch weil Agatina Riguccio, die mit dem Fischer Totò Pennìca verheiratet war, seit ihrer ersten Begegnung sein Blut in Wallung brachte. Und dabei war sie das erste Mal in übler Verfassung gewesen: der Ehemann hatte ihr nämlich bei einer heftigen Eifersuchtsszene mit einem Fausthieb einen Backenknochen eingeschlagen.

Der von den Nachbarn alarmierte Kommissar hatte Agatina mit verschwollenem Gesicht, aber dunklen, lebhaften Augen, die immer einen fragenden Ausdruck hatten, tiefroten, zitternden Lippen (die sicher nach Safran und Zimt rochen, dachte Puglisi) und kleinen, über dem geschnürten Mieder hüpfenden Brüsten angetroffen.

»Wer hat den Herrn bloß gerufen? Es gab hier keinen Streit. Ich bin nur ausgerutscht und habe mich am Schrank gestoßen.«

»Warum habt Ihr dann so ein Geschrei gemacht?«

»Gnädiger Herr, wenn einer sich weh tut, schreit er dann vielleicht nicht?«

Nicht nur schön war sie, sondern auch gerissen. Sechs Monate später wurde er erneut gerufen. Dieses Mal hatte sie ein schlimmes violettes Mal rings um den Hals.

»Das da? Das Zeichen da? Aber was denken Sie bloß, mein Herr! Das habe ich mir mit einem Schal zugefügt, der an einem Türgriff hängengeblieben ist.«

Dabei sah sie ihm tief in die Augen, und in ihrem Blick lag eine ganz andere Frage, die ihm einen kalten Schauer über den Rücken jagte.

»Dann kann ich also beruhigt wieder gehen?«

»Gewiß, Herr Kommissar. Danke.« Und sie griff nach seiner Hand, um sich zu verabschieden.

Auf diese Berührung war er nicht gefaßt. Es fühlte sich so an, als hätte sie nicht nur eine Hand um seine Finger gewunden, sondern ihren ganzen Leib. Und als wäre die Hand des Mannes zu einem anderen Ding geworden und ganz tief in sie eingedrungen, bis ins Innerste ihres Blütenkelchs.

Er mußte dreimal klopfen, bevor Agatina ihm verschlafen antwortete.

»Wer ist da?«

»Ich bin's, der Kommissar Puglisi.«

Sofort ging die Tür auf, und Agatina stand im Nachthemd vor ihm. Ihre Haut roch nach warmem Bett, und die Farbe, die Puglisi unmittelbar in den Sinn kam, war das wabernde Rosa eines aufgeschnittenen Seeigels.

»Was ist denn? Was ist passiert? Ist etwas mit meinem Mann?«

»Nein. Beruhigen Sie sich. Ihrem Gatten ist nichts geschehen.«

Erleichtert atmete Agatina tief durch, und ihre Brüste hoben und senkten sich.

»Kommen Sie herein.«

Puglisi trat ein und ließ sich von der immer kräftigeren Farbe des weit geöffneten Seeigels betäuben.

»Was ist denn los?«

»Hat Ihre Schwester Concetta heute nacht hier geschlafen?«

»Nein, der Herr. Warum?«

Puglisi stockte das Blut. Wenn sie also bei sich zu Hause war, warum hatte sie dann nicht um Hilfe gerufen?

»Haben Sie den Schlüssel zu ihrer Wohnung?«

»Gewiß doch.«

Sie ging zur Kommode, zog sachte eine Schublade auf, um den dreijährigen Sohn, der im Ehebett schlief, nicht zu wecken, nahm einen Schlüssel heraus und überreichte ihn Puglisi. Dann begann sie zu zittern.

»Was ist passiert, Herr Kommissar?«

»Haben Sie heute nacht nichts gehört?«

»Nein, der Herr, nichts. Wir sind hier so gut wie auf dem Land. Gestern sind wir gegen sieben nach der Abendmesse zu Bett gegangen. Mein Mann ist heute früh noch vor Tagesanbruch aufgestanden und mit dem Boot hinausgefahren. Aber was ist bloß passiert? Machen Sie mir doch keine angst!«

Sie geriet ins Schwanken und hielt sich an ihm fest. Instinktiv legte Puglisi seinen Arm um ihre Hüfte. Bei dieser Berührung drängte sie sich noch näher an ihn. Dem Kommissar drehte sich's im Kopf. Dieses Weib war höchst gefährlich. Er mußte auf der Stelle hier weg.

»Wir machen es so: Haben Sie eine Nachbarin, die auf den Kleinen aufpassen kann?«

»Ja.«

»Sobald Sie das Kind versorgt haben, kommen Sie zum Haus Ihrer Schwester. Aber ich bitte Sie inständig, machen Sie keinen Lärm, kein Geschrei, egal was Sie sehen werden.«

»Aber was gibt es denn zu sehen?«

»Heute nacht hat es gebrannt.«

»Ist gut«, sagte Agatina schicksalsergeben.

Knapp zehn Minuten später erreichte Puglisi im Eilschritt den Beamten, den er zur Überwachung des brandbeschädigten Hauses zurückgelassen hatte. Der Wachposten sah ihn verdutzt an: »Herr Kommissar, mir scheint, Sie sind jetzt noch schmutziger und rußiger als zuvor.«

»Geh mir nicht auf den Keks, du Klugscheißer. Hast du jemanden im Haus gehört?«

»Nein. Wen hätte ich denn hören sollen? Donna Nunzia ist doch bei ihrem Sohn, und die Pizzutos sind im Krankenhaus.«

»Paß auf, ich gehe jetzt in den zweiten Stock hinauf.«

»Aber warum? Der ist doch nicht abgebrannt. Wenn jemand dort wäre, hätte er längst das Weite gesucht.«

»Ich habe dich nicht nach deiner Meinung gefragt.«

Der Polizist verstummte. Es kam nicht oft vor, daß der Kommissar so unhöflich war. Und das bedeutete, die Lage war ernst.

»In Kürze wird hier eine Frau auftauchen. Laß sie hinaufgehen, aber sag ihr, sie soll sich auf der Treppe an der Wandseite halten. Das ist sicherer.«

Er stieg drei Stufen auf einmal nehmend nach oben. Er mußte sehr achtgeben, da die Treppe in einem wirklich gefährlichen Zustand war.

Das Grün der Wohnungstür der Witwe hatte durch den Rauch ins Braun übergewechselt. Er öffnete sie und betrat den Vorraum, der schwarz war; alles ringsum war schwarz geworden. Er machte ein paar Schritte, und schon stand er im Schlafzimmer. Es war nichts zu erkennen, es roch nach schwarzem Pech. Ein schmaler Streifen fahlen Lichts drang durch einen angelehnten Fensterflügel. Er ging ans Fenster und öffnete es ganz. Im einfallenden Licht sah er als erstes zwei Statuen aus Ebenholz in natürlicher Größe auf dem Bett liegen. Es war die Nachbildung der eng ineinander verschlungenen nackten Leiber eines Mannes und einer Frau.

Zu spät, wie üblich

»Zu spät, wie üblich, immer kommst du zu spät«, zischte Angelica Gammacurta ihrem Gatten zu, der aus dem Foyer zurückkam und sich anschickte, an ihrer Seite Platz zu nehmen, nachdem seinetwegen vier Personen hatten aufstehen müssen.

Sie waren schon beim zweiten Akt.

»Der zweite Akt hat schon vor einer ganzen Weile angefangen«, stieß Frau Gammacurta wütend hervor. »Meinst du etwa, kultivierte Leute benehmen sich so wie du?«

»Das schert mich einen Dreck. Will der Präfekt mich morgen etwa wie einen Schulbuben abfragen? Es reicht schon, daß ich mir dieses Spektakel überhaupt zumute. Passen die anderen etwa besser auf als ich?«

Kaum hatte Doktor Gammacurta nämlich den Zuschauerraum betreten, war es ihm so vorgekommen, als sei er auf dem Fischmarkt, wo gerade die vollen Fischkutter entladen wurden. Die Leute, egal ob im Parkett, in den ersten Rängen oder in der Galerie, alle erzählten sich vergnügt und aus vollem Hals ihre eigenen Angelegenheiten, ohne dem Geschehen auf der Bühne auch nur die mindeste Aufmerksamkeit zu schenken. Und die Darsteller sangen sich die Kehle heiser, um das lärmende Publikum zu übertönen.

»Wer? Ich hab' Sie nicht recht verstanden! Wollen Sie mir das bitte genauer erklären?« bat ein Herr aus dem zweiten Rang einen anderen im Parkett. »Was hat Don

Simone gesagt? Sie meinen doch Simone Alfano, oder nicht?«

Und der Herr im Parkett erhob sich zur Hälfte und rief mit lauter Stimme: »Ja, der Herr, Don Simone Alfano. Er sagte«, und gab wie ein Sprachrohr die Worte eines älteren Herrn fünf Reihen vor ihm wieder, »daß sein Neffe Tanino sich im Sägewerk einen Finger abgesägt hat.«

Es herrschte allgemeines Beileidsbekunden zu Trauer- und Unglücksfällen und Beglückwünschen zu Hochzeiten, Geburten und Verlobungen. Da sich die Bürger seit langem einmal wieder und obendrein auf so ungewohnte Weise beisammen fanden und sie die Oper nicht im mindesten interessierte, hatten sie die Gelegenheit wahrgenommen, untereinander die letzten Neuigkeiten auszutauschen. Auf diesem Wege erfuhr Gammacurta, daß der Preis der Mandeln ebenso wie jener der Saubohnen im Ansteigen, hingegen der des Getreides im Sinken war, daß der Schwefelpreis sich hielt und daß das Schiff aus Frankreich, das vor Ort Salz laden sollte, wegen schlechter Wetterverhältnisse vor Korsika mit Verspätung eintreffen würde; daß Frau Tabbìsi endlich den langersehnten Stammhalter zur Welt gebracht hatte, daß dem Diplomlandwirt Salomone seit einem Monat Hörner aufgesetzt wurden, daß die älteste Tochter der Vincis eindeutig eine Hure war, daß der liebe Gott im Himmel den Kapitän Cumella zu sich gerufen hatte und sich – das war einhellige Meinung aller – dazu ein wenig zu lange Zeit gelassen hatte.

Der Präfekt Bortuzzi in dem königlichen Rang, der ihm in Abwesenheit des Königs von Rechts wegen zustand, war kreidebleich geworden, während seine Gemahlin einer roten Pfefferschote glich. Bürgermeister Bennici hingegen neigte zum Blaßgrün mit einem Stich ins Gelbliche, und nur Don Memè Ferraguto mit seinem gefährlich breiten Lächeln und Liborio Villaroel, der Hauptmann der Reitermiliz, ein widerliches Aas vor Gott und den Menschen, ja sogar vor den Würmern, schienen die richtige Farbe zu haben. Bortuzzi rutschte hektisch auf seinem goldenen Sessel mit dem sabaudischen Wappen hin und her, als hätte er glühende Kohlen unterm Hintern, streckte den Kopf einmal nach rechts, dann wieder nach links, bewegte die Hände wie die Schaufeln eines Mühlrads in der Luft und redete ununterbrochen einmal mit dem Mafioso zu seiner Rechten, dann mit dem Vertreter des Gesetzes in Uniform zu seiner Linken. Für Seine Exzellenz ging alles schief, und nicht etwa weil die offenen Gegner der Oper sich mit Pfiffen wie Ziegenhirten und anderweitigen Lauten, von höhnischem Gelächter bis zu Furzgeräuschen, Luft gemacht hätten, sondern einfach, weil der *Bierbrauer* auf allgemeine Gleichgültigkeit stieß und nicht im geringsten ankam. Er warf einen Blick auf Don Memè, und der ließ entmutigt die Arme sinken. Gegen zehn hätte er ja noch antreten können, aber gegen ein ganzes Dorf?

Als Gammacurta endlich saß, beschloß er, sich ein klein wenig für das Treiben auf der Bühne zu interessieren.

Die Szene hatte gewechselt und zeigte jetzt die Außenmauer einer ländlichen Schenke, vor der kleine Tische, Stühle und Bänke aufgestellt waren. Der Bühnenprospekt stellte ein Feldlager dar, und tatsächlich standen auch einige Offiziere und Soldaten vor dem Eingang zur Schenke und sangen.

»Wer sind denn die?« fragte der Arzt seine Frau.

»Englische Soldaten.«

»Das sehe ich selbst. Aber was machen sie?«

»Sie suchen nach dem Zwillingsbruder des Bierbrauers, der hatte nämlich etwas mit einer gewissen Anna, der Schwester eines Schiffskapitäns. Doch dann hat er das Weite gesucht. Ich ahne schon, das wird mit einer Verwechslung enden.«

»Was meinst du damit?«

»Eine Personenverwechslung. Die Soldaten, die nach dem Zwillingsbruder suchen, werden den Bierbrauer verhaften, weil sie ihn mit dem anderen verwechseln.«

Eine Verwechslung. Wenn die Geschichte darauf hinauslief, wie es sogar die dumme Gans von Eheweib Angelica ahnte, hatte eine Oper wie die hier nicht die geringste Aussicht auf Erfolg. Wie stand das Verhältnis der Dinge, die in Sizilien aus Verwechslung geschahen, gegenüber denen, die nicht durch Vertauschen von Personen oder Dingen zustande kamen? Um einmal von Vigàta und nur von den letzten drei Monaten zu sprechen, war Artemidoro Lisca aus Versehen anstelle von Nirino Contrera in einer mondlosen Nacht ermordet worden; Turidruzzu Morello hatte sich wegen einer Verwechslung mit Filippa Mancuso verheiratet, die er zu nächtlicher Stunde entjungfert hatte, ohne zu merken, daß es sich nicht um deren Schwester Lucia handelte, die eigentlich dazu bestimmt war; Pino Sciacchitano hatte das Zeitliche gesegnet, weil seine Frau das Stärkungsmittel, das er gewöhnlich nach dem Essen einnahm, mit dem Rattengift verwechselt hatte. Kam einem da nicht der Zweifel, daß all diese Verwechselei nur eine Finte war und im Grunde keinerlei Irrtum vorgelegen hatte und daß das mit der Verwechslung nur ein Alibi, ja so etwas wie eine üble Angewohnheit war? Wie aber sollten Leute, für die Verwechslungen das Alltäglichste auf der Welt waren, über eine Verwechslung lachen können, die noch tausendmal fiktiver war?

Nach diesen Überlegungen richtete Gammacurta seinen Blick erneut auf die Bühne.

Da oben standen ein gewisser Tobia, Daniele, der Bierbrauer, und seine Braut Effy.

Besagter Tobia wollte Daniele beibringen, wie ein richtiger Soldat zu marschieren hat, nämlich kerzengerade, als hätte er einen Besenstiel verschluckt, den Kopf reglos auf dem Hals und mit einem Schritt, als wären die Beine aus Holz. Tobia machte den Klang der Trommel nach, tamtam, tamtam, doch Daniele war offenbar unfähig, die Lektion zu lernen. Seine Verlobte Effy eignete sich hingegen bestens zum Marschieren: es fiel ihr leicht, schien sie doch eher ein Mann als eine Frau zu sein. Über Effys Bravour war Tobia hoch erfreut:

Im Handumdrehn hat sie's geschafft
und es zum richt'gen Regimentssoldat gebracht.

»Also ist in Wirklichkeit Daniele der, der mit seinem Bruder, dem Soldaten, verwechselt werden will?« fragte sich Gammacurta, der plötzlich Interesse zeigte. »Und warum?«

Er drehte sich zu Angelica hin, die wie hypnotisiert auf die Bühne starrte.

»Warum will Daniele, daß man ihn mit seinem Zwillingsbruder verwechselt?«

»Das habe ich nicht kapiert.«

»Wohin, zum Teufel, glotzt du dann mit aufgerissenen Augen, als wärst du verhext?«

»Die Kostüme«, erwiderte Angelica nur knapp.

Diese Antwort versetzte Gammacurtas Magen in Aufruhr. Er spürte, daß er es nicht bis zum Ende im Theater aushalten würde.

»Ich gehe.«

»Wohin?«

»Wohin gehe ich wohl so spät? Nach Hause natürlich.«

»Und vorher gehst du nicht noch in deiner Praxis vorbei?« fragte ihn Angelica mit süßlichem Lächeln.

Eine Herausforderung, die er schlagfertig parierte.

»Nein, heute abend gibt es niemanden, der ärztliche Hilfe braucht. Auf Wiedersehen.«

Er setzte sich in Bewegung, bat erneut die vier Personen in seiner Reihe um Verzeihung für die Störung, die sich diesmal leise fluchend erhoben und ihn schräg ansahen. Wie seine Frau dahintergekommen war, daß er seit geraumer Zeit ein Verhältnis mit der örtlichen Hebamme hatte und daß, wenn er abends spät nach Hause kam und sagte, er sei in der Praxis geblieben, alles nur ein Lügenmärchen war, das hatte er noch nicht begriffen. Mindestens zweimal in der Woche ließ er sich von den jugendlichen Schenkeln und den prallen Brüsten der Geburtshelferin Ersilia Locuratolo über die Mühen seines Alltags hinwegtrösten, und nur die wenigsten wußten Bescheid. Doch wie man sah, mußte unter diesen wenigen ein Hornochse gewesen sein, der seiner Angetrauten gegenüber den Mund nicht hatte halten können, und die wiederum hatte die Nachricht schleunigst Angelica hinterbracht. Doch heute abend war er ehrlich müde und verspürte Sehnsucht nach seinem eigenen Bett.

Er schickte sich an, den schweren Samtvorhang hochzuheben, der die Tür zwischen Parkett und Foyer verdeckte, als eine dröhnende Stimme das Getuschel aus dem Zuschauerraum, den Gesang der Sänger und die Orchestermusik noch übertönte und ihn innehalten ließ.

»Herr Präfekt! Herr Präfekt!« rief eine verzweifelte Stimme von der Galerie.

Mit einem Schlag herrschte absolute Stille. Die Sänger erstarrten zu Salzsäulen, der Mund blieb ihnen offenstehen, und der Dirigent versteinerte, die Arme noch halb in der Luft.

»Herr Präfekt!« fuhr die Stimme fort. »Wie soll ich mich bei dieser Szene verhalten? Ist die zum Lachen? Muß ich lachen? Geben Sie ruhig Ihre Anweisungen, und ich werde ihnen folgen. Lassen Sie uns wissen, was Ihre Meinung ist, Herr Präfekt!«

Gammacurta lüpfte den Vorhang und ließ ihn hinter sich wieder fallen, und das Gelächter des Publikums, die Klänge und die Stimmen der Oper, die ihren Leidensweg fortsetzte, klangen mit einemmal gedämpft. Er zog den Garderobenzettel aus der Hosentasche und reichte ihn dem Zuständigen.

»Hut, Mantel.«

Ninì Nicosìa, der Garderobier und einer seiner Patienten, reichte ihm umgehend das Gewünschte und lächelte ihn an.

»Wie geht's dir denn, Ninì? Tut dir der Bauch noch immer weh?«

»Nein, Herr.«

Er neigte sich zum Arzt hin und sagte ganz leise: »Herr Doktor, seien Sie auf der Hut!«

»Auf der Hut sein?« fragte Gammacurta verwundert. »Aber wovor denn?«

»Passen Sie auf, Herr Doktor«, wiederholte dieser, ohne weitere Erklärungen hinzuzufügen.

Der Arzt zog den Mantel über, ging zur großen, holzgefaßten Glastür und verließ das Theater. Doch er hatte kaum ein paar Schritte getan, als ihn zwei mit Karabiner bewaffnete Soldaten anhielten.

»Wohin wollen Sie?« fragte ihn einer der beiden im typischen Tonfall der Schergen, den Gammacurta nicht ausstehen konnte, auch wenn er persönlich es noch nie mit dem Gesetz und dessen Hütern zu tun gehabt hatte. Seine Antwort fiel deshalb reichlich unhöflich aus.

»Dahin, wo es mir verdammt noch mal paßt.«

»Das geht nicht«, entgegnete der zweite Soldat.

Was fiel den beiden Lümmeln eigentlich ein? Er sah aus den Augenwinkeln, wie sich noch ein anderer Mann in Uniform näherte, der die Abzeichen eines Oberleutnants trug. Er grüßte, die Hand vorschriftsgemäß an die Dienstmütze führend.

»Sie wollen entschuldigen, aber das ist ein Befehl Seiner Exzellenz, des Präfekten. Keiner darf das Theater vor Ende der Vorstellung verlassen.«

»Soll das ein Witz sein?« rief Gammacurta, und um seiner Frage mehr Gewicht zu verleihen, wiederholte er in bestem Italienisch: »Sie belieben wohl zu scherzen?«

»Nein, Herr. Sie machen sofort kehrt, oder ich werde mich gezwungen sehen, Sie ins Gefängnis zu stecken. Und so eine alberne Geschichte ist ja wohl keine Nacht hinter Gittern wert.«

Es war klar, daß der Oberleutnant Schlimmeres vermeiden wollte. Niedergeschlagen kehrte der Arzt ihm den Rücken und ging wieder hinein. Ninì Nicosìa, der die Szene durch die Glasscheiben verfolgt hatte, machte dem Arzt ein Zeichen, daß er die Ruhe bewahren solle. Kalte Wut hatte Gammacurta erfaßt und schüttelte ihn wie ein Bäumchen inmitten von Windstößen. Es mußte doch noch einen zweiten Ausgang aus diesem verfluchten Theater geben. Von einem sechsten Sinn gesteuert und entschlossen, vor den Soldaten und dem Präfekten nicht klein beizugeben, ging er, statt in den Saal zurückzukehren und wieder seinen Platz einzunehmen (im übrigen hätten die Personen, die seinetwegen immer aufstehen mußten, ihn dieses Mal bestimmt verprügelt), den ganzen Gang in Form eines halben Hufeisens entlang, der um jene Seite des Parketts verlief, und fand sich vor einer kleinen Tür wieder. Er drückte sie auf und schritt hindurch. Sie führte auf einen kleinen Treppenabsatz, von dem zwei Holztreppen abgingen: die eine führte zur Bühne hinauf, die andere zur Unterbühne. Er nahm die letztere, er konnte ja nicht plötzlich zwischen den Sängern auftauchen, das hätte einen weiteren Aufstand ausgelöst. Blinder Zorn hatte ihn gepackt. Er wollte nach Hause gehen, und das würde er auch tun. Er stand in einem riesigen Raum, der nur schwach vom Schein einiger Öllampen erhellt war. Zusammengerollte Bühnenbilder, Seile, Balken, Kostüme, Helme, Fässer und Degen lagen herum.

Undeutlich erkannte er an der hinteren Wand eine geschlossene Tür. Die Stimmen und die Schritte der Sänger drangen gedämpft von oben an sein Ohr. Er nahm die sechs Treppenstufen zur Tür hinauf, zog den Riegel beiseite und stand im Freien in der Gasse hinter dem Theater. Er lächelte: den Soldaten und dem Präfekten hatte er es also gezeigt. Er versuchte, die Tür hinter sich zuzuziehen, aber es gelang ihm nur zur Hälfte, da die Türangeln von irgend etwas blockiert wurden. So ließ er die Tür angelehnt. Und genau in diesem Augenblick rief jemand: »Halt, du Dieb!«

Er sah sich um und war jetzt ehrlich erschrocken. Ein berittener Soldat stand an der Ecke der Gasse und hielt den Karabiner auf ihn gerichtet.

»Hände hoch, du Dieb!«

Eine Verwechslung also. Der Soldat war überzeugt, daß er ein Dieb war, der sich in die Unterbühne geschlichen hatte, um etwas zu stehlen. Er mußte lachen, aber anstatt stehenzubleiben und eine Erklärung abzugeben, lief er davon. Er rannte los, sein Hut flog ihm davon, und das Geklapper der Pferdehufe kam immer näher.

»Halt oder ich schieße!«

Keuchend setzte er seine Flucht fort, lief um das Haus von Donna Nunzia herum und erreichte den großen Salzberg dahinter. Er wühlte sich in den Haufen hinein, da er dachte, daß der Soldat auf dem Pferd in dieses Meer aus Salz, fein wie Sand, nicht würde vordringen können. Der Soldat hielt tatsächlich an, zielte in die Richtung des Mannes, dessen Umrisse trotz der Finsternis deutlich vor dem Weiß des Salzes zu erkennen waren, und schoß.

»Ich wollte, mein Vater oder meine Mutter, oder eigentlich beide, denn beide waren gleichermaßen verpflichtet, hätten sich ein wenig Gedanken gemacht, bevor sie mich in die Welt setzten«, sagte Decu Garzìa leise, als spräche er mit sich selbst. Er machte eine Pause, holte Luft und sprach weiter.

»Das meine ich wirklich. Ganz ehrlich.«

Sie waren nur noch zu zweit in Pippino Mazzaglias Arbeitszimmer, Traquandi und Garzìa. Als der Vorschlag gemacht worden war, das Theater anzuzünden, hatte Ninì sich mit entrüsteter Miene zurückgezogen und von Cosimo Bellofiore nach Hause begleiten lassen, der mit ihm einer Meinung war.

Die beiden warteten auf Don Pippino, der das holen gegangen war, was der Römer von ihm verlangt hatte. Nando Traquandi bekundete Interesse für Garzìas Worte, aber nur aus bloßer Höflichkeit dem einzigen ihm verbliebenen Verbündeten gegenüber.

»Warum?«

»Weil ich selbst nicht weiß, wie mir geschieht, sobald ich mitkriege, es gilt irgendwo Unruhe zu stiften. Geht es darum, das Theater abzubrennen? Gut, dann brennen wir es ab. Decu ist dabei! Wollen wir das ganze Dorf in Schutt und Asche legen? Gebt Garzìa nur eine Fackel! Wollen wir die ganze Welt verarschen? Da bin ich einer von den ersten! Aber warum? Und wieso? Aus welchem Grund? Das kümmert mich nicht die Bohne. Sobald es um Zerstörung, Leid und Katastrophen geht, juckt es mich in den Fingern, und ich muß unbedingt mit von der Partie sein.«

»Du willst mir also weismachen, daß du auf meiner Seite bist, ohne daß es für dich einen klaren Grund gibt, das zu tun, wonach es dich gelüstet? Du hast keine andere Idee in deinem Schädel als die, Tohuwabohu zu machen?«

»Du hast es erraten.«

»Darf ich dir ganz offen und ehrlich sagen, mein Freund: ich schere mich nicht darum, warum du etwas machen willst oder warum nicht. Mir reicht, daß du die Sache überhaupt machst.«

»Ich mache sie, und ob! Dafür kannst du die Hand ins Feuer legen. Was ich dir gesagt habe, soll nicht heißen, daß ich mich drücken will.«

Don Pippino kam mit einer stinkenden Petroleumlampe herein und setzte sie zusammen mit einem kurzen Eisenstab auf dem kleinen Tisch ab.

»Reicht diese Lampe?«

»Ich denke schon.«

»Dann sind wir uns ja einig. Morgen früh schicke ich einen Diener mit einem Koffer mit Ihren Kleidern zum Haus von Decu Garzìa. Hier bei mir dürfen Sie sich nach der Tat nicht mehr blicken lassen.«

Traquandi blickte ihn unverwandt an.

»Ich weiß, daß Sie ein mutiger Mann sind«, sagte er, »und deshalb jagen Sie mich nicht etwa weg, weil Sie Angst vor den Folgen haben. Was ist der wahre Grund? Ich habe da so einen Verdacht: ist es vielleicht, weil Sie mich verachten?«

»Stimmt«, sagte Mazzaglia mit fester Stimme.

»Darf man vielleicht wissen warum, oder soll das nur ein Scherz sein?«

»Nein, nein, ich scherze nicht, das ist bestimmt nicht der Augenblick dafür. Ich habe schon bei mehreren Gelegenheiten gesehen – in letzter Zeit immer häufiger –, wie das italienische Heer auf Leute geschossen hat, die aufbegehrten, weil sie bald Hungers starben. Sogar auf Frauen und Kinder wurde geschossen. Wut und Scham überkamen mich. Wut, weil man nicht einfach zusehen darf, wie unschuldige Menschen niedergemetzelt werden. Scham, weil ich selbst mit meinen eigenen Worten, meinen eigenen Händen, mit den Jahren im Gefängnis, mit dem Exil meinen Teil dazu beigetragen habe, ein Italien zu schaffen, das nun einmal so geworden ist, wie es ist: der eine Teil unterdrückt den anderen Teil, und lehnt dieser sich auf, dann wird geschossen. Nun aber habe ich keine Lust mehr, mich weiterhin zu schämen, weil ich Leute wie Sie unterstütze, die vielleicht so denken wie ich, aber keinerlei Gewissensbisse haben, noch mehr Blutvergießen zu provozieren. Das ist alles. Ende des Vortrags.«

Nando Traquandi erhob sich, ohne etwas zu erwidern. Decu Garzìa folgte ihm.

»Hätten Sie vielleicht ein Stück Schnur?«

Don Pippino zog ein Knäuel dicken Bindfadens aus einer Schublade und schnitt ein großes Stück ab. Traquandi führte ein Ende durch den Griff der Lampe, verknotete ihn mit dem anderen Ende und hängte sich die Lampe über die Schulter. In weite Umhänge gehüllt gingen sie auf das Eingangstor zu. Don Pippino machte auf, blickte um sich, und da niemand zu sehen war, machte er den beiden ein Zeichen herauszukommen. Das Wetter war noch immer unheilschwanger.

»Braucht ihr ein Licht?«

Garzìa wollte schon ja sagen, denn er hatte Angst, sich auf dem steinigen Weg mit den vielen Gräben den Schädel einzuschlagen, aber Traquandi kam ihm zuvor.

»Nein, danke. Es ist besser, im Dunkeln zu gehen.«

Sie machten sich auf, ohne Don Pippino zum Abschied zu grüßen.

Schweigend legten sie das erste Stück zurück. Die Nacht war wirklich so finster, daß man sich nicht nur das Hirn einrennen, sondern auch die Beine brechen konnte. Vorsichtig bedacht, wo sie die Füße hinsetzten, gingen sie noch ein Stück, bis sich ihre Augen langsam an die Dunkelheit gewöhnt hatten. Da fragte der junge Mann aus Rom: »Gibt es im Dorf jemanden, der *dindaroli* verkauft?«

»Was ist das denn?« fragte Garzìa verdutzt.

Und zu Decus Verwunderung hob Nando an, in Versen zu sprechen:

Der Dindarolo ist ein klein' Ding
aus gebrannter Erde und fast rund,
innen hohl und oben mit 'nem Knopf,
unten hat's 'nen breiten Fuß zum Aufrechtstehn
und neben dem runden Knauf 'nen Schlitz:
breit genug, um Münzen durchzulassen,
das nehmen die Kinder als Versteck
für ihre kleinen Schätze.

»Ich hab verstanden«, sagte Decu. »Eure *dindaroli* sind unsere *carusi,* wo die Kleinen ihre Münzen hineinstecken.«

»Aber sind die *carusi* bei euch nicht die jungen Burschen?«

»Ja, aber das Wort bedeutet auch Spardose.«

»Wo können wir diese Spardosen aus Ton finden?«

»Ich sage es dir gleich. Aber verrate mir bitte erst noch etwas. Gehörst du zu denen, die Gedichte schreiben?«

Traquandi lachte und preßte hüstelnd das Taschentuch gegen die Lippen.

»Das wäre zu schön, aber ich bin völlig unbegabt. Das sind Verse von Giuseppe Berneri, einem römischen Dichter. Von ihm stammt das Gedicht *Meo Patacca.* Er hat mich auf die Idee gebracht, das Theater anzuzünden. Berneri erzählt nämlich, als in Rom das Judengetto überfallen wurde, nahm man dazu mit Schießpulver gefüllte tönerne Sparbüchsen, steckte eine brennende Zündschnur in den Schlitz und warf sie in die Häuser der Juden. Die Tongefäße zerbrachen bei dem Aufprall, das Schießpulver verteilte sich überall und fing Feuer. Das ist wirklich eine tolle Erfindung.«

Wieder herrschte Schweigen. Der Weg war beschwerlich, und Reden lenkte nur ab.

Fluchend, einander stoßend, hinfallend, schwankend, die Seiten wechselnd gelangten sie vom Eselspfad schließlich auf eine befestigte Straße. Nando stützte sich an einem Laternenpfahl ab, um zu verschnaufen. Er war erhitzt, und die Brillengläser waren beschlagen.

»Wie ist die Beleuchtung im Ort geregelt?« fragte er.

Decu gab ihm bereitwillig Auskunft. Er war froh, sich während des Aufstiegs nicht das Genick gebrochen zu haben.

»In den Straßen um die Ortschaft herum gibt es ein paar Öllampen wie diese hier; in den Straßen im Ort stehen mehr Laternen, und sie werden mit Petroleum betrieben.«

»Wann genau werden sie angesteckt und wann gelöscht?«

»Das kommt darauf an.«

»Was heißt das, das kommt darauf an?«

»Die öffentliche Ausschreibung für die Straßenbeleuchtung hat ein Onkel von mir gewonnen, und deshalb kann ich dir auch erklären, wie sich die Sache verhält. Im Sommer bleibt das Licht bis in die späten Stunden an, weil die Leute gerne spazierengehen und die Abendfrische suchen. Im Winter aber wird das Licht früher gelöscht.«

»Ist gut, wir sind ja jetzt im Winter, was bedeutet also ›früher‹?«

»Je nachdem, wieviel mein Onkel und Vanni Scoppola, der stellvertretende Bürgermeister, daran verdienen wollen. Ich will kein Blatt vor den Mund nehmen. Gesetzt den Fall, Scoppola braucht Geld, dann sagt er zu meinem Onkel: laß uns angeben, daß wir die Lichter bis um neun Uhr haben brennen lassen, du aber löschst sie schon um sieben. Das in den zwei Stunden eingesparte Petroleum teilen wir unter uns auf. Ist es jetzt klar?«

»Laternenklar«, antwortete Traquandi und lächelte ob seiner geistreichen Antwort. »Und wie ist die Theaterbeleuchtung?«

»Mit Petroleum.«

»Gibt es ständig brennende Laternen? Nicht nur auf dem Platz vor dem Theater, meine ich, denn dort steht ja eine ganze Menge.«

»Die vor den Häusern der zwei Ärzte, dem der Hebamme, des Bürgermeisters und des Kommissars Puglisi.«

»Puglisi, das hat mir Mazzaglia gesagt, kann den Präfekten auf den Tod nicht ausstehen. Bortuzzi hat ihn nämlich bezichtigt, das illegale Lotteriespiel zu decken, und hat gegen ihn ermitteln lassen.«

»Das stimmt.«

»Also ist dieser Puglisi einer, vor dem man kein Blatt vor den Mund zu nehmen braucht?«

»Vielleicht habe ich mich nicht richtig ausgedrückt. Es stimmt zwar, daß der Präfekt ihn angezeigt hat, aber es ist ebenso wahr, daß Puglisi eine reine Weste behielt. Das aber bedeutet noch nicht…«

»Was bedeutet das nicht?«

»Daß Puglisi es dir durchgehen lassen wird, wenn du das Theater anzündest. Er ist und bleibt ein Sbirre, und ein tüchtiger obendrein. Hier, das ist das Haus von Pitrino, der Tonwaren herstellt.«

Traquandi betrachtete den Bau, der nicht viel größer als ein Hundezwinger war.

»Aber wo schläft der denn?«

»Ja, was glaubst du, wo der schläft? Da drinnen natürlich.«

»Und wo sind die Sachen, die er verkauft?«

»Da hinten.«

Hinter der Hütte gab es einen kleinen Platz mit niedriger Umzäunung. Für Decu war es ein Kinderspiel, darüberzusteigen. Er nahm zwei mittelgroße bauchige Tongefäße in die Hand und zeigte sie Nando, der ihm bedeutete, daß sie recht seien. Dann setzten sie ihren Weg fort.

»Wo ist die Laterne, die am nächsten beim Theater steht?«

»Die vor dem Haus der Hebamme.«

»Gehen wir hin.«

Auf dem Weg mußten sie sich noch hinter einem Einspänner verstecken, weil gerade zwei berittene Soldaten auf Patrouille vorbeikamen. Doch bestand keine wirkliche Gefahr. Schließlich erreichten sie die Laterne vor dem Haus der Hebamme und machten am Rand des Lichtkegels in einem offenen Hauseingang halt. Mit Engelsgeduld füllte Traquandi Petroleum durch den Münzschlitz in die beiden Gefäße; dann riß er ein Stück Stoff von seinem Hemd ab, zweiteilte es und steckte jeweils ein Stück in die Öffnungen. Zuletzt tränkte er die zwei heraushängenden Stoffetzen mit Petroleum.

»Jetzt können wir los«, sagte er schließlich.

Mit größter Umsicht setzten sie sich in Bewegung, da sie hörten, daß immer noch Soldaten zur Wache auf dem kleinen Platz vor dem Theater standen, wenn sie auch in der Finsternis nicht zu sehen waren. Sie nahmen eine kleine Straße längs der Seitenwand des Theaters und gelangten zur Rückseite des Gebäudes. Keine Menschenseele war weit und breit zu sehen.

»Wir sind soweit«, sagte Traquandi leise. »Du gehst zum rechten Flügel. Schlag die Scheiben sämtlicher Kellerluken ein und wirf deine Spardose hinein. Ich mache das gleiche mit der meinen. Wart mal, ich zünde sie dir erst noch an.«

Er steckte erst die Zündschnur bei Garzìa, dann bei sich an.

»Los, beeilen wir uns.«

Traquandi hatte mit der Eisenstange das erste Fenster eingeschlagen und versucht, sowenig Lärm wie möglich zu machen, als er die erstickte Stimme Decus hörte: »Nando, komm her, lauf!«

Traquandi war in Windeseile bei ihm. Wortlos zeigte

Decu ihm die halbgeöffnete Tür, die auf die Unterbühne führte.

»Überlaß mir ruhig deinen *dindarolo*«, meinte der Römer, »und geh und schlage alle Fensterscheiben ein, damit Durchzug entsteht.«

Die zwei Spardosen mit brennender Zündschnur in den Händen stieg Traquandi die steinerne Treppe hinunter und fand sich unter der Unterbühne wieder. In einer Ecke konnte er vier Körbe mit Kostümen erkennen und warf, ohne zu zögern, das erste Tongefäß hinein, das sogleich zerbrach. Im Nu gingen die Körbe in Flammen auf. Beim ersten Feuerschein sah sich der Römer mit Ruhe um. In einer anderen Ecke sah er zahlreiche zusammengerolle Bühnenprospekte, die an der Wand lehnten. Das zweite mit Wucht geschleuderte Tongefäß verwandelte sich in eine riesige Fackel. Keuchend eilte er die Treppe wieder hinauf.

»Schnell weg von hier.«

»Wohin?«

»Zu dir nach Hause, Garzìa. Ich habe einen Mordshunger, und müde bin ich auch. Hast du ein gutes Tröpfchen zu Hause?«

Mit der Zeit nannten ihn alle Don Ciccio. Im übrigen hatte er nicht viel dagegen einzuwenden, wenngleich er mit Vornamen Amabile und mit Nachnamen Adornato hieß. Jetzt war er also Amabile Adornato, genannt Don Ciccio. Rund zehn Jahre vor den Ereignissen anläßlich der Theatereinweihung war er von Palermo, wo er Schreiner war und sich auf dem Gebiet der kunsthandwerklichen Arbeiten einen Namen gemacht hatte, nach Vigàta gekommen.

Nach dem Tod seiner Frau wollte er hier in der Nähe seines einzigen Sohns Minicuzzo leben, der von Beruf Grundschullehrer war. Da er mit seiner Handwerkskunst in Palermo Geld gemacht hatte, was auch das Studium seines Sohns ermöglicht hatte, konnte er bei seiner Ankunft im Ort einen Lagerraum erwerben, eine Art Schuppen, wo er weiterhin seinem Gewerbe nachging. Er kaufte sich auch ein bescheidenes Häuschen, in dem er für sich lebte, um seinem Sohn nicht zur Last zu fallen, der verheiratet war und zwei kleine Kinder hatte. Nicht nur in Vigàta, auch in Montelusa, Fela und Sfiacca sprach sich seine Kunst in kürzester Zeit herum, und so mangelte es ihm nie an Aufträgen.

Don Ciccio hatte noch etwas Besonderes an sich. Er war nicht nur in der Musiktheorie bewandert und konnte Partitur lesen. Man erzählte sich auch, daß er so herrlich Querflöte spielte wie die Engel im Himmel, wenn der liebe Gott sie um ein Konzert bittet. Die Leute, die seine besonderen Qualitäten und Fähigkeiten entdeckt hatten, hatten ihn so lange gedrängt, bis er schließlich einen Beschluß gefaßt hatte: für wenige gute Freunde wollte er jeden Sonntag nach dem Mittagessen zwei Stunden musizieren. Seine Freunde waren der Postbeamte, ein Fischer, der Kapitän des Dampfschiffs von der Linie nach Palermo, das jeden Sonntag just in Vigàta anlegte, ein Bauer, der ebenfalls Flöte spielte, doch die aus Schilfrohr wie die Ziegenhirten… und überhaupt jeder, der in der Nähe seiner Werkstatt vorbeikam, wo Don Ciccio sein Sonntagskonzert hielt, und Lust verspürte, Musik zu hören.

Ohne Zweifel war Don Ciccio jemand, zu dem einem bei genauerem Überlegen ein paar Fragen kamen. Vor allem die eine: wo und warum hatte er das Flötenspiel gelernt, und wie kam es, daß er so viel von Musik verstand? Unbestreitbar war, daß Don Ciccio in Sachen Musik große Kompetenz besaß. Doch jedesmal, wenn man ihm diese Fragen stellte, tat er es wie die Kellerassel, die sich schon bei der leisesten Berührung zu einer Kugel zusammenrollt. Das Höchste, was man aus ihm herausbrachte, waren einsilbige Ja, Ach, Wenn, Nein. Doch eines Tages, just an seinem siebzigsten Geburtstag, an dem seine Freunde ihn groß feierten und ihn auch betrunken gemacht hatten, fragte der Kapitän des Dampfschiffs ihn geradeheraus: »Don Ciccio, wie kam das?«

Keiner hatte mehr damit gerechnet. Don Ciccio aber erklärte, wie es gekommen war, daß die Musik in sein Leben getreten war und ihn nie mehr wieder verlassen hatte. Es war eine wunderschöne Erzählung, und die Zuhörer lauschten mit offenen Mündern und weit aufgerissenen Augen. Es schien eine jener Geschichten zu sein, wie man sie den Kleinen vor dem Schlafengehen erzählt. Die Nachricht machte die Runde, und von Zeit zu Zeit fragte jemand: »Don Ciccio, wie kam das?«

Und Don Ciccio hatte nach jenem Mal keine Bedenken mehr zu erzählen und schmückte die Umstände, Situationen, Personen und Dinge immer neu aus. So kam er zu seinem Spitznamen »Don-Ciccio-wie-kam-das«.

An einem Sonntag, eine Woche vor der Theatereinweihung, als Don Ciccio gerade zum Auftakt des Konzerts die Flöte an die Lippen setzen wollte, sah er den gesamten Generalstab des Bürgervereins »Familie und Fortschritt« in seine Werkstatt eintreten: vom Marchese Coniglio della Favara zum Arzt Gammacurta, vom Kanonikus Bonmartino bis zum Vorsitzenden Cozzo. Die Stühle reichten nicht für alle. Don Ciccio war gerührt. Er fühlte sich geehrt und wußte weder, was er sagen, noch, was er tun sollte. Fragend blickte er um sich. Seiner Stellung und seines Ansehens gemäß ergriff der Marchese ohne Umschweife das Wort: »Don Ciccio, verzeihen Sie unseren Überfall, aber wir bedürfen dringend Ihres hochgeschätzten Urteils.«

Don Ciccio geriet in Verwirrung und machte zwei oder drei Verbeugungen vor den Umstehenden.

»Zu Diensten die Herren.«

»Don Ciccio, Sie kennen doch gewiß diese Oper, die der Präfekt von Montelusa uns um jeden Preis aufzwingen will? Ich glaube, sie heißt *Der Bierbrauer von Preston.*«

»Jawohl, ich habe sie vor ungefähr zwanzig Jahren in Palermo gehört.«

»Und wie fanden Sie sie?«

Grabesstille trat ein. Don Ciccio wollte offensichtlich

Zeit gewinnen. Nur der Marchese hatte den Mut, das Schweigen zu unterbrechen, und drängte ihn: »Wollen Sie uns bitte Ihre Meinung wissen lassen, wenn es Ihnen nichts ausmacht?«

Ganz langsam beugte sich Don Ciccio nach vorn, den linken Arm in die schmerzende Seite gestützt, hob mit der Rechten einen gekräuselten Holzspan vom Boden und richtete sich wieder auf. Wie ein Zauberkünstler oder ein Priester mit der Hostie in der Hand zeigte er den Span in der Runde herum.

»Die Oper ist genauso«, sagte er.

Er quetschte das dünne Holz in den Fingern, zerbröselte es und warf die winzigen Stückchen in die Luft.

»Das ist die Oper, das ist ihr Gehalt.«

Am nächsten Morgen traf Don Memè wie ein Kugelblitz in der Präfektur von Montelusa ein, rannte zwei Stufen auf einmal nehmend die Treppe hinauf, durchquerte wie ein Besessener das Vorzimmer, riß ohne anzuklopfen die Tür zu Bortuzzis Amtsstube auf und stürzte hinein. Bortuzzi, der gerade mit dem Vergrößerungsglas den Aufriß des Tempels der Eintracht betrachtete, bekam beinahe einen Schreck. Ferragutos Anblick, der auf einem Auge lachte und auf dem anderen ernst war, machte ihm Sorgen.

»Du liebes Herrgöttchen, Ferraguto, was ist denn los?«

»Der Schreiner von Vigàta, dieser Hornochse von Don Ciccio Adornato, ist nicht einverstanden. Die Oper gefällt ihm nicht, das hat er zu denen vom Bürgerverein gesagt und erzählt es jetzt überall herum.«

Seine Exzellenz beruhigte sich wieder und sagte lächelnd: »Auf, Ferraguto, was soll das! Ein Schreiner!

Was zählt schon ein Schreiner? Wir sind doch nicht in Bethlehem!«

»Ihre Exzellenz mögen verzeihen, aber Sie befinden sich im Irrtum. Dieser Schreiner da versteht sehr viel von Musik. Sehr, sehr viel sogar. Wenn er von Musik spricht, ist das wie ein Urteilsspruch, und alle lauschen seinem Wort wie dem der Sibylle von Cuma.«

»Ach ja?«

»Ja genau.«

»Und was sollen wir tun?«

»Wir müssen ihn aus dem Weg schaffen.«

Bortuzzi wurde gelb im Gesicht und ließ die Asche der Zigarre in seiner Hand auf die Weste fallen.

»Jesus Maria, Ferraguto, was erzählen Sie mir da bloß? Ich fühle mich ein wenig *mißbraucht*!«

Don Memè wurde sauer.

»Keiner will Sie *mißbrauchen,* Exzellenz.«

»Ach du meine Güte, Ferraguto, lassen wir bitte keine Mißverständnisse aufkommen! Bei uns bedeutet dieses Wort soviel wie verunsichern. Unter uns gesagt, Ferraguto, ist es wirklich nötig, sich solcher Mittel zu bedienen?«

»Aber was haben Sie denn verstanden, Wohlgeboren?«

Endlich siegte bei Ferraguto die lachende Gesichtshälfte über die ernste.

»Ich meinte nur, daß wir ihn für eine gewisse Zeit und im Einvernehmen mit dem Gesetz außer Gefecht setzen sollten. Sie müssen dem Hauptmann Villaroel sagen, er habe ohne Widerspruch das zu tun, worum ich ihn bitte.«

»Ja, wenn die Dinge so stehen, einverstanden.«

»Ein letztes Anliegen, Exzellenz. Wie weit ist der Vorgang wegen Vergabe des öffentlichen Auftrags an den Commendatore Lumìa gediehen?«

Bortuzzi suchte in den Sammelmappen auf seinem Schreibtisch herum und zog ein Aktenbündel hervor. Er machte es auf und blätterte es durch. Dann hob er den Kopf und sah Don Memè in die Augen.

»Ferraguto, ich erinnere mich gut an diese Ausschreibung.«

»Ja und?«

»Das ist ein harter Brocken. Dieser Lumìa hat nämlich kein Anrecht, wissen Sie das?«

»Exzellenz, lassen Sie uns offen reden. Die Sache sieht so aus: der Bürgermeister von Vigàta hatte den Auftrag schon an Lillo Lumìa vergeben, mit dem er alle zwei Tage Tresette und Briscola spielt. Sie aber haben den Auftrag gestoppt, weil Ihren Worten zufolge Regelwidrigkeiten vorlagen. Richtig?«

»Richtig.«

»Gut. Ich möchte jetzt zu Lumìa gehen und ihm genau die folgenden Worte sagen: Don Lillo, ich darf Ihnen eine schöne Nachricht hinterbringen. Der Herr Präfekt hat mir gesagt, daß er sich die Sache mit der Auftragsvergabe nochmals überlegen will. Keine Silbe mehr.«

Bortuzzi sah ihn weiterhin skeptisch an. Für Don Memè schien jetzt der Augenblick gekommen, die Karten auf den Tisch zu legen.

»Exzellenz, wenn ich ihm das nicht sage, kann ich nicht tun, was ich mir ausgedacht habe, und der Schreiner Don Ciccio kann weiterhin die Oper in den Dreck ziehen und die Vigateser gegen uns aufbringen. Bedenken Sie die Sache gut, Exzellenz. Ich sage Lumìa nur, daß Euer Wohlgeboren sich anschickt, es sich noch einmal durch den Kopf gehen zu lassen, und weiter nichts. Wenn Sie dann in zwei Wochen zu einer anderen Entscheidung gelangen, als Don Lillo es sich erwartet, dann ist die Oper schon über die Bühne, und damit hat es sich.«

Der Präfekt atmete schwer.

»Ist gut. Aber gehen Sie vorsichtig an die Sache heran. Ferraguto, ich bitte Sie.«

Den Hühnern den Hintern abtasten und prüfen, ob sie Eier legen, war das Hauptvergnügen des Commmendatore Lillo Lumìa. Und genau das tat er gerade im Hühnerstall seiner Villa am Hang oberhalb von Vigàta, als ein Diener herbeieilte, um ihm zu sagen, daß gerade der Gevatter Memè zu Pferd auf dem Hof eingetroffen sei. Lumìa verließ eilends den Stall und stürzte mit ausgebreiteten Armen Ferraguto entgegen, der vom Pferd abstieg.

»Don Memè! Welch freudige Überraschung!«

»Meine Ehrerbietung!«

Sie fielen einander in die Arme, streckten sie von sich, um sich aus geringer Entfernung glücklich lächelnd anzuschauen, und umarmten sich erneut.

»Don Lillo, ich komme höchstpersönlich, um Ihnen eine gute Neuigkeit zu überbringen.«

»Ich will diese Nachricht gar nicht hören, wenn Sie mir nicht die Ehre erweisen und in mein Haus treten, sich ausruhen und ein Glas Wein trinken.«

»Don Lillo, es ist mir immer eine Ehre, eine sehr große sogar«, fuhr Don Memè fort, ohne vom Zeremoniell abzuweichen. »Aber ich muß auf der Stelle wieder weg. Es war mir nur ein Vergnügen, Ihnen diese gute Nachricht persönlich zu überbringen.«

»Dann hören wir also«, gab sich Don Lillo, die Arme ausbreitend, geschlagen.

»Es wird sich bestimmt eine andere Gelegenheit ergeben«, vertröstete ihn Don Memè. »Die gute Notiz ist die, daß ich heute morgen rein zufällig mit dem Präfekten über den öffentlichen Auftrag, um den Sie sich beworben haben, gesprochen habe und ein gutes Wort einlegen konnte, da der Präfekt mich nun einmal schätzt. Ihre Exzellenz hat mir aufgetragen, Sie wissen zu lassen, daß er sich die Sache noch einmal vornehmen will. Sie mögen, sagte er, ein wenig Geduld haben, und alles wird sich zu Ihren Gunsten wenden.«

Lillo Lumìa machte buchstäblich einen Freudensprung, rieb sich die Hände und gestand: »Ich hatte schon alle Hoffnung verloren.«

»Nie verzagen, wenn einer wie ich die Finger im Spiel hat!« rügte Don Memè ihn sanft, mahnend den Zeigefinger erhoben. Wieder fielen sie einander in die Arme. Dann folgte Don Lillo erneut dem strengen Ritual.

»Ich möchte Sie um nichts auf der Welt beleidigen, Don Memè. Aber gibt es etwas, was ich mit meinen bescheidenen Mitteln für Sie oder einen Ihrer Freunde tun könnte?«

»Soll das ein Scherz sein, Don Lillo? Ich brauche nichts. Beehren Sie mich weiterhin mit Ihrer Freundschaft. Das ist mir Lohn genug.«

Er hatte das Wort Lohn verwendet. Und das bedeutete, daß Don Lillo nicht locker lassen durfte.

»Meine Freundschaft wird Ihnen ewig sicher sein,

dazu bedarf es keiner Worte. Aber was kann ich hic et nunc für Sie tun?«

Das Lächeln Don Memès verbreiterte sich zu einem herzhaften Lachen.

»Sie haben mich auf einen Gedanken gebracht. Wenn Sie darauf bestehen, könnten Sie mir bei einer Kleinigkeit behilflich sein. Es geht darum, einem Freund einen dummen Streich zu spielen.«

»Liebend gern. Sie müssen nur erklären, wie.«

Und Don Memè erklärte es ihm. Und um sicherzugehen, erklärte er es ihm ein zweites Mal.

Um drei Uhr mittags schloß Don Ciccio gerade seine Werkstatt auf, als ein Diener des Hauses Lumìa bei ihm aufkreuzte. Don Lillo, der sich in seiner Villa gern mit schönen Möbelstücken umgab, war immer schon ein guter Kunde von ihm gewesen.

»Kann ich etwas tun?« fragte er den Diener.

»Jawohl. Don Lillo will, daß der Herr kommt und eine Teeschere abholt.«

»Eine Etagere«, verbesserte der Schreiner ihn.

»Wie das auch immer heißen mag. Er will, daß der Herr auf der Stelle und ohne Zeit zu verlieren zu ihm nach Hause kommt.«

»Wie bitte? Bin ich vielleicht ein Arzt?«

Zwei Stunden später lud Don Ciccio mit Hilfe der Dienerschaft von Lumìa und mit großer Umsicht das Möbel auf seinen Handkarren und brachte es in seine Werkstatt. Er hatte Don Lillo erklärt, daß er für die Arbeit mindestens zwei Wochen brauchte, und dieser war einverstanden.

Am nächsten Morgen um sieben Uhr hatte Don Ciccio gerade seine Werkstatt aufgeschlossen, als der Oberleutnant der Reitermiliz Pillitteri zusammen mit zweien seiner Männer eintrat. Wortlos drängten die Soldaten den Schreiner gegen die Wand, während Pillitteri entschlossen auf die Etagere zusteuerte. Er öffnete sie, nahm einen viereckigen Keil heraus, der einen Hohlraum verbarg, steckte tastend die Hand hinein und zog zwei Brillantringe und eine Halskette hervor. Das war der Schmuck, wegen dessen Verschwinden Frau Lumìa am Vorabend Anzeige erstattet hatte. Pillitteri legte ihm Handschellen an und ließ ihn zu Fuß zwischen den zwei berittenen Soldaten ganz Vigàta durchqueren.

»Nein, kein Dieb! Ich bin kein Dieb!« rief Don Ciccio verzweifelt und weinte. Vor Wut und Scham wollte er in den Erdboden versinken.

Der Wind erhob sich von Westen aus der Gegend von Montelusa. Es war ein wütender Wind, der zürnte, weil er es nie und nimmer schaffen würde, die schweren, düsteren Wolken über Vigàta wegzufegen. Ein besonders heftiger Windstoß riß das schwere Holzbrett, das der unbekannte Tote als Steg zwischen dem Salzberg und dem Dachsims hingelegt hatte, um die Wohnung von Concetta Lo Russo zu erreichen, ein paar Millimeter in die Höhe, dann ließ er es dumpf auf die Regenrinne knallen. Am Fenster stehend löste der Kommissar Puglisi langsam seinen Blick von dem Holzstück und ließ ihn durchs Innere des Schlafzimmers schweifen. Was er da sah, setzte ihm schwer zu. Der Wind hatte den Ruß von den Wänden, dem Fußboden und allen anderen Stellen des Zimmers geblasen und schwebte jetzt als graue Staubwolke in der Luft. Dabei entstand der Eindruck, als wären die zwei Toten auf dem Bett wieder lebendig geworden und hätten erneut begonnen, mit sanften Bewegungen Liebe zu machen. Der Kommissar schloß die Flügel des großen Fensters, ließ aber die Fensterläden offen, um besser sehen zu können. Genau in diesem Augenblick gab sich der Wind geschlagen und überließ das Feld einem dichten, kräftigen Regen, der trommelnd auf die Dachziegel niederging. Puglisi fror. Ein Schauder lief ihm über den Rücken und noch ein zweiter. Er zitterte.

Da rief jemand auf der Treppe nach ihm. Es war Agatina.

»Herr Kommissar!«

Schnell verließ er das Schlafzimmer, hatte mit zwei Schritten den Vorraum durchquert und hielt auf dem Treppenabsatz inne.

»Hierher, Signora Agatina. Kommen Sie herauf und geben Sie auf der Treppe Obacht.«

Als die junge Frau schwer atmend bei ihm anlangte, nahm er sie bei der Hand und führte sie in den Vorraum. Als erstes riß Agatina ganz weit die Augen auf und fragte: »Warum ist die Wohnung denn schwarz gestrichen?«

»Das ist keine Farbe, das ist Rauch, der sich festgesetzt hat. Es ist ein Ruß, der giftig ist und tödliche Folgen haben kann.«

Er versuchte, ihr die Dinge so behutsam und taktvoll wie möglich beizubringen. Doch Agatina war nicht auf den Kopf gefallen und kam rasch zum Schluß.

»Und wo ist meine Schwester, ist sie im Schlafzimmer?«

»Ja.«

»Schlief sie?«

»Ja.«

Für einen normalen Menschen war es eigentlich unmöglich, die Augen noch weiter aufzureißen, als sie es bereits tat, aber sie schaffte es. Sie öffnete auch den Mund und wollte schreien. Genau das konnte Puglisi überhaupt nicht ertragen – das Geschrei und die Tränen der Frauen. Unvermittelt traf seine Hand Agatinas Wange: ihr Kopf wurde auf die andere Seite geschleudert, und sie landete an der Wand. Mit einem Satz war Puglisi bei ihr und erdrückte sie beinahe unter seinem Gewicht.

»Sei still. Rühr dich nicht und schrei nicht. Beherrsch

dich, sonst kriegst du noch eine Ohrfeige, daß dein Kopf in tausend Stücke zerspringt. Hast du mich gehört? Behalt die Nerven, sonst haue ich dir noch eine runter. Sieh mich an, hast du mich verstanden?«

Völlig benommen blickte sie ihn kurz an und nickte ein paarmal. Ja, sie hatte verstanden, sie würde sich nicht vom Fleck bewegen.

»Paß auf, ich führe dich jetzt in das andere Zimmer, um dir zu zeigen, was passiert ist. Aber du wirst keinen Laut von dir geben, du wirst nichts anstellen.«

Er drehte sie mit dem Gesicht zur Wand, als wäre sie eine Puppe, packte sie um die Hüften, hob sie in die Höhe und trug sie ins Schlafzimmer. Agatina genügte ein kurzer Blick auf die zwei Statuen auf dem Bett, und ein dichter Schwall schoß aus ihrem Mund. Das Erbrochene spritzte auf die Schuhe des Kommissars. Da fing sie an, wirres Zeugs zu reden. Puglisi hielt sie immer noch halb in der Luft und brachte sie in die Küche, wo er sie auf dem einzigen Stuhl vor dem kleinen Tisch absetzte. Dann nahm er eine irdene Schüssel, tauchte sie in den Kessel, füllte sie mit Wasser und machte sich daran, Agatina gründlich den Mund und das ganze Gesicht zu waschen.

»Geht's dir jetzt besser?«

»Ja, ja.«

»Dann hör mir gut zu: deine Schwester ist friedlich gestorben. Im Schlaf, während sie Liebe machte. Hörst du, was ich dir sage?«

»Ja, ja.«

»Sie hat nichts gemerkt, glaub mir. Im Moment des Todes hat sie weder Schmerz noch Angst verspürt. Das kann ich dir versichern, ich habe Erfahrung in solchen Dingen.«

Sie schien sich wieder zu beruhigen und stand auf, um sich erneut das Gesicht zu waschen. Sie zitterte am ganzen Leib.

»Wer ist er, kennst du ihn?« fragte Puglisi sie.

»Er ist einer von der Familie der Inclima. Er ist der, der nur ein Auge hat.«

»Wenn er die Augen offen gehabt hätte, hätte ich ihn erkannt«, meinte der Kommissar. »Er hieß also Gaspàno Inclima. Seit wann lief das schon?«

»Was denn?«

»Seit wann haben die beiden was miteinander gehabt?«

»Sie hatten nichts miteinander.«

»Ach ja? Kannst du mir dann erklären, wieso deine Schwester und Gaspàno Inclima nackt auf dem Bett lagen und fickten?«

»Das muß das erste Mal gewesen sein, Herr Kommissar. Das erste und das letzte Mal.«

Das erste Mal. Das erste Mal für eine Witwe, die fünf Jahre lang strenge Trauer gehalten hatte. Ein kleiner Batzen Glück, der sie das Leben gekostet hat.

»Was für eine beschissene Gerechtigkeit waltet eigentlich über den himmlischen und irdischen Dingen?« fragte sich Puglisi im stillen.

Als ob Agatina seine Gedanken erraten hätte, pflichtete sie ihm bei.

»Was ist das bloß für eine Gerechtigkeit? Jetzt muß meine Schwester nicht nur mit dem Leben, sondern auch noch mit der Ehre bezahlen!«

Da begann sie, anhaltend und verzweifelt zu weinen. Ihre Tränen rührten um so mehr, da alles lautlos geschah. Kein Wort, keine Klage gab sie von sich, nur ein Schniefen war hin und wieder zu hören.

»Was ist das für eine Gerechtigkeit?« murmelte sie weiter. »Auch mit der Ehre?«

Puglisi streckte eine Hand aus und legte sie ihr auf den Kopf. Er ließ die Hand einfach dort, ohne sie zu streicheln. Er war einfach bei ihr, nichts weiter. Das wollte er ihr zu verstehen geben. Nun tat Agatina etwas Seltsames. Sie streckte sich, nahm seine Hand von ihrem Kopf, betrachtete sie und sah, daß sie schmutzig und rußgeschwärzt war. Sie führte sie an ihre Lippen und küßte sie. Wieder sah sie seine Hand an, führte sie an ihren Mund und schleckte sie ausgiebig und gründlich ab, wie es die Hunde machen. Die saubergeleckte Hand drückte sie fest gegen ihr Gesicht. So verharrten sie eine Weile schweigend, bis Puglisi die Sprache wiederfand.

»Bleib hier und tu keinen Schritt, auch wenn du ein Geräusch vernehmen solltest, laß dich nicht von der Neugier packen. Ich rufe dich, sobald alles in Ordnung ist.«

Er ging wieder ins Schlafzimmer zurück, trat zu den beiden Toten, streckte die Hand aus und berührte ihre Körper. Sie waren noch weich und gaben nach, da die Wärme des Rauchs die Leichenstarre hinausgezögert hatte. Puglisi zog Jackett, Hosen und Hemd aus und blieb in Unterhemd und Unterhose. Er atmete einmal tief durch und machte sich dann an die Arbeit.

Nach einer knappen halben Stunde kam er, sich das Hemd zuknöpfend, in die Küche zurück, blieb neben Agatina stehen, packte sie unterm Kinn und zwang sie, den Kopf zu heben.

»Ich hab' alles in Ordnung gebracht«, sagte er. »Nimm dich zusammen und komm mit. Du mußt allen das erzählen, was du gleich sehen wirst. Du mußt sagen, daß du die beiden in dieser Stellung vorgefunden hast, als du hereinkamst.«

Die Frau stand auf und sank wieder auf den Stuhl zurück; ihr fehlte die Kraft, um sich ohne Stütze auf den Beinen zu halten. Puglisi packte sie unter den verschwitzten Achselhöhlen und stellte sie aufrecht, ließ sie eine Kehrtwende machen und schob sie gewaltsam in Richtung Schlafzimmer; Agatinas Beine waren jetzt nicht mehr weich wie Pudding, sondern schienen aus Holz zu sein.

»Schau«, sagte er nur und hielt ihr vorsichtshalber den Mund zu.

Die Szene war jetzt völlig verändert. Concetta war nicht mehr nackt, sondern im Morgenrock und schien selig auf dem Bett ausgestreckt zu schlafen. Der junge Mann jedoch lag vollkommen bekleidet, die Füße zum Fenster gedreht und einen Arm auf dem Bett, mit dem Gesicht auf dem Boden.

»Siehst du? Behalte dieses Bild im Gedächtnis«, sagte der Kommissar leise in Agatinas Ohrmuschel. »Der Bursche kam zufällig am Haus vorüber, sah die Flammen, und da er nicht durch die brennende Haustür hinein konnte, hatte er den schönen Einfall, es von der Rückseite zu versuchen. Er warf ein Brett auf den Salzhaufen, kletterte hinauf, stützte das andere Ende auf dem Dachsims ab und sprang aufs Fensterbrett; dort öffnete er die Läden, die deine Schwester nicht ganz geschlossen hatte, und stieg ins Schlafzimmer ein. Dort aber wurde er unmittelbar von einem dichten Rauchschwall eingehüllt. Er bekam keine Luft mehr und kippte um. Zu allem Unglück drückte der starke Wind die Fenster zu, und der

Raum war luftdicht verschlossen. Deshalb ist dieser Mann erstickt. Hast du das begriffen? Ich werde es dir noch einmal erklären: Gaspàno war nicht dabei, deine Schwester zu ficken. Er war in dem Zimmer, weil er sie hatte retten wollen. Das war der wahre Grund. Hast du verstanden? Kann ich mich auf dich verlassen?«

Sie antwortete nicht, und Puglisi wurde nervös. Ihm schien, daß sie nicht mehr recht bei Sinnen war.

»Hör mir gut zu. Wenn du nicht alles verstehst und etwas anderes zur Antwort gibst als das, was ich dir gesagt habe, ist meine Karriere beim Teufel. Das ganze Theater mache ich nur, weil die Sache für meine Begriffe nicht gerecht ist und du mich darum gebeten hast.«

Agatina drehte mit einem Ruck den Kopf zu ihm und biß ihm in die Lippen, bis sie bluteten. Unwillkürlich ließ Puglisi sie los, damit hatte er nicht gerechnet. Sie war es jetzt, die ihn an den Armen packte und ihn rückwärts Richtung Küche drängte.

»Komm her! Komm her!«

Sie zitterte, aber nur innerlich, wie es Katzen manchmal tun. In der Küche streckte sie sich auf dem Küchentisch aus, packte Puglisi am Jackenaufschlag und zog ihn zu sich heran.

»Bitte! Bitte!« flehte sie ihn schwer atmend an.

»Nein«, erwiderte Puglisi und wollte ihren Griff lokkern, was ihm auch gelang. Doch das war noch schlimmer. Um neuen Halt zu finden, schlang sie keuchend ihre Arme um seinen Nacken.

»Laß mich gehen«, sagte Puglisi, dem die Beine zitterten, und das nicht nur wegen der Haltung, in der er sich befand.

Gierig küßte sie ihm Gesicht und Hals, wie die Vögel

beim Fressen: einmal mit dem Schnabel gepickt und den Kopf zurück, noch einmal mit dem Schnabel gehackt und wieder den Kopf nach hinten.

»Bitte«, sagte jetzt Puglisi.

»Nein«, antwortete sie. »Nein.«

»Ich laß' jetzt Catalanotti kommen, der soll dich nach Hause begleiten«, sagte Puglisi. »Mach dich inzwischen etwas zurecht.«

Nach der Sache zwischen ihnen, bei der sie, einander beißend und kratzend, vom Küchentisch gefallen waren, ohne die Fickerei zu unterbrechen, schien sich Agatina etwas beruhigt zu haben.

»Ist gut«, sagte sie.

Puglisi ging ins Treppenhaus und rief nach dem Wachposten. Sofort stand Catalanotti wie ein Stehaufmännchen vor ihm. Er brannte vor Neugierde. Was war wohl geschehen, seitdem der Kommissar und die Frau das Haus betreten hatten – schließlich war schon eine ganze Weile vergangen. Beim Anblick der zwei Leichen wurde er aschfahl; die Farbe ihrer Gesichter und Hände versetzte ihm einen Schlag in den Magen. Sie wirkten wie Marionetten.

»Oh, verdammt!«

Dann warf er einen Blick in die Küche und sah Agatina, die Ellenbogen auf den Küchentisch gestützt und den Kopf zwischen den Händen.

»Der junge Kerl, von dem ich immer noch nicht weiß, wer er ist«, sagte Puglisi ruhig, »hat versucht, die Witwe zu retten, aber er ist am Rauch erstickt.«

»Die Ärmsten! Alle beide, die Ärmsten!« rief Catalanotti mitleidig und sah sich ohne Unterlaß mit scharfem Bullenblick um. Irgendwas war hier nicht ganz geheuer, aber was genau das war, konnte er nicht sagen.

»Richtig. Unser Held hat sein Geschick bewiesen, aber leider war ihm das Glück nicht hold. Er hat einen Verbindungssteg zwischen dem Salzberg und dem Dach des Hauses geschaffen, ist hinaufgestiegen und hat die Fensterscheibe eingeschlagen, um die Balkontür zu öffnen …«

»Einen Augenblick …«, unterbrach ihn Catalanotti leise.

»Warum?« fragte der Kommissar verdutzt.

»Weil die Glasscheiben alle heil sind. Das bedeutet, daß er nicht ins Zimmer hinein konnte, ohne daß die Frau ihm von innen aufmachte.«

Puglisi fühlte sich wie ein Lausbub, der beim Schwindeln erwischt worden war. Wenn die Geschichte mit der Frau nicht gewesen wäre, hätte er sich bestimmt nicht wie ein Anfänger benommen.

»Hm, ja«, brummte er verlegen. »Wie also erklärt es sich dann?«

»Das ist keine Frage«, meinte Catalanotti. »Es erklärt sich so.«

Er machte vier Schritte, ging um den Toten herum, gelangte ans Fenster und machte es auf. Obwohl es wie aus Kübeln goß, stieg er auf den Fenstervorsprung, zog ein rotweißkariertes Schnupftuch aus der Hosentasche, wickelte es sich um die rechte Hand und schlug mit der Faust gegen das Glas neben dem Fensterknauf. Das Fenster ging in Scherben, und die fielen nach innen. Dann stieg er wieder ins Zimmer zurück.

»Sprechen Sie ruhig weiter, Kommissar«, sagte er mit verschlagener Miene. »Jetzt paßt alles zusammen, daß es eine wahre Freude ist.«

Puglisi hatte keine Gelegenheit, weiterzureden. Catalanotti war schon wieder auf den Balkon hinausgegangen. Jetzt ging ihm etwas anderes durch den Kopf, und sein Gesicht verfinsterte sich. Er stand auf dem Vorsprung und starrte unverwandt auf eine Stelle des Salzhaufens.

»Was gibt es denn?« fragte Puglisi und trat ebenfalls in den heftigen Regenguß hinaus.

»Dort«, sagte Catalanotti, auf eine Stelle auf halber Höhe des Salzbergs deutend. »Vorher habe ich nur flüchtig hingeschaut und dem keine Bedeutung beigemessen. Dann habe ich mich besonnen. Sehen Sie nur.«

Puglisi sah in die Richtung, in die der ausgestreckte Arm des anderen wies. Eine rosa-schwarze Kugel hob sich deutlich gegen das blendende Weiß des Salzes ab.

»Vorher war das nicht da«, sagte Puglisi.

»Wann vorher?«

»Als ich zum ersten Mal hinausschaute, war dort nichts zu sehen. Der Regen muß die Stelle freigewaschen haben. Was ist das deiner Meinung nach?« Da er die Antwort selbst kannte, legte er los: »Meiner Meinung nach ...«

»Es ist ein Kopf, Herr Kommissar. Es ist der Kopf eines Kadavers«, verkündete Catalanotti, der bei feierlichen Anlässen mit einer Sprache aufwartete, von der er glaubte, es sei Italienisch. »Der Kopf eines Kadavers in Salzlauge.«

Bevor er Frau Agatina nach Hause begleitete, die ihm angesichts des Unglücks verdächtig ruhig vorkam, ging er noch bei seiner Dienststelle vorbei. Dort trug er dem Kollegen Burruano auf, zum Amtsrichter zu eilen und ihm von der Entdeckung Mitteilung zu machen. Unterdes schickte sich Puglisi an, der mit einer weiteren Anstrengung nicht gerechnet hatte, bei strömendem Regen den Berg hinaufzukraxeln.

Die Salzbrühe durchtränkte seine Kleider von Kopf bis Fuß und drang ihm in sämtliche Poren. Agatinas Kratzspuren brannten wie Feuer. Mehrmals rutschte er an den Ausgangspunkt zurück, und von neuem machte er sich an den immer schwierigeren Aufstieg. Seine Augen brannten wegen des Salzes. Endlich war er auf der Höhe des Kopfes. Er erkannte den Arzt Gammacurta.

»Herr Doktor! Herr Doktor!« rief er, ohne sich Hoffnungen zu machen.

Doch da geschah so etwas wie ein Wunder. Gammacurta schlug die Augen auf, starrte ihn an und erkannte ihn.

»Ach, Sie sind es?« sagte er langsam und mühsam, aber gut verständlich. »Guten Tag.«

Er ließ den Kopf zur Seite sinken, schloß die Augen und starb.

Puglisi musterte ihn genau: da war keine Spur einer Verletzung. So begann er, um seinen Kopf herum und dann bis auf Brusthöhe das Salz wegzukratzen, bis er schließlich einen hellrot gefärbten Brei sah, der aus Wasser, Salz und Blut bestand.

Im Begriff, ans Werk zu gehen

Im Begriff, ans Werk zu gehen und mit der Schilderung der wahrlich schmerzlichen Ereignisse, die der kleinen Stadt Vigàta, die zur Provinz Montelusa gehört, wo ich Unwürdiger als Vertreter des Staats das Amt des Präfekten bekleide, so großen Schaden und Unheil zugefügt haben, ist es meine Pflicht, Ihrer Erlauchten Herrschaft ins Gedächtnis zu rufen, was schon immer mein Ansinnen im Hinblick auf die Übel gewesen ist, von denen Sizilien befallen ist. Von den Präfekten dieser Insel, die im vergangenen August zu Rate gezogen wurden, und vor allem von den vieren, die sich in Palermo zusammengefunden hatten, war ich gewiß keiner von denen, die mehrheitlich zugunsten der Beibehaltung der üblichen Maßnahmen für die so stark und doch vergeblich gewünschte und gesuchte Befriedung dieser Insel eingetreten waren. Dank der Erfahrung meines Vorgängers in diesem hohen Amt, des erlauchten Commendatore Saverio Foà, der lange Zeit die Geschicke dieser Provinz gelenkt hatte, sah ich es als ein vergebliches Unternehmen an, besagten Frieden wiederherzustellen, zumal die Insel in jeder Hinsicht dem mir beschriebenen Zustand zu entsprechen schien, nachdem sie die Bemühungen und das Ansehen so vieler fähiger und eifriger Beamter zunichte gemacht hatte, die hierher geschickt worden waren, sie zu regieren. Ihre Exzellenz, die meine Gesinnung gut kennt und die in Ihrer Eigenschaft als Innenminister mich in dieses hohe Amt hat einsetzen wollen, wird meine Ansicht, die ich mit vielen anderen teile, nicht wundernehmen: aus mittelbarer und unmittelbarer Praxis weiß ich um die moralische Verderbnis dieser Bevölkerung sehr gut, sind für sie doch Begriffe wie Gerechtigkeit, Ehrlichkeit und Ehre nichts weiter als hohle Phrasen, weshalb sie raffgierig, blutrünstig und abergläubisch ist. Es darf deshalb auf keines der außerordentlichen einschränkenden Gesetze verzichtet werden, wie sie von der Regierung richtigerweise verfügt werden, ohne daß sie jedoch mit der entsprechenden notwendigen Strenge angewandt werden.

Was sich gestern abend in Vigàta zugetragen hat, ist die schmerzliche Bestätigung eines Gedankens, den ich seit geraumer Zeit hege. Von allen anderen Betrachtungen einmal abgesehen, kommt das, was aus Anlaß der Eröffnung des neuen Theaters von Vigàta geschehen ist, einer regelrechten Volkserhebung gleich, die von einer Handvoll Gewalttätiger gegen meine Person als Vertreter des Staats entfacht wurde. Es handelte sich, was auch immer andere mit leeren Worten sagen oder behaupten mögen, um eine aufrührerische Bewegung mit dem Ziel des Umsturzes und der Niederwerfung der staatlichen Autorität in dieser sizilianischen Provinz. Ich komme jetzt zu dem bloßen Tatbestand, der für sich spricht.

Als ich in mein hohes Amt trat, war der Bau des Theaters von Vigàta so gut wie abgeschlossen, es fehlten nur noch einige geringfügige Verschönerungen. Da die Ernennung der Mitglieder des Aufsichtsrats zu meinen Aufgaben gehört, beabsichtigte ich, zwei Persönlichkeiten aus Vigàta und vier aus Montelusa zu ernennen. Ich war der Annahme, daß die Nähe der Provinzhauptstadt mit Sicherheit zur Blüte des Theaters beitragen würde, und das gewiß in größerem Ausmaß, als die Vigateser selbst mit ihrem nur leidlichen Interesse für das Wesen der Kunst es vermocht hätten. Als die Zusammensetzung des Verwaltungsrats bekannt wurde, traten die zwei Mitglieder aus Vigàta umgehend zurück und führten niedrige, lokalpatriotische Gründe ins Feld. In der Absicht, ungute Verspätungen und sinnlose Wortgefechte zu vermeiden, ersetzte ich die designierten Mitglieder aus Vigàta durch zwei herausragende Persönlichkeiten aus Montelusa. Der Vorsitzende des Verwaltungsrats, der Marchese Antonio Pio di Condò, eine Person von edler Gesinnung und ausgeprägtem Taktgefühl, richtete eines Tages bei einem gemeinsamen Essen die Frage an mich, ob ich gar einen Vorschlag bezüglich der für den Einweihungsabend zu wählenden Oper zu machen hätte – das heißt für eine mit Sicherheit feierliche Veranstaltung. So kam mir ganz beiläufig der Titel der Oper *Der Bierbrauer von Preston* in den Sinn, deren triumphaler Uraufführung in Florenz im Jahr 1847 ich als junger Mann beiwohnen durfte. Gewiß nicht aus persönlichen Gründen nannte ich diesen Titel! Sondern weil ich der Ansicht war, daß diese Oper ob ihrer anmutigen Leichtigkeit, der einfachen Texte und der Musik dem zurückgebliebenen Verständnis für jede höhere Kunstdarbietung seitens der Sizilianer, insbesondere der Vigateser, am besten entspräche. Es handelte sich, das möchte ich noch einmal betonen, um einen simplen Vorschlag während eines Tischgesprächs. Doch der Marchese als aufrechter Patriot und angesehener Vertreter der Regierungspartei legte denselben mißverständlich als eine amtliche Anordnung aus – eine Anordnung, die ich in Wirklichkeit weder die Befugnis hatte zu geben noch die

Absicht. Als einige der Mitglieder des Verwaltungsrats, Freimaurer und Mazzini-Anhänger aus Vigàta, erfahren hatten, daß dieser Vorschlag von mir stammte, lehnten sie sich aus Stolz und purem Widerspruchsgeist dagegen auf und verbreiteten das böswillige Gerücht, daß es sich nicht um eine bescheidene Meinungsbekundung, sondern um einen eindeutigen Befehl aus meinem Munde handelte. Der Marchese Antonio Pio di Condò war entrüstet, weil man ihn schmählich bezichtigte, ein Mann zu sein, der stets bereit sei, vor der Staatsgewalt zu kuschen, und reichte seinen unwiderruflichen Rücktritt ein. An seiner Stelle wurde der Commendatore Massimo Però ernannt, ein vernünftiger Mann mit diplomatischem Geschick. Da also machte einer der Ratsherren, der Studienrat Artidoro Ragona, erneut den Vorschlag, diese Oper zur Aufführung zu bringen, die er in der Zwischenzeit während eines Aufenthalts in Neapel hatte schätzen lernen können. Das geschah, und es ist gut, das noch einmal zu sagen, ohne das geringste Eingreifen meinerseits. Auch dazu regten sich böse Zungen, die behaupteten, es bestünde keine rein zufällige Beziehung zwischen dem Vorschlag des Commendatore Però und der Tatsache, daß sein Sohn Doktor Achille Però die öffentliche Ausschreibung für die Stelle als Erster Sekretär bei der Präfektur von Montelusa gewonnen hatte. An dieser Stelle muß ich mit Bestimmtheit erklären, daß der verdiente Erfolg des tüchtigen jungen Achille Però rein gar nichts mit der Fürsprache von Herrn Emanuele Ferraguto mir gegenüber zu tun hat, wie man bösartig hatte glauben machen wollen. Ferraguto ist eine Person von erhabener Gesinnung, hoher Kultur und großzügigem Herzen …«

»An den Herrn Propheten Bortuzziiccillenza, Montelusa
Lieber Prophet, Du bist ein Riesenarschloch. Warum haust Du nicht ab und verziehst Dich wieder in Dein Florenz? Du bist kein Prophet, sondern ein stinkiger Scheißkerl und ein Mörder obendrein. Du hast wegen des Brands im Theater drei Menschenleben auf dem Gewissen. Du gehörst zum schlimmsten Verbrecherpack. Du hast keinerlei Moral. Unterzeichnet: ein Bürger.«

»An Ihre Exzellenz Bortuzzi, Präfekt von Montelusa
Geh den Vigatesern nicht auf die Eier. Die Oper, die Du willst, wird nicht stattfinden. Laß die Finger davon, das ist besser für Dich. Die Vigateser.«

»Meine Kinder, meine lieben Gemeindemitglieder im Namen des Herrn. Wie der ans Kreuz genagelte Christus verliert mein Leib in diesen Tagen zwar nicht Blut, aber Galle, glaubt mir. Eine atheistische und gotteslästerliche Gemeindeverwaltung hat in dem betriebsamen und ehrlichen Vigàta ein Theater erbauen lassen und will es morgen mit einer Opernaufführung einweihen. Geht da nicht hin, meine lieben Kinder! Sobald ihr euren Fuß in jenes Gebäude setzt, wird eure Seele auf immer verloren sein! Ihr wollt vielleicht nicht glauben, was euer Pfarrer hier erzählt? Bestimmt denkt ihr, daß ich nur einen Witz mache oder übergeschnappt bin? Vielleicht stimmt es, daß mein Kopf nicht mehr richtig tickt, dann verwende ich eben nicht mehr meine Worte, sondern die von Leuten mit mehr Grips als ich und ihr zusammen. Ich sage es euch noch mal: das Theater ist der bevorzugte Aufenthaltsort des Teufels! Der heilige Augustinus, der es recht bunt und schlimm im Leben getrieben hat, der

Freudenhäuser mit verderbten Frauen darin aufsuchte, der sich betrank, bis er einen Affen hatte... der heilige Augustinus, wie gesagt, erzählt, daß er einmal in Karthago, einem Ort hier in der Nähe, Richtung Afrika, ein Theater betrat, wo nackte Frauen und Männer unkeusche Dinge miteinander trieben. Und als er wieder zu Hause war, konnte er die ganze Nacht kein Auge zutun, so aufgewühlt war er! Ich will euch eine Geschichte von Tertullian erzählen, der schließlich kein unbedeutender Ziegendreck, sondern ein gewaltiger Kopf ist. Tertullian also berichtet von einer gottesfürchtigen, sittsamen Frau, die verheiratet war und Kinder hatte. Einmal hatte sie sich in den Kopf gesetzt, ins Theater zu gehen. Weder der Gatte noch der Vater, noch die Mutter, noch ihre Kinder konnten etwas dagegen tun. Die starrsinnige Frau sah sich das Stück an, doch als sie aus dem Theater kam, war sie nicht mehr dieselbe. Sie fluchte, warf mit unanständigen Wörtern um sich und wollte, daß jedes Mannsbild, das ihr begegnete, sie noch auf der Straße bestieg. Mit Gewalt brachten der Ehemann und die Söhne sie ins Haus und ließen schleunigst den Pfarrer kommen. Der Gottesmann besprengte die Frau mit Weihwasser und sagte dem Teufel, er soll herauskommen. Und wißt ihr, was der Teufel antwortete?

›Du, Pfarrer, misch dich nicht in meine Angelegenheiten! Dieses Weib ist in meiner Gewalt, weil sie aus eigenem Antrieb in mein Haus, das Theater, gekommen ist!‹

Und die Frau starb in der Verdammnis, da der Diener Gottes nichts bei ihr ausrichten konnte. Und ihr, meine Gotteskinder, wollt ihr euch vom Teufel packen lassen? Eure Seele verdammen lassen? Das Theater ist das

Haus des Teufels! Die Stätte Satans! Und dieser Ort verdient das Feuer, das Gott im Himmel auf Sodom und Gomorrha niedergehen ließ! Das Feuer! Das Feuer!«

»*Hochverehrter Kanonikus*
G. Verga – Mutterkirche – Vigàta
Ich war gestern in der Kirche und habe Ihre Predigt gegen das Theater mit angehört. Jetzt hätte ich da eine Frage: das Weib, das Sie zwanzig Jahre lang in der Pfarrei und im Bett gehalten haben und mit der Sie auch einen fünfzehnjährigen Sohn namens Giugiuzzo haben – zu welcher Kategorie von Huren gehört die eigentlich? Ist sie ein Frauenzimmer vom Theater, von Sodom, von Gomorrha, oder ist sie eine einfache Nutte?

Ein Gemeindemitglied, das an Gott glaubt.«

»… und im Hinblick auf die Kompanie der berittenen Soldaten, die in Vigàta von Seiner Exzellenz dem Präfekten Bortuzzi unrechtmäßig als Mittel zur Repression eingesetzt wurde, kann meine Ansicht nicht anders als mit der der Mehrheit des sizilianischen Volks übereinstimmen, das der Überzeugung ist, daß dieses Korps seit jeher mit der Mafia und dem ländlichen Banditentum unter einer Decke steckt. In einer eh heiklen Lage hat das Einschreiten der Reitermiliz die Gemüter der Vigateser noch mehr erhitzt, die dasselbe als einen gewalttätigen Übergriff ansehen, vor allem weil weder das Heer laut Ihres unmißverständlichen Befehls, Herr Generalleutnant Casanova, noch die öffentlichen Sicherheitskräfte vor Ort, vertreten durch den Kommissar Puglisi, und schon gar nicht das königliche Heer der Karabinieri, das seit drei Tagen aufgrund der wohlbedachten Anordnung ihres Kommandanten, des Obersten Santhia, in der Kaserne Ausgangssperre hat, an dem vom Präfekten als unerläßlich erachteten Ordnungsdienst teilgenommen hatten.

Es steht mir nicht an, irgendein Urteil über das Vorgehen Seiner Exzellenz Bortuzzi vor und während der schmerzlichen Ereignisse in Vigàta zu äußern.

Dennoch komme ich nicht umhin, darauf hinzuweisen, daß dem Präfekten von Anfang an eine Person, besagter Ferraguto Emanuele, zur Seite gestanden hat, der von den Karabinieri schon mehrmals des Landes verwiesen werden sollte. Infolge ausdrücklicher Anordnungen des Präfekten und der örtlichen Gerichtsbarkeit durfte dieser Befehl jedoch nie ausgeführt werden.

Ich möchte außerdem darauf hinweisen, daß, wenngleich die Angelegenheit nicht zu unseren Befugnissen gehört, diesem Ferraguto Emanuele durch unmittelbares Einwirken des Präfekten auf den Polizeipräsidenten der Waffenschein bewilligt worden ist.

Oberst Armando Vidusso,
Militärkommandant von Montelusa.«

»*An Seine Exzellenz, Doktor Vincenzo Spanò*
Oberster Richter von Montelusa.
Wissen Sie eigentlich, daß der Impresario der Oper *Der Bierbrauer von Preston,* die übermorgen in Vigàta aufgeführt wird, ein Herr Pilade Spadolini, Sohn einer Schwester des Schwagers des Präfekten Bortuzzi, ist? Soviel zur Ergreifung der notwendigen Maßnahmen.

Eine Gruppe loyaler Bürger von Vigàta.«

»An Seine Exzellenz den Präfekten Bortuzzi
Präfektur von Montelusa
Streng vertraulich
Bei einer Ortsbegehung heute früh in Vigàta zum Zwecke der bestmöglichen Vorbereitung des Ordnungsdienstes für den morgigen Abend mußte ich feststellen, daß einige Mauern der Palazzi mit Blick auf die Hauptstraße mit der folgenden mehrfach wiederholten Schrift verunstaltet waren:

Wir lassen ihn nicht den Präfekten spielen,
soll ihn doch der Teufel holen!

Aus der ersten Zeile habe ich abgeleitet, daß die schmähliche Schrift Ihre hochverehrte Person zum Ziel hatte.

Ich habe veranlaßt, daß eine Schicht Weiß über diese Schandmale gestrichen wird.

Ihrer Exzellenz ergebener Villaroel.«

»An den Herrn Polizeipräsidenten
Doktor Cavaliere Everardo Colombo
Montelusa
Exzellenz, ich habe heute morgen ein Schreiben von Ihnen erhalten, in dem Sie von mir einen ausführlichen, bis in alle Einzelheiten gehenden Rapport über die Ereignisse von gestern abend in Vigàta verlangen. Für umfassende und gewissenhafte Ermittlungen werde ich mindestens eine Woche brauchen. Wie Sie wissen, haben wir bis jetzt drei Tote sichergestellt (zwei infolge des Brands, einer wegen einer Schußverletzung). Unter den fünfundzwanzig Verletzten sind die mit Brandverletzungen sowie die Leute, die bei der Schlägerei im Theater schwere Prellungen davongetragen haben. Das Problem sind meiner bescheidenen Meinung nach jedoch nicht

so sehr die Ermittlungen als vielmehr die Art und Weise, wie dieselben darzustellen sind. Ich bedarf deshalb im voraus unbedingt Ihrer Maßgabe, da die Sache in meinen Augen äußerst kompliziert ist und der Obrigkeit zum Schaden gereichen kann.

Stets Ihren Befehlen treu ergeben
Kommissar Puglisi.«

»*An den Sicherheitsbeauftragten Puglisi,*
der die Schergen von Vigàta kommandiert
Du bist ein Scheißkerl, der sich an hilflosen Frauen vergeht.«

»*An Totò Pennica – Vigàta*
den bei der Schule – der Fischer ist
Totò, Deine Schwägerin war eine Hure, die bei sich zu Hause verkohlt ist, auf einem Mann, der genauso verkohlt ist. Deine Frau, der Du ab und zu eine überziehst, und daran tust Du gut, ist eine Hure genau wie ihre Schwester. Warum hat sie an dem Morgen, als sie ins Haus der Schwester ging und diese dort zusammen mit einem Mann verkohlt vorfand, nicht geschrien und ist ohnmächtig geworden, wie das alle Frauen auf der Welt tun? Still ist sie zwei Stunden lang im Zimmer mit dem Kommissar geblieben.

Ein Freund, der Dein Bestes will.«

Oh, welch schöner Tag!

»Oh, welch schöner Tag! Welch ein Frühlingshimmel!« frohlockte Everardo Colombo, der Polizeipräsident von Montelusa, kaum hatte er die Vorhänge in seinem Schlafzimmer aufgezogen.

Neun Monate war er schon auf dieser Insel, und seitdem hatte es so gut wie immer geregnet; mal ging eine Sintflut nieder wie zu Zeiten der Arche Noah, mal gab es leichte Spritzer wie mit Weihwasser. Der Umstand hatte ihm großes Unbehagen bereitet, obwohl der Regen im heimatlichen Mailand ein vertrauter Dauergast war. Doch genau das war es ja: in Montelusa schienen die Himmelswasser etwas völlig Fremdes. Die Häuser, die Felder, die Menschen und selbst die Tiere waren dafür geschaffen, die Sonne und das Licht zu genießen.

Er sah zum Bett hin, wo seine Frau Pina schlief, und kostete mit gierigem Blick die Hügel und Täler ihres Leibs unter der Decke aus. Er beschloß, es zu versuchen. Sollte er wie durch ein Wunder an sein Ziel kommen, hätte er immer noch eine halbe Stunde Zeit, bevor er ins untere Stockwerk in seine Amtsstube mußte. Er kauerte sich neben dem Bett auf der Höhe des Kopfs seiner Frau nieder und streichelte ihr ganz sanft wie eine Feder, ein Windhauch über die Wange.

»Pina! Mein Augenstern!«

Schon seit einer halben Stunde beobachtete sie ihn mit halbgeschlossenen Lidern und tat jetzt mit einstudierter Langsamkeit so, als erwache sie gerade. Sie klappte ein Auge auf, sah ihren Mann kurz an, kräuselte die Lippen, daß selbst ein Scheintoter einen Steifen gekriegt hätte, und drehte sich wortlos auf die andere Seite. Die Bettücher hoben und senkten sich, und dem Herrn Polizeipräsidenten stieg ein Geruch nach Weib in die Nase, der ihm den Schweiß aus den Poren trieb.

»Auf, meine kleine Wutz!« meinte Everardo mit säuselnder Stimme.

»Schmutzfink!«

Der Polizeipräsident wollte nicht begreifen.

»Auf, meine Liebe, heb den Hintern! Du hast doch den Glockenschlag gehört? Es ist schon neun, und du bist noch immer im Bett!«

»Kanaille!«

Erneut tat der Polizeipräsident so, als wäre nichts. Er beugte sich hinunter und streifte mit den Lippen ihre Ohrmuschel. Jetzt drehte sie den Kopf ein kleines Stück zu ihm hin.

»Verpiß dich, du Schwachkopf!«

Trotz des unmißverständlichen Widerstands seiner Gemahlin wollte Everardo es noch ein letztes Mal versuchen. Er begann das breite Hinterteil seiner Gattin zu streicheln, das sich ihm in voller Pracht darbot. Zuerst fuhr seine Hand ganz leicht, dann immer haftender und langsam wie eine Schnecke darüber.

»Meine Seele, ach, meine Seele bist du!«

»Das ist der Arsch, nicht die Seele«, meinte Frau Pina eisig und schüttelte mit einem Hüftschwung seine Hand von ihrem Gesäß ab.

»Das habe ich davon! Das habe ich davon, daß ich die Tochter eines Waschweibs geheiratet habe!« meinte der Polizeipräsident angewidert und stand auf. Um das

Maß voll zu machen, fügte er hinzu: »Ich geh' jetzt pissen!«

Er verließ das Schlafzimmer mit lautem Türenschlagen. Auf der Toilette begann seine Wut diametral entgegengesetzt zur Enge des Raums zu wachsen. Er trommelte mit den Fäusten gegen die Wand. Der Streit mit seiner Frau dauerte schon seit zehn Tagen, seitdem er ihr mitgeteilt hatte, daß sie bei der Einweihung des neuen Theaters von Vigàta nicht zugegen sein würden.

»Und warum?«

»Was juckt dich das? Ich habe meine Gründe.«

»Ja, wie? Ich habe mir eigens für den Anlaß ein Kleid schneidern lassen! Begreifst du das, du Trottel?«

»Man muß vernünftig sein, Pina. Diese Sache zwischen dem Präfekten und den Leuten von Vigàta gefällt mir gar nicht. Von seinen Intrigen muß man sich fernhalten! Bortuzzi ist ein Verrückter! Mit dem hat man im besten Fall die Wahl zwischen Abtritt und Mistgrube. Laß es gut sein.«

»Ach, ja?«

»Ja. Und jetzt reicht es.«

Frau Pina war mit der Maniküre beschäftigt und erhob sich ganz langsam. Mit dem Zeigefinger der rechten Hand deutete sie jetzt auf die Stelle ihres Leibs, wo Everardo Colombo zweimal die Woche das himmlische Glück fand.

»Die da gehört mir«, hatte Frau Pina laut und bestimmt verkündet. Es klang wie ein schreckliches Orakel. »Ich laß' dich nie wieder dran. Meinetwegen kannst du von jetzt an deine Eier im Wind kühlen.«

Und sie hatte Wort gehalten.

Die Wut des Polizeipräsidenten verrauchte langsam, während er die große Freitreppe vom vierten Stock der königlichen Quästur in den dritten hinabstieg, wo ihn zwar viel Ärger, aber auch die greifbaren Wahrzeichen jener Macht erwarteten, zu der er es innerhalb weniger Jahre gebracht hatte.

»Einen schönen Tag wünsche ich, Cavaliere«, grüßte ihn der Beamte Alfonso Salamone am Treppenfuß, der aus zweierlei Gründen zur Überwachung der Privatgemächer des Polizeipräsidenten abgestellt worden war: zum einen, weil seine Beine infolge einiger Schüsse aus dem Karabiner eines Untergetauchten steif geworden waren. Zum anderen, weil Frau Pina sich seit sechs Monaten in den Kopf gesetzt hatte, daß sie ihn und keinen anderen als Wachsoldaten wollte. Sie behauptete aus unerklärlichen Gründen, daß sie mit Salamone sicher war, daß kein Bösewicht in ihre Gemächer eindränge.

»Aber wer soll denn schon ins Haus kommen? Ein Dieb im Polizeipräsidium, das muß sich einer mal vorstellen!«

Da gab es nichts zu rütteln. Sie wollte Salamone, und ihn und keinen anderen hatte sie bekommen.

»Was machen die Beine, Salamone?«

»Und deine Hörner?« hätte der Soldat gerne erwidert, aber er hielt an sich. »Heute besser, danke, Cavaliere.«

Auf dem Treppenabsatz ging er nach rechts, wo sich das Wartezimmer, das Sekretariat und seine riesige Amtsstube befanden. Sobald die fünf oder sechs Personen, die schon seit dem frühen Morgen warteten, ihn erblickten, erhoben und verneigten sie sich.

»Guten Morgen, Exzellenz«, ertönte es wie im Chor.

Colombo hob die Hand mit drei gespreizten Fingern,

ob zum Gruß oder zum väterlichen Segen, war nicht klar. Er betrat das verwaiste Sekretariat und riß die Tür zu seinem Büro auf. Ein Lichtschwall empfing ihn, da die Vorhänge des breiten Fensters beiseite gezogen waren und die Sonne durch die Scheiben brach.

»Welch herrlicher Morgen!«

»Wenn er nicht noch umschlägt, Cavaliere.«

Der Tonfall und die Worte seines Ersten Sekretärs Doktor Francesco Meli, aufrecht neben dem Schreibtisch, stets schwarz gekleidet und stets mit einer Grabesmiene, als ob seine ganze Familie tags zuvor von einem Erdbeben verschluckt worden wäre, ließen ihn in seinem Lobgesang an den neuen Tag innehalten. Bezog sich dieser Mann, der die Verkörperung der Todesstunde zu sein schien, nur auf das Wetter, oder spielte er auf schlechte Nachrichten an?

»Was gibt es?« fragte der Polizeipräsident, während er Platz nahm und seine Miene sich veränderte.

»In Fela ist ein Unbekannter, der von niemandem identifiziert werden konnte, in die Räume des Ortsvereins eingedrungen und hat den Landvermesser Nunzio Peritore, nicht vorbestraft, erschossen, der mit drei anderen Personen Tresette und Briscola spielte.«

»Sie sagen also, daß die anderen den, der geschossen hat, nicht erkannt haben?«

Der Erste Sekretär atmete tief durch, bevor er zur Antwort ansetzte, und es schien, als suche ihn noch größere Trauer als gewöhnlich heim.

»Cavaliere, der eine war unter den Tisch gerutscht, um sich das aufgegangene Schuhbändel zuzubinden, der zweite Mann hatte sich ebenfalls unter den Tisch gebeugt, um eine Karte aufzuheben, die ihm heruntergefallen war, und dem dritten war just in jenem Augenblick eine Mücke ins Auge geflogen.«

»Eine Mücke?«

»Eine Schnake, Cavaliere.«

»Die Kartenspieler waren alle Sizilianer, nicht wahr?«

»Nein, der Herr. Der mit dem offenen Schuh ist Venezianer, er heißt Giulio Vendramin und ist Handelsreisender.«

»Was gibt es sonst noch?«

Meli seufzte gequält: »Der Kommissar Puglisi von Vigàta hat uns das Auftauchen des gefährlichen römischen Republikaners Nando Traquandi vor Ort gemeldet, gegen den das Ministerium einen Haftbefehl ausgestellt hat.«

»Dieser Hundesohn von Mazzini wurde in Neapel gesichtet. Offensichtlich will er auf die Insel kommen, um Aufruhr zu stiften, und hat jemanden vorausgeschickt, um die Lage auszukundschaften. Hat Puglisi herausgefunden, wer diesem Traquandi Unterkunft gewährt?«

»Jawohl, der Herr. Er wohnt im Hause von Don Giuseppe Mazzaglia, der gewiß nicht mit seiner Gesinnung hinterm Berg hält.«

»Sagen Sie Puglisi, er soll sie sofort verhaften, diesen Traquandi und Mazzaglia. So schaffen wir sie uns vom Leib.«

Meli schien in abgrundtiefe Verzweiflung zu stürzen.

»Was gibt's, Meli?«

»Sehen Sie, Cavaliere, Don Pippino Mazzaglia ist nicht gerade irgendeiner. In ganz Vigàta ist er geschätzt. Er ist ein Mann, der auch sein letztes Hemd hergibt, wenn er damit Gutes tun kann. Wir würden uns alle Vigateser zum Feind machen. Und dank dem Präfekten Bortuzzi weht in Vigàta in diesen Tagen kein guter Wind. Wollen wir das Feuer noch schüren? Wir könnten einstweilen den Traquandi verhaften.«

»Da haben wir also den Haken«, meinte der Polizeipräsident nachdenklich.

Er stand auf, steckte die Hand in die Hosentasche, ging zum Fenster und war vollständig in Sonnenlicht getaucht.

»Wir machen es so«, sagte er, sich umwendend. »Sagen Sie Puglisi, er soll Traquandi am Tag nach der Aufführung der Oper in Vigàta verhaften. Am nächsten Tag, habe ich mich klar ausgedrückt?«

»Vollkommen klar«, erwiderte Meli. »Doch wenn Sie mir die Frage gestatten, warum am Tag darauf? Es könnte zu spät sein, er könnte schon über alle Berge sein, und so würden wir ihn aus den Augen verlieren.«

»Zu spät, du Dummkopf? Die Vigateser sind ein bizarres Völkchen. Wenn wir ihnen eine weitere Gelegenheit geben, werden sie noch mehr Aufruhr schaffen. Wiederholen Sie, was ich Ihnen gesagt habe.«

»Traquandi einen Tag nach der Aufführung der Oper in Vigàta verhaften. Fürs erste die Finger von Don Pippino Mazzaglia lassen.«

»Sehr gut. Gibt es sonst noch etwas?«

»Ja, Cavaliere. Verzeihen Sie meine Beharrlichkeit, aber warum den Traquandi erst in drei Tagen verhaften?«

»Du begreifst doch nicht die Bohne!« beschied der Polizeipräsident ihn kurz und bündig.

An diesem Morgen wurde gegen zehn Uhr Tano Barreca, ein junger Handelsvertreter des Palermer Kosmetik- und Parfumherstellers »La parisienne«, beim Wachposten Salamone vorstellig.

Seit sechs Monaten kam er alle vierzehn Tage.

»Kann ich hinauf? Ist die Dame allein zu Hause?«

»Sie ist da, geh nur.«

»Und ich bitte eindringlich: wenn Gefahr besteht, bitte pfeifen.«

»Ich pfeife, ich pfeife, geh ruhig und sei unbesorgt.«

Ein eventuelles Pfeifen, wie mit Salamone vereinbart, der sich von Frau Pina teuer bezahlen ließ, würde der Frau Quästorin ebenso wie dem kühnen Barreca zumindest eine peinliche Szene ersparen.

Ihr Stelldichein alle zwei Wochen verlief stets auf die gleiche Weise. Barreca betrat ohne anzuklopfen Frau Pinas Schlafzimmer, wo sie ihn nackt mit geöffneten Schenkeln erwartete. Barreca stellte ohne größere Umstände die Parfumflaschen und die Cremedosen, die er bei sich hatte, auf dem Toilettentisch ab, zog Schuhe, Hosen, Jackett, Oberhemd, Unterhemd und Unterhosen aus und drang mit einem Satz tief in das feste, straffe Fleisch der Frau. Schweigend absolvierten sie die erste Nummer von zweiminütiger Dauer, die der junge Held in Gedanken seinem Vater Santo Barreca widmete, der bestimmt schon zwanzigmal von Leuten wie dem Ehemann der Frau Pina verhaftet worden war, die er in diesem Augenblick vögelte. Als er fertig war, legte er sich schwer atmend neben sie und hielt seine Hand auf ihre Möse. Die Hand gab keine Ruhe und bewegte sich unentwegt. Er zählte bis zweihundert, und in aller Frische machte er es sich erneut zwischen den Schenkeln der Frau bequem. Die zweite Nummer dauerte drei Minuten. Er widmete sie seinem Bruder Sarino Barreca, der auf der Flucht aus dem Vicaria-Gefängnis von Leuten wie dem Gatten der Frau Pina niedergemacht worden war, die er just in diesem Augenblick vögelte. Als er fertig war, legte er sich schwer atmend neben sie und hielt seine Hand auf ihre Möse. Die Hand gab keine Ruhe und bewegte sich unentwegt. Er zählte bis dreihundert, und in aller Frische machte er es sich erneut zwischen den Schenkeln der Frau bequem. Die dritte Nummer widmete er sich selbst, der früher oder später im Knast landen würde, und zwar durch das Verschulden von Leuten wie dem Gatten der Frau Pina, die er just in diesem Augenblick fickte. Das dritte Mal dauerte und war heftig, bis ihm fast der Atem ausging. Dann erkundigte Tano sich respektvoll: »Kommt es Ihnen? Kommen Sie, Gnädige?«

Bis jetzt hatte die Gnädige nie antworten wollen. Doch an jenem Morgen, durch die Abstinenz im Ehebett in ihrer Willenskraft geschwächt, antwortete die Unglückselige auf die erstickten Worte, die Tano im Rhythmus des Hinein und Heraus wiederholte: »Ja… ja… Ich komme!… Kom-me… jetzt, jetzt!«

Schlag zwölf setzte der Cavaliere Colombo ein letztes Mal seine Unterschrift unter einen Aktenvorgang, legte die Feder nieder, streckte die Arme in die Höhe und atmete tief durch. Endlich war der Vormittag am Schreibtisch herum. Er tauschte einen Blick mit Meli.

»Also, ich gehe«, sagte der Sekretär. »Haben Sie irgendwelche Anweisungen, Cavaliere?«

»Wir sehen uns um drei Uhr wieder, werter Meli«, entließ ihn der Polizeipräsident.

Colombo beobachtete, wie Meli leicht hinkend wegging. Knapp eine Woche nach seinem Amtsantritt war der Polizeipräsident schon versucht gewesen, ihn zum Teufel zu schicken. Dann aber hatte er begriffen, von welch großem Nutzen ihm dieser Mann sein konnte. Bei einer Gelegenheit hatte er ihm nämlich eine Anweisung im Mailänder Dialekt gegeben, und Meli hatte alles falsch verstanden und demzufolge das genaue Gegenteil gemacht, was ihm angeordnet worden war. Colombo war im ersten Augenblick stinksauer gewesen, bis ihm klar war, daß der Sekretär in jedem Fall ein perfektes Alibi für ihn sein könnte. Stets konnte er die Schuld auf ihn abwälzen, weil er nicht verstanden hatte, was man ihm sagte. Er stand auf, ging durch die leeren Räume des Sekretariats und des Vorzimmers und traf auf den Wachposten Salamone.

»Wie geht's?«

»Gut, Exzellenz, und Ihnen?«

»Gut, gut.«

»Zum Glück sind deine Hörner noch nicht bis zur Decke gewachsen«, beglückwünschte ihn Salamone im stillen.

Bei Tisch bemerkte der Polizeipräsident das Funkeln in den Augen und die Farbe auf den Wangen der Frau Gemahlin. Um seine Fähigkeiten vor ihr ins rechte Licht zu stellen, erzählte er ihr die Geschichte des Mazzini-Anhängers Traquandi. Er hatte ihn nicht umgehend verhaften lassen, erklärte er. Er, der Herr Polizeipräsident, konnte nämlich seine Vorteile daraus ziehen. Und in der Tat war es so: würde die vom Präfekten den Vigatesern aufgezwungene Oper schiefgehen, erzielte er einen doppelten Vorsprung vor dem anderen Vertreter der Regierung, indem er diesen gefährlichen Agitator verhaften ließe. Sollte die Opernaufführung jedoch gut ausgehen, könnte er immer noch die Rechnung ausgleichen und unter großem Aufsehen diesen ketzerischen Mazzini-Gehilfen ins Gefängnis werfen. Traquandi war ein echter Trumpf in seiner Hand, den er zum geeigneten Zeitpunkt ausspielen konnte.

»Was denkst du, Pina?«

Die Antwort war knallhart.

»Ich denke nicht. Ich weiß nur, wenn ich dich sehe, kommt's mir hoch. Geh und fick dich ins Knie!«

Wie lange wird denn das noch dauern?

»Wie lange wird denn das noch dauern? Sehen wir mal auf die Uhr«, sagte der Commendatore Restuccia. Über den Daumen gepeilt, fehlte nicht mehr viel bis zum Ende des zweiten Akts. Er drehte sich zu seiner Frau, die eingenickt war, und rüttelte an ihrem Arm. Sie fuhr zusammen und schlug die Augen auf.

»Was ist?« fragte sie erschrocken.

»Nichts, Assunta. Wenn die zwischen dem zweiten und dritten Akt fertig sind mit Singen, stehen wir auf, holen unsere Mäntel und gehen heim.«

Genau in diesem Augenblick ertönte aus dem dritten Rang die wütende Stimme Lollò Sciacchitanos.

»Mich darf keiner für doof verkaufen, ist das klar? Nicht im Himmel und nicht auf Erden! Niemand kann das! Der muß erst noch geboren werden, der es schafft, mich zu verarschen! Seht euch das an! Vier Schwachköpfe, die singen und mich zum Narren halten wollen!«

Sein Zorn galt denen auf der Bühne, die sangen und die ihrerseits ihn mit weit aufgerissenen Augen anstarrten.

Wie der Blitz war Kommissar Puglisi vom Parkett, wo er sich in jenem Augenblick befand, auch schon im Gang, um in die Galerie hinaufzustürmen und sich persönlich davon zu überzeugen, was zum Teufel Lollò durch den Kopf ging. Statt dessen stieß er buchstäblich mit einem der Soldaten Villaroels zusammen, der ihn packte und an die Wand drängte.

»Laß mich sofort los, oder ich schlag' dir das Hirn ein«, wehrte sich Puglisi wutschnaubend, und seine Stimme bebte. »Ich bin der Kommissar.«

»Sie wollen verzeihen, ich habe Sie nicht erkannt«, entgegnete der andere und ließ ihn schleunigst los.

Puglisi mußte feststellen, daß rund zehn Soldaten im Korridor rings um das Parkett Wache hielten.

»Was macht ihr hier?«

»Befehl des Präfekten, niemand darf das Theater verlassen.«

»Guter Gott im Himmel, dieses Arschloch von Präfekt beschwört noch eine Revolution herauf!« dachte Puglisi und eilte zwei Stufen auf einmal nehmend die Treppen zum dritten Rang hoch. Als er in der Galerie angelangt war, wo es ebenfalls wie in den Korridoren hinter den Rängen von Soldaten nur so wimmelte, stürzte er auf Lollò Sciacchitano zu, der sich noch immer wie wild gebärdete und lauthals schimpfte, während einige Freunde ihn zu beruhigen versuchten.

»Was ist denn los, Lollò? Hat dir jemand was getan?« fragte Puglisi, der wußte, wie man mit diesem Irren umzugehen hat. Bei seinem Anblick schien sich Lollò ein wenig zu beruhigen. Die beiden hegten Sympathien füreinander, auch wenn keiner von ihnen das zugeben wollte.

»Jawohl! Die wollen mich verarschen!«

»Aber wer tut das denn?«

»Die vom Theater. Es heißt, es gäbe zwei Zwillingsbrüder, Giorgio und Daniele! Das ist nicht wahr, Herr Abgeordneter! Mit Blindheit will ich geschlagen sein, wenn ich nicht recht habe! Es ist immer die gleiche Person, die sich nur umzieht und so tut, als wäre sie einmal der eine und dann der andere! Aber ich hab' scharfe Augen.«

»Verzeih, Lollò, aber was juckt dich das?«

»Was heißt hier, was juckt mich das? Ich hab' schließlich Eintritt bezahlt, um zwei Zwillinge zu sehen! Und statt dessen ist es immer ein und derselbe, der einem etwas vormacht! Glauben Sie mir nicht? Dann rufen Sie ruhig alle beide auf die Bühne, und Sie werden schon sehen, daß sich nur einer präsentiert.«

Puglisi suchte noch nach einer Antwort, die Lollòs eiserner Logik standhielt, als mit einem letzten »Tumtarratumtun« des Orchesters der zweite Akt auch schon zu Ende war.

Der Vorhang war noch nicht ganz gefallen, die Leute auch schon auf den Beinen, die einen, um nach Hause zu gehen, die anderen, um draußen eine Zigarre zu rauchen, oder die Damen, um ein Schwätzchen zu halten ... als plötzlich wie eine von unsichtbarer Hand gelenkte Marionette der Hauptmann Villaroel in Galauniform mit Federbusch, Handschuhen und Paradesäbel auf der Bühne auftauchte. Er erhob die Hand und gebot den Theaterbesuchern Einhalt.

»Ich bitte einen Augenblick um Ihre geschätzte Aufmerksamkeit«, begann er.

Bei dem unerwarteten Anblick fuhr allen ein Schreck in die Glieder, und wie gelähmt blieben sie stehen.

»Auf Befehl Seiner Exzellenz des Präfekten Bortuzzi und um Störungen der öffentlichen Ordnung zu vermeiden, sind alle Anwesenden gehalten, im Saal zu bleiben. Das bedeutet auch, nicht auf die Korridore hinauszutreten. Keiner darf seinen Platz verlassen.«

Dieses Mal bekam es Puglisi wirklich mit der Angst zu tun. Vom Parkett, von den Rängen und der Galerie erhob sich ein seltsames Rauschen. Es klang, als hätte ein riesiger Kochtopf mit einem ebenso großen Deckel darauf den Siedepunkt erreicht. Er begriff, daß es sich um das bedrohliche Murmeln des Publikums handelte.

Villaroel hob erneut die Hand in die Höhe.

»Seine Exzellenz der Präfekt fordert alle Bürger von Vigàta auf, diesem …«

Er hielt inne. Bestürzt stellte er fest, daß ihm das richtige Wort fehlte.

»Schwachsinn?« kam ihm ein Zuschauer aus der Galerie zu Hilfe.

»Oder Scheißdreck?« legte ein anderer aus dem Parkett nach.

Doch Villaroel hatte die Sprache wiedergefunden und setzte erneut mit fester Stimme am Anfang seiner Rede ein.

»Seine Exzellenz der Präfekt fordert alle Bürger von Vigàta auf, dieser Oper aufmerksam zu folgen und alles zu unterlassen, woran der oberste Vertreter des Staats, der hier persönlich anwesend ist, Anstoß nehmen könnte.«

Er wandte sich zum Gehen. Im selben Augenblick sprang Puglisi behend wie ein Wiesel mit einem Satz über zwei Sitzreihen hinweg und stürzte sich auf Mommo Friscia, der, wie er eine Sekunde zuvor bemerkt hatte, dabei war, seine Lungen vollzupumpen, und so ein Gesicht rund wie eine Melone bekommen hatte. Er schaffte es gerade noch, Mommo die Hand auf den Mund zu pressen, um zu verhindern, was dieser zu tun beabsichtigte.

Mommo Friscia war für seine Furzlaute bis weit über die Grenzen der Stadt berühmt. Sie waren gewaltig und brutal wie ein verheerendes Erdbeben, eine echte Naturkatastrophe. Der Parlamentarier Nitto Sammartano hatte mitansehen müssen, wie seine brillante politische Karriere, die ihn mit Sicherheit zum Minister gemacht hätte, durch einen unerwarteten Furzlaut Friscias auf einer gut besuchten Wahlversammlung zunichte gemacht wurde. Nicht daß Mommo sein politischer Gegner gewesen wäre, nein, der machte es nur so, um der Sache selbst willen. Je feinsinniger, wohlklingender und eindringlicher die Worte eines Redners waren, um so ungestümer überkam Mommo das Verlangen, diese unanständigen Geräusche zu erzeugen. Von jenem legendären Furzer auf der Wahlversammlung hatte sich Sammartano nie mehr erholt; eine Art Schock überkam ihn jedesmal, wenn er in der Öffentlichkeit den Mund aufmachte: er wurde völlig wirr im Kopf und begann zu stottern.

In diesem Augenblick inmitten des Aufruhrs, der im Theater herrschte, hätte ein Furzlaut aus Friscias Mund den Trompetenstoß zur Revolution bedeutet. Puglisi hielt die Hand auf seinen Mund gepreßt, bis er keine Luft mehr bekam und blau anlief. Dann erst gab er ihn frei und spürte seine Handfläche brennen, als hätte er die Zündschnur einer Bombe angefaßt. Ein gewaltiger Chor drang an sein Ohr, der aber nicht von den Sängern, sondern aus dem Publikum kam.

»Wasser! Wasser! Wasser! Feuer!«

Erstaunt blickte er auf die Bühne. Villaroel konnte nicht den Spalt in der Mitte des Vorhangs finden, der ihm einen glimpflichen Abgang erlaubt hätte.

Er ging nach rechts (Wasser! Wasser!), dann nach links (Wasser! Wasser!), und nur wenn er sich in der Mitte befand, hörte er die Leute »Feuer, Feuer« schreien. Doch jedesmal, wenn er sich anschickte, den schweren Samtstoff mit den Händen zu teilen, schien dieser nur aus tiefen Falten zu bestehen und gab keine Öffnung frei. Endlich kam ihm ein Bühnenarbeiter zu Hilfe und hielt ihm die zwei Zipfel des Vorhangs hoch. Villaroel ging hinaus, und das Publikum brach in begeisterten Applaus aus, der erste und letzte des Abends, in den sich »Gut so! Bravo!«-Rufe mischten. Der Bürgermeister von Vigàta, der den Spott seiner Mitbürger mehr fürchtete als eine Schießerei, erhob sich mit einem Gesicht, das wächsern war wie eine Totenmaske.

»Meine lieben Mitbürger!« begann er mit zitternder Stimme. »Ich bitte euch, ich flehe euch an, im Namen Gottes …«

Er kam nicht weiter. Der Präfekt packte ihn unter den Augen aller am Ärmel und zwang ihn, sich wieder hinzusetzen.

»Was fällt Ihnen bloß ein, verdammt noch mal! Wen zum Teufel bitten Sie da? Das sind Leute, gegen die man mit Waffengewalt vorgehen muß. Seien Sie so gut und halten Sie das Maul!«

Deutlich war zu hören, wie hinter dem Samtvorhang eilig die Kulissen gewechselt wurden. Selbst das schwere Tuch konnte Stimmengewirr, Flüche, schnelle Schritte und Gehämmere nicht dämpfen. Im Saal schien sich alles beruhigt zu haben, als erneut die dröhnende Stimme Lollò Sciacchitanos zu vernehmen war.

»Ich muß pissen! Ich muß auf den Abort, und die lassen mich nicht gehen, diese Hornochsen von Soldaten! Ich werde jetzt aufs Parkett runter pinkeln!«

Wie auf Kommando verspürte das ganze Publikum auf einmal das Bedürfnis auszutreten. Zwei oder drei Damen begannen, die Hände auf den Bauch gepreßt, sich auf ihren Sitzen zu winden.

Als der Commendatore Restuccia sah, daß seine Frau Gemahlin dringend mußte, stand er auf, packte seinen Spazierstock, von dem er sich nie trennte, und gebot seiner Gattin: »Komm mit mir!«

Im Korridor stellte sich ihm ein Soldat in den Weg.

»Wohin gehen Sie?«

»Ich begleite meine Frau zum Pissen. Haben Sie etwas dagegen?«

»Ja. Der Präfekt will das nicht.«

»Laß uns darüber reden«, erwiderte der Restuccia ruhig und zog am Griff seines Spazierstocks. Heraus kam eine vierzig Zentimeter lange Schneide. Es war also kein Spazierstock, sondern ein ganz scharfer Stoßdegen.

»Bitte sehr, die Herrschaften«, sagte der Soldat, den Weg freigebend.

In der Zwischenzeit hatte sich der Bürgermeister auf Anraten des Präfekten hin erneut erhoben und gestikulierte, um sich Gehör zu verschaffen.

»Meine Mitbürger!« sagte er. »Alle, die mal müssen, erklären das den Soldaten und lassen sich von ihnen auf den Abort begleiten.«

Das halbe Theater war mit einem Schlag leer, und vor den Toiletten brachen Streitereien und Raufereien um den Vortritt aus. Endlich begann der dritte Akt. Das Bühnenbild zeigte die Galerie eines Schlosses, an deren

Ende man durch eine breite Tür in den Thronsaal blickte. Alle sangen, daß sie die Ankunft des Königs erwarteten.

»Was für ein König denn?« fragte Frau Restuccia, die mit erleichtertem Leib jetzt Interesse für die Dinge der Kunst und des Lebens verspürte.

»Aber was zum Teufel fragst du mich? Was für ein König! Was weiß denn ich? Wer blickt hier noch durch?« platzte der Commendatore heraus. Er fügte hinzu: »Schlaf wieder ein, das ist besser.«

»Ehre! Ehre! Ehre!
Dem kühnen Siegeshelden!
Dank seiner ward England
von langem Krieg befreit«,

sangen unterdes dieselben, die zuvor als Bierbrauer, dann als Soldaten aufgetreten waren und jetzt zwar alle prächtige Adelsgewänder, doch immer noch die gleichen Gesichter hatten. Besorgt sah Puglisi zur Galerie in Richtung Lollò Sciacchitano, doch der hatte jetzt mit einem Platznachbarn einen Wortwechsel und bekam nicht mit, was auf der Bühne vor sich ging.

Im Theater war die Stimmung, wer weiß warum, mit einemmal ruhig und heiter geworden. Vielleicht waren die Leute es leid, zu reden und zu lachen, und warteten jetzt mit Engelsgeduld auf das Ende des Stücks. Die Wut des Präfekten war ein wenig verdampft. Villaroel war an seiner Seite und hielt den Oberkörper gebeugt, da sein riesiger Helmbusch sonst an die Decke der Königsloge stieß. Und auf der anderen Seite saß Don Memè mit einem breiten Lächeln übers ganze Gesicht, sein Mund sah aus wie ein aufgebrochener Granatapfel. Zwischen ihm und Seiner Exzellenz thronte jedoch steif wie eine Gipsfigur die Präfektin Donna Giagia. Der Bürgermeister, der letzte Gast in der Loge, hielt sich den Kopf und bewegte still die Lippen. Er betete.

Puglisi verließ das Parkett, ohne von den Soldaten, die ihn jetzt wiedererkannten, angehalten zu werden, machte eine Tür auf und befand sich auf einem Treppenabsatz, von dem zwei kleine Treppen abgingen. Eine führte zur Bühne und die andere zur Unterbühne hinab. Er nahm die erste und gelangte hinter die Kulissen, einen Schritt von den Sängern auf der Bühne entfernt. Er entdeckte einen nervösen, verschwitzten Mann im Cut, der sich mit einem ehemals weißen Taschentuch über die Stirn fuhr.

»Guten Abend, ich bin der Kommissar Puglisi. Dauert es noch lange bis zum Ende?«

»Sagen wir, eine halbe Stunde. Aber ich bin in großer Sorge.«

»Ich auch«, erwiderte Puglisi.

»Ich habe Bedenken wegen Maddalena, der Sopranistin, die die Effy singt. Sie ist sehr nervös geworden, wissen Sie? Wegen all dem, was im Theater geschieht. In der Pause ist sie in Ohnmacht gefallen, und ich habe ihr Riechsalz geben müssen. Dann wollte sie nicht wieder auf die Bühne kommen. Ich weiß nicht, ob sie es bis zum Ende durchsteht.«

»Das hat gerade noch gefehlt. Verzeihen Sie, aber mit wem habe ich die Ehre?«

»Ich bin der Impresario. Mein Name ist Pilade Spadolini. Ich bin der Neffe Seiner Exzellenz Bortuzzi, des Präfekten.«

»Es bleibt alles in der Familie«, dachte Puglisi, sagte aber nichts.

»Sehen Sie, jetzt kommt der kritischste Augenblick: das Duett zwischen Effy und Anna, hier ist Maddalena am meisten gefordert.«

»Nun, was meint Ihr also?« sang Effy in streitlustigem Ton an die Adresse der anderen Frauensperson, Anna, und meinte dann, ihr den Rücken zugekehrt, zum Publikum hin: *»Ich will mich ein wenig amüsieren.«*

Dabei zitterten ihr die Beine, und auch an ihrem Gesicht war deutlich abzulesen, daß sie sich überhaupt nicht amüsierte.

»Daß ich seine Braut sein werde!« erwiderte Anna in entschiedenem Ton und sah die andere, die Hände in die Seiten gestützt, mit feurigem Auge an.

»Vielleicht ja, vielleicht nein. Ha, ha!«

»Ihr lacht also?« fragte Anna baß erstaunt und wütend zugleich.

»Ja, ich lache, weil Ihr noch immer nicht überzeugt seid«, sang Effy, immer entschlossener, ihr Gegenüber in den Wahnsinn zu treiben.

»Nein! Nein!« wehrte die andere verzweifelt ab.

»Ich gebe euch einen Rat zu Eurem…«

Das Wort, das Effy noch sagen wollte, war Wohl, *»zu Eurem Wohl«*, doch da die Musik es zuließ, hielt sie zwischen *»Eurem«* und *»Wohl«* inne, pumpte Luft in die Lungen, um einen hohen Ton auszustoßen, und öffnete den Mund.

Genau in diesem Augenblick schlief der Soldat Tinuzzo Bonavia, der unter urplötzlichen und unaufschiebbaren Schlafanwandlungen litt, aufrecht stehend ein. Sein Wachposten war genau vor der halbverschlossenen Tür, die zur Bühne und zur Unterbühne führte. Kaum war er eingedöst, wurden seine Hände, die den Karabiner hielten, schlaff, die Waffe rutschte herunter, schlug mit dem Kolben auf den Fußboden, und ein Schuß löste sich. Der unerwartete, durch die Theaterakustik noch vervielfachte Knall riß alle hoch, Sänger, Musiker und Publikum. Die Kugel streifte die Nase des Bonavia, der wie ein abgestochenes Schwein zu bluten begann und wie ein solches Tier auf der Schlachtbank Laute von sich gab. Doch da ließ Effy, die mittlerweile genug Luft in den Lungen hatte, um ein ganzes Segelboot auf Reisen zu schicken, einen Sekundenbruchteil nach dem Schuß ihr *»Wohl«* vom Stapel. Vor lauter Schreck kam anstelle des *»Wohl«* ein heiserer, mächtiger Ton wie von einer Schiffssirene. Ja, einigen der Anwesenden, die die Nordmeere befahren hatten, schien es wie das schreckliche Pfeifen eines Wals, der harpuniert worden ist. Die Gattin des Herrn Restuccia, die aus tiefem Schlaf gerissen wurde, begriff nicht, was los war, und holte ihre Geheimwaffe hervor: sie schrie. Jetzt muß noch gesagt werden, daß mit den Schreien und Kreischern von Frau Restuccia nicht zu scherzen war. Als man ihr die Nachricht hinterbrachte, daß ihre Frau Mutter gestorben war, tat sie einen einzigen Schrei, und die Fensterscheiben der Nachbarhäuser gingen zu Bruch.

Der laute Schuß, das Geschrei des verwundeten Soldaten, das fürchterliche *»Wohl«* des Soprans, die schreiende Frau Restuccia verursachten eine unvorstellbare Panik, auch weil keiner der Anwesenden auf die Bühne schaute. Hätten sie das getan, hätten sie sich alles erklären können, statt dessen traf sie alles unvorbereitet. Entsetzt waren alle sofort auf den Beinen. Es genügte, daß einer losrannte, und schon taten die anderen es ihm nach. Schreiend, fluchend, schimpfend, weinend, flehend und betend stürzten sich einige in die Gänge und stießen dort auf den Widerstand der Soldaten.

Der Sopran, der falsch gesungen hatte, fiel mit einem dumpfen Schlag ohnmächtig auf die Bretter der Bühne.

»Ich bin ein Grundschullehrer und habe Familie«, sagte Minicuzzo Adornato, Sohn des Schreiners. »Eine Frau und zwei Kinder«, erklärte er.

Der Commendatore Restuccia steckte sich mit betont langsamen Bewegungen die Zigarre an, was Minicuzzo sehr gekünstelt vorkam.

»Und aus diesem Grund haben Sie den Mund nicht aufgemacht, als Ihr Vater verhaftet wurde, obwohl Sie wußten, daß er so unschuldig war wie Christus am Kreuz?« fragte er nach dem ersten Zug aus der Zigarre.

»Ja, Herr, deshalb«, antwortete der Lehrer, rot vor unterdrücktem Zorn. »Commendatore, ich habe keinerlei Macht, in bin ein Niemand, ein Fußabstreifer. Und die Tatsache, daß ich Familie habe, bedeutet, sobald ich eine einzige Bewegung, den kleinsten Schritt nur mache, den Kopf hebe, protestiere oder laut werde, nimmt der Staat gründlich Maß an mir. Um das Maß voll zu machen, zieht er die Karte, die ihm gerade paßt, und kassiert den ganzen Einsatz ein. Und am nächsten Tag bin ich schon in irgendeinem gottverlassenen Kaff in Sardinien und bringe denen bei, wie man das Wort Italien schreibt. Habe ich mich deutlich ausgedrückt?«

»Der Staat?« erwiderte Restuccia ganz ruhig und sah ihm in die Augen.

»Der Staat, der Staat. Oder glauben Sie vielleicht, der Präfekt sei ein Repräsentant der Gesellschaft für Landwirtschaftsentwicklung? Der Genossenschaft für Entsumpfung? Des Vereins für den schönen Gesang? Er ist der Staat, Commendatore, mit seinen Gesetzen, den Karabinieri, den Autoritätspersonen, der staatlichen Gewalt. Und alle zusammen behandeln mich wie den letzten Dreck. Selbst wenn sie begreifen, daß Bortuzzi ein ausgemachter Hurenbock ist, werden sie ihm nie etwas anhaben, weil er einer von ihnen ist, einer von denen, die den Staat ausmachen.«

»Sie haben recht, aber verzeihen Sie mir eine Frage: Ist Ihr Vater ein Angehöriger Ihrer Familie?«

»Sicher doch.«

»Warum verteidigen Sie ihn dann nicht, wie Sie es, was weiß ich, bei Ihren Kindern oder Ihrer Angetrauten halten würden?«

Minicuzzo Adornato war betroffen und blieb die Antwort schuldig. Der Commendatore hatte kein Erbarmen mit ihm und fuhr fort.

»Eine Familie ist eine Familie, verehrter Freund. Und die muß man verteidigen. Ich bin jetzt hier, bin zu Ihnen gekommen, um Ihnen meine Hilfe anzubieten.«

»Warum?«

»In erster Linie wegen meines Enkels Mariolo. Und zweitens, weil es mir nicht behagt, daß einer, der denkt, dieser Staat ist mit Verlaub ein Scheißstaat, sich dann auch noch zwingt, bis über beide Ohren in dieser Scheiße zu hocken.«

»Lassen wir den Staat sein«, meinte der Lehrer. »Aber was hat Ihr Enkel Mariolo damit zu tun?«

»Sie erinnern sich, daß ich vor fünf Jahren herkam, um mich für das zu bedanken, was Sie für ihn taten?«

»Ich habe meine Pflicht getan. Es war ein lebhaftes Kind und ich …«

»Sie haben ihn zurechtgebogen. Er hatte seine Eltern bei einem Unglücksfall verloren, und wir Großeltern wußten nicht, wie wir ihm helfen sollten. So manches Mal war ich versucht, ihn zu packen, seinen Kopf in den Wassertrog zu stecken und ihn zu ersäufen, wie man es mit den Welpen macht, die man nicht großziehen will.«

»Aber was sagen Sie da bloß?!«

»Das ist die Wahrheit, lieber Freund, die nackte Wahrheit.«

»Reden Sie keinen Unsinn! Ihr Enkel Mariolo ist ein tüchtiger junger Bursche!«

»Gewiß, mehr als tüchtig. Aber Sie waren es, der etwas aus ihm gemacht hat. Sie haben ihn erst den Knüppel schmecken lassen und ihm dann mit viel Geduld, Schweiß und Mühe Verstand beigebracht.«

»Das ist meine Arbeit.«

»Was das Thema Arbeit angeht, verzeihen Sie, kenne ich mich etwas besser aus als Sie. Ich leite die Gesellschaft, die die Hafenarbeiter für den Schmuggel stellt. Es gibt keine Arbeit am Hafen, sei es Schwefel, Mandeln, Saubohnen aufladen oder Waren und Geräte abladen, die nicht von meinen Männern besorgt wird. Von der Frage, wer gut arbeitet und wer schlecht, verstehe ich also wesentlich mehr als Sie.«

Der Lehrer zog die Uhr aus der Westentasche und sagte: »Ich danke Ihnen für Ihre Solidarität, aber es ist schon spät, und ich muß in die Klasse zurück.«

»Gestatten Sie mir noch einen Augenblick. Ich bin hier, weil mir hinterbracht wurde, daß Sie tags zuvor, als Ihr Vater verhaftet wurde, vor der ganzen Schulklasse in Tränen ausgebrochen sind.«

»Das stimmt. Aber ich habe mich sofort bei meinen

Schülern, die davon sehr erschüttert waren, entschuldigt. Ich hätte mich nicht so gehenlassen dürfen.«

»Und ob. Sie haben damit gezeigt, daß Ihr Vater zu Ihrer Familie gehört. Und deswegen bin ich hier. Herr Lehrer, Ihr Vater Don Ciccio ist das lebendige Beispiel eines Ehrenmanns, der in der Scheiße steckt, damit das Ansehen des Präfekten, oder wer sonst noch meine Worte hört, gewahrt wird. Und das nur deshalb, weil er öffentlich seine Meinung über diesen Schwachsinn des *Bierbrauers von Preston* gesagt hat. Ich war so frei und habe gewisse Maßnahmen getroffen. Ich habe ein paar Zeilen über diesen Fall an den Abgeordneten Fiannaca geschrieben.«

»An Fiannaca? Aber der Abgeordnete wird mir nicht mal zuhören wollen!«

»Ihnen sicher nicht, aber mir schon!«

Das Gesicht des Grundschullehrers verfinsterte sich. Er machte ein paarmal den Mund auf, als wolle er etwas sagen, und schloß ihn dann wieder.

»Was gibt es?« fragte der Commendatore.

»Sie verzeihen mir eine Frage, und das ist keine Floskel, sondern Sie müssen mir die Frage wirklich verzeihen. Wird der Gevatter Memè das nicht übelnehmen?«

Der Blick des Commendatore wurde eisig.

»Memè ist die Fliege, die sich auf dem Scheißhaufen niederläßt. Machen Sie sich keine Sorgen wegen Ferraguto. Sie steigen morgen früh in den Fünfuhrzug nach Misilmesi. Um halb acht sind Sie dort, und um acht klopfen Sie an die Tür des Abgeordneten. Der wird Sie sofort empfangen.«

»Was haben Sie in dem Brief geschrieben?«

»Nichts weiter. Ich habe nur geschrieben, daß Sie eine

verdienstvolle Person sind, der ein Unrecht angetan wurde. Und daß wir Freunde sind.«

Schlag acht stand Minicuzzo Adornato im Vorzimmer des Anwalts und Parlamentsabgeordneten Paolino Fiannaca in Misilmesi. Kaum hatte er sich vorgestellt, hob der Abgeordnete, ein langer, spindeldürrer Typ mit Mongolenbärtchen, weit aufgerissenen Augen hinter dem Kneifer, in Hausjacke und Hausschuhen, die Arme und hielt sie von sich gestreckt, als wolle er Abstand zwischen sich und Minicuzzo schaffen.

»Verzeihen Sie, aber es gibt da eine höchst dringliche Frage im voraus zu klären. Das Schreiben des Freunds Restuccia sagt diesbezüglich nichts Genaues: mit wem möchten Sie sprechen?«

Minicuzzo starrte ihn fassungslos an. Er war sehr früh aufgestanden und hatte noch einen benommenen Kopf.

»Ich möchte mit ...«

»Mit dem Rechtsanwalt Fiannaca sprechen?« unterbrach der andere ihn sofort.

»Mit Fiannaca ja, aber nicht mit dem Anwalt«, entgegnete Adornato und war wieder etwas klarer bei Sinnen.

»Mit dem Parlamentsabgeordneten Fiannaca also?«

Minicuzzo war unentschieden. Fiannaca beschloß, ihm auf die Sprünge zu helfen.

»Ist es eine politische Angelegenheit?«

»Nein, Herr, zumindest glaube ich das nicht.«

Das Gesicht des Abgeordneten erhellte sich.

»Dann wollen Sie also mit Fiannaca sprechen, dem Vorsitzenden der Gesellschaft für gegenseitige Hilfe *Ehre und Familie.*«

»Genau«, sagte Adornato, der ja kein Trottel war.

»In dem Fall müssen wir diesen Raum verlassen, das hier ist das Büro des Abgeordneten.«

Aus einer Unmenge von Schlüsseln, die an der Wand hingen, fischte er einen heraus und machte Minicuzzo ein Zeichen, ihm zu folgen. So wie er gekleidet war, verließ der Abgeordnete die Haustür und hielt sich rechts. Er machte nicht halt vor der kleinen Tür an der Seite, an der ein emailliertes Schild mit der Aufschrift »PAOLO FIANNACA, RECHTSANWALT« hing und vor der fünf oder sechs Personen warteten, die sich vor dem vorübergehenden Abgeordneten ergebenst verbeugten und Grußworte und Segenswünsche murmelten. Einige Meter weiter gab es eine weitere kleine Tür mit einem Schild daneben, auf dem stand: »GESELLSCHAFT FÜR GEGENSEITIGE HILFE EHRE & FAMILIE«. Am Türrahmen lehnte ein zwei Meter großes Mannsbild in Jägerkleidung, mit Coppola, Doppelflinte über der Schulter und Patronengurt um den Bauch. »Geben Sie nur her«, sagte er, als der Abgeordnete in Reichweite war.

Fiannaca reichte ihm den kleinen Schlüssel. Der Riese schloß auf, trat ein und riß das Fenster des einzigen und großen Zimmers auf, das den Sitz der Gesellschaft für gegenseitige Hilfe darstellte.

»Haben Sie noch einen Wunsch, Exzellenz?«

»Nichts sonst, warte draußen.«

Zehn Stühle, zwei Schreibtische, von denen einer jetzt vom Abgeordneten bezogen wurde, und ein paar Öllampen waren die ganze Ausstattung des großen Raums. Nicht ein einziges Blatt Papier, keine Sammelmappe, kein Aktenordner: in dieser Gesellschaft wurde alles mündlich erledigt.

»Mein geschätzter Freund Restuccia hat mir geschrieben, daß Ihnen ein Unrecht widerfährt. Warum haben Sie sich nicht an die Justiz gewandt?«

»Wenn die Justiz selbst ein Unrecht begeht, dann kann wohl kaum dieselbe Justiz hergehen und Recht stiften und sich so selbst bescheißen.«

»Die Überlegung ist schlüssig«, war der Kommentar des Abgeordneten. »Sind Sie es, der das Unrecht erleidet?«

»Nein, Herr Abgeordneter, mein Vater. Er ist auf Anweisung des Präfekten Bortuzzi wegen Diebstahls verhaftet worden.«

»Ach!« meinte Fiannaca trocken.

»Und dieses Lügenmärchen mit dem Diebstahl hat der Präfekt nur erfunden, weil meinem Vater die Oper, die der Präfekt im neuen Theater in Vigàta aufführen lassen will, nicht gefällt. Er hat den Hauptmann Villaroel und Don Memè Ferraguto eingeschaltet.«

»Halt«, gebot der Abgeordnete plötzlich alarmiert. Und rief laut: »Gaetanino!«

Der Jäger tauchte wie aus dem Nichts auf.

»Was gibt's?«

»Bitte wiederholen Sie vor Gaetanino, was Sie eben zu mir gesagt haben.«

Minicuzzo spürte, wie die Wut in ihm hochkam. Was wollten die beiden eigentlich von ihm? Sollte das eine Drohung sein?

»Das wiederhole ich auch vor dem lieben Gott. Der Präfekt hat meinen Vater heimtückisch und unter Beihilfe des Hauptmanns Villaroel und dieses großen Hornochsen Don Memè Ferraguto hinter Gitter gebracht.«

»Habe ich richtig gehört?« fragte der Abgeordnete mit gefaßter Stimme. »Haben Sie gesagt, Don Memè ist ein Hornochse?«

Minicuzzo begriff, daß sein Leben, das seines Vaters und das seiner ganzen Familie von seiner Antwort abhingen. Er entdeckte in sich einen so großen Mut, wie er ihn nicht bei sich vermutet hätte. Und er schwitzte mehr aufgrund dieser Entdeckung als wegen der Anspannung.

»Jawohl, Herr. Don Memè ist ein großer Hornochse.«

Der Abgeordnete sah ihn einen Augenblick an, dann wandte er sich an den Jäger: »Gaetanino, du hast es mit eigenen Ohren gehört. Dieser Herr, der mir von dem Commendatore Restuccio anempfohlen wurde, ist einer von uns. Von jetzt an will ich, daß er, nehmen wir an, er verläßt eines Tages bei Regen das Haus und rutscht auf dem Nassen aus, nicht in geringste Berührung mit dem Erdboden kommt. Ich will, daß jemand an seiner Seite ist, der ihn auffängt. Ist das klar?«

»Vollkommen klar.«

Gaetanino legte zwei Finger an die Coppola und ging hinaus.

»Und jetzt zu uns«, ergriff Fiannaca das Wort. »Fangen wir nochmals von vorne an. Ich war nämlich die letzten drei Monate nicht in Sizilien, da ich im Parlament zu tun hatte. Und mir sind zu diesem Fall Gerüchte zu Ohren gekommen, von denen ich, ehrlich gesagt, nicht die Bohne verstanden habe. Können Sie mir erklären, was in Vigàta passiert?«

Gegen drei Uhr nachmittags überwachte Don Memè zornig die Leute, die an den Hauswänden von Vigàta die Plakate für die bevorstehende Opernaufführung anbrachten. Während in Montelusa und den umstehenden Orten die Plakate hängen blieben, waren die in Vigàta schon nach einer halben Stunde abgerissen, und keiner wußte, was für ein Ende sie genommen hatten. Don Memè hatte beschlossen, persönlich das Ankleben (das dritte Mal nun schon! Diese verfluchten Hundesöhne!) zu verfolgen, bis der Leim getrocknet war. Wenn die Plakate einmal festklebten, würde es sehr viel schwieriger sein, sie abzureißen. Aufmerksam sah er den Plakatierern zu, bis er von Hufeklappern abgelenkt wurde, das sich auf seiner Höhe verlangsamte. Don Memè hob den Kopf und sah Gaetanino Sparma im Sattel, den Feldhüter des Abgeordneten Fiannaca aus Misilmesi. Feldhüter war er nur dem Namen nach, denn die ganze Welt wußte, daß Gaetanino keinen Olivenbaum von einem Weinstock unterscheiden konnte und daß der Abgeordnete nicht einmal einen Gemüsegarten besaß. Es handelte sich um einen Euphemismus und bedeutete, daß Sparma für andere »Felder« zuständig war, mit denen sich Fiannaca beschäftigte. Und Don Memè war darüber bestens im Bilde.

»Don Gaetanino! Welch ein Vergnügen! Was verschlägt Sie hierher?«

»Ich hab's eilig und komme hier nur vorbei.«

»Steigen Sie doch ab und lassen Sie sich ein Glas anbieten.«

Dieser stieg vom Pferd und hielt die Flinte über der Schulter mit beiden Händen ganz fest.

»Euer Wohlgeboren, Don Memè, Sie müssen entschuldigen, wenn ich nicht annehme. Aber ich habe wirklich keine Zeit. Ich bin nur auf dem Durchritt.«

Und kein weiteres Wort kam über seine Lippen, während er die Zügel richtete. Don Memè begriff mit einem Schlag, daß es sich um etwas Schwerwiegendes handeln mußte. Es war an ihm, das Wort zu ergreifen: »Hat sich etwas ereignet? Der Abgeordnete …«

»Der Abgeordnete«, schnitt ihm der andere das Wort ab, »hat mir gerade heute früh gesagt, daß, wenn ich das Vergnügen hätte, Euer Wohlgeboren zu begegnen, ich Ihnen etwas ausrichten solle.«

»Zu Befehl.«

»Befehle? Es handelt sich um eine bescheidene Bitte. Der Abgeordnete will Sie wissen lassen, daß in der Angelegenheit mit diesem Schreiner, der verhaftet wurde, bestimmt ein Fehler vorliegt. Ein Fehler Ihrerseits, Don Memè.«

»Ach ja?«

»Ja. Und auch in Ihrer allzu großen Freundschaft mit dem Präfekten gibt es einen Fehler.«

Don Memè wurde blaß.

»Ich möchte gern etwas erklären«, sagte er.

Der andere sah ihn mit eisiger Miene an.

»Mir? Mir wollen Euer Wohlgeboren etwas erklären? Ich begreife nichts von diesen Dingen, ich tue nur, was mir befohlen wird. Wenn der Herr irgend etwas zu erklären hat, muß er das dem Abgeordneten sagen.«

Und damit war er wieder im Sattel und galoppierte grußlos davon.

Nachdem Don Memè bleichgesichtig, aber bestimmt mit dem Ehepaar Lumìa einen lebhaften Gedankenaustausch gehabt hatte, ließ die Frau den Hauptmann Villaroel rufen. Auch sie war blaß und ebenso bestimmt, als sie dem Hauptmann erklärte, daß der heilige Anton ihr im Traum erschienen sei und ihr Gedächtnis wieder aufgefrischt hätte: sie selbst habe den Schmuck versteckt aus Angst, daß das neue Dienstmädchen sich an ihm vergreifen könne. Das habe sie dann vollkommen vergessen. Man müsse also umgehend dafür sorgen, daß der unschuldige und zu Unrecht angeklagte Schreiner keine Minute länger mehr im Gefängnis zu sitzen brauche. Sie sei bereit, eine Entschädigung wegen der unrechtmäßigen Anklage zu bezahlen.

»Ich freue mich, daß sich Ihre Unschuld herausgestellt hat«, sagte Bortuzzi zu dem Alten vor ihm, der wie Espenlaub zitterte. »Aber bevor Sie heimgehen, möchte ich Sie beiläufig noch etwas fragen.«

»Ihr ergebenster Diener«, nuschelte der Schreiner.

»Wollen Sie mir bitte erklären, warum Sie so sehr gegen die Aufführung des *Bierbrauers von Preston* sind?«

Den Schreiner traf fast der Schlag. Mit allem hatte er gerechnet, nur nicht mit einer solchen Frage. Kurzerhand war er der Meinung, daß der Präfekt sich einen Scherz mit ihm erlaube.

»Euer Wohlgeboren, ist das Ihr Ernst?«

»Mein voller Ernst, guter Freund.«

Der Schreiner überlegte eine Weile und erzählte dann mit fester Stimme.

»Exzellenz, ich bin im Jahr 1805 geboren. Mein Vater war arm, zu Hause gingen wir oft mit knurrendem Magen zu Bett. Als ich sechs Jahre alt war, wurde ich als Laufbursche in der Schreinerwerkstatt Foderà eingestellt. Foderà war ein in ganz Palermo bekannter Schiffsbaumeister, ein Künstler war er. Er schloß mich in sein Herz und nahm mich überallhin mit. Als ich zehn Jahre alt war, brachte mich der Meister Foderà eines Tages in den Palazzo eines Deutschen, der, glaube ich, Marsan hieß. Dieser hatte zwei alte Schränke, die er restaurieren lassen wollte. Seine Möbel hütete er wie Augäpfel, und er wollte deshalb, auch wenn ihn das mehr kostete, daß die Arbeiten in seinem Haus durchgeführt werden. Dem Deutschen gefiel es, uns bei der Arbeit zuzusehen, und so gesellte er sich oft zu uns und spielte Flöte. Eines Tages bekam er Besuch von einem Baron namens Pisani. Dieser Baron erzählte wieder und wieder, daß er einige Jahre zuvor im Real Teatro Carolino eine Oper gehört hatte, die, wenn ich mich recht erinnere, *Fannu tutte accussì* hieß und von einem gewissen Mozart stammte. Diese Oper war ihm, dem Baron, großartig vorgekommen, hatte aber keinem einzigen Palermitaner gefallen. Da hatte der Baron beschlossen, eine andere Oper desselben Mozart ganz auf seine Kosten aufführen zu lassen, und die hieß *U flautu magicu.* Er ließ Sänger, Orchester, Bühnenbilder und den ganzen Rest aus Neapel kommen und bezahlte alles aus eigener Tasche. Und so sagte der Baron zu dem Deutschen, daß am nächsten Tag diese Aufführung stattfinden würde und daß er nicht einen einzigen Palermitaner im Theater haben wollte, nur den Deutschen. Noch heute weiß ich nicht, warum ich die Arbeit stehen- und liegenließ, vor den Herrn Marsan trat und ihn bat, auch mich zu der Aufführung mitzunehmen. Der Deutsche lachte und sah den Baron an, und der nickte. Tags darauf waren nur wir drei im Theater: der Baron und der Herr Marsan saßen in der größten Loge, die es gab, und ich kletterte ganz nach oben, fast bis zum Dachstuhl. Es waren kaum fünf Minuten vergangen, das Orchester spielte, und die Sänger sangen, und hohes Fieber setzte bei mir ein. Mein Herz schlug heftig. Einmal wurde mir ganz heiß und dann wieder eiskalt. Mein Kopf drehte sich. Ja, es war, als wäre ich eine Seifenblase geworden, eine von denen, die die Kinder zum Spiel mit den Strohhalmen blasen. Leicht und durchsichtig begann ich zu schweben. Jawohl, zu schweben. Exzellenz, Sie müssen mir glauben, ich flog! Als erstes zeigte sich mir das Theater von außen, der Platz mit all den Leuten und den Tieren, und die ganze Stadt war winzig geworden. Und ich sah grüne Felder und die großen Flüsse aus dem Norden, die gelben Wüsten, die, wie es heißt, in Afrika sind. Dann sah ich den ganzen Erdball, und er war eine bunte Kugel wie das Dotter im Ei. Danach kam ich in die Nähe der Sonne, stieg höher und höher. Dann fand ich mich im Paradies wieder, inmitten der Wolken und der frischen, blau angemalten Luft und einiger Sterne, die noch nicht angezündet waren. Dann waren die Musik und der Gesang zu Ende. Ich schlug die Augen auf und war allein im Theater. Ich hatte keine Lust hinauszugehen, in meinem Innern erklang noch immer Musik. Ich schlief ein und erwachte, verlor das Bewußtsein und kam wieder zu mir. Ich lachte und weinte, ich kam auf die Welt und starb, all das bewirkte die Musik in meinem Innern. Am nächsten Tag hatte ich noch immer Fieber und fragte Herrn Marsan, ob er mir nicht das Flötenspiel beibringen könne. Und er tat es. Das ist alles, Exzellenz. Seit jenem Tag gehe ich mir Musik und Opern anhören, sogar den Zug nehme ich und suche, suche und werde nie fündig.«

»Was suchen Sie denn?« fragte der Präfekt, der unwillkürlich aufgestanden war.

»Eine Musik, Exzellenz, die mir das gleiche Glück vermittelt, bei der ich mich im siebten Himmel fühle. Nun dieser *Bierbrauer*, Exzellenz, das mag zwar gute Musik sein, das will ich gar nicht bestreiten, aber …«

»Lassen Sie es gut sein!« unterbrach Bortuzzi ihn brüsk.

Ein einfacher junger Mensch, ein unauffälliger Typ, präsentierte sich gegen drei Uhr nachmittags in Puglisis Amtsstube. Der Kommissar war immer noch außer sich vor Wut wegen der Worte, die er eine halbe Stunde zuvor mit dem Sohn des Arztes Gammacurta gewechselt hatte.

»Warum habt ihr, weder du noch deine Mutter, euch überhaupt nicht darum geschert, daß dein Vater, der Arzt, heute nacht nicht heimgekommen ist.«

»Meine Mutter war überzeugt, daß er die Nacht im Haus der Hure, der Hebamme, verbrachte, wie er es öfters tat.«

»Ist gut. Aber ich weiß, daß die Hebamme und nicht Hure, wie du sagst, sich Sorgen machte, weil dein Vater nicht zu ihr gekommen und am Morgen nicht mal in der Praxis aufgetaucht war. Sie ist zu euch nach Hause gekommen, um zu hören, ob Gammacurta etwa krank sei. Stimmt das oder nicht?«

»Ja, das ist richtig, die Hure ist gekommen.«

»Ja also?«

»Meine Mutter antwortete ihr, daß es eine Hure wie sie nichts anginge, wo sich mein Vater befände.«

»Ach du meine Güte! Aber wenn doch dein Vater verschwunden war und die Hu... Hebamme sich um ihn ängstigte, warum seid ihr dann nicht schleunigst hergekommen und habt mir gesagt, daß keiner weiß, wo der Arzt ist?«

»Sie verzeihen, Herr Kommissar, aber wenn ich und meine Mutter früher zu Ihnen gekommen wären, sagen wir bei Morgengrauen, hätte man meinen Vater dann noch retten können?«

»Nein, das nicht. Als ich ihn fand, war er zwar noch am Leben, aber er hatte schon zuviel Blut verloren.«

»Eben.«

Puglisi schlug so gewaltig mit der Faust auf den Tisch, daß er sich an der Hand verletzte. Fluchend stand er auf und drehte zwei Runden im Zimmer, dann konnte er sich wieder beruhigen.

»Verzeihen Sie, Herr Kommissar, aber was hat das hier zu bedeuten?«

»Es bedeutet, mein Sohn, daß dein Vater gut daran getan hat, sich erschießen zu lassen, war er doch verdammt, sein Dasein an der Seite von Leuten wie dir und deiner Mutter zu fristen. Leb wohl.«

Nachdem Puglisi mit dem jungen Menschen von schlichtem und gewöhnlichem Äußeren, der nach dem Sohn Gammacurtas ins Büro getreten war, einige Worte gewechselt hatte, kam er ihm gar nicht mehr schlicht und gewöhnlich vor.

»Ich bin Mario Filastò«, sagte der Jüngling, »Sachverständiger der Fondiaria-Versicherungen aus Palermo.«

Puglisi musterte ihn: der Anzug war verknittert, eine Jackentasche herausgerissen, Hände und Gesicht waren rauchgeschwärzt. Filastò sah, daß der Polizeibeamte neugierig war.

»Sie müssen mein Aussehen entschuldigen, aber ich habe mich bei der Ortsbegehung im Theater so zugerichtet.«

»Was soll ich da erst sagen?« entgegnete ihm Puglisi lebhaft, der sich noch immer nicht hatte umziehen können. Die von Salzlauge getränkten Klamotten modellierten sich beim Trocknen um seinen Leib, als wären sie aus Schnellbinderzement.

»Sehen Sie, Herr Kommissar, kaum war ich in Vigàta, hörte ich aus aller Munde, daß das Theater durch einen Unglücksfall abgebrannt sei, weil wohl jemand einen brennenden Zigarrenstummel hat fallen lassen. Wenn die Dinge so stehen, wie des Volkes Stimme sagt, muß die Gesellschaft, die ich vertrete, für den Schaden aufkommen. Da gibt es keine Ausreden, den Schaden muß sie auf die Hand bezahlen wie beim Glücksspiel. Stehen die Dinge aber zufällig nicht so und das Theater wurde absichtlich angezündet, ist der Sachverhalt anders, und meine Gesellschaft braucht keinen roten Heller zu bezahlen. Habe ich mich deutlich genug ausgedrückt?«

»Das haben Sie. Und was glauben Sie?«

»Daß das Theater vorsätzlich in Brand gesteckt wurde.«

»Das zu glauben sind Sie ja angehalten, verzeihen Sie, denn diese Überlegung zusammen mit den entsprechenden Beweisen würde Ihrer Gesellschaft einen Haufen Geld ersparen. Das Problem ist, daß hier der Glaube nicht ausreicht.«

»Herr Kommissar, ich glaube nicht nur. Ich habe eine feste Überzeugung, die sich auf gesicherte Tatsachen stützt. Es handelt sich um eine strafrechtliche Angelegenheit, seien Sie versichert. Aus dem Grund bin ich ja auch hergekommen und will Sie bitten, mich ins Theater zu begleiten. Da gibt es etwas, was ich Ihnen zeigen muß. Sie werden sehen, daß ich nicht ins Blaue hinein rede.«

»Jetzt?«

»Jetzt auf der Stelle«, lautete die unerbittliche Antwort des jungen Herrn Filastò.

Es nieselte ganz fein. Es war einer dieser Regen, die man auf den ersten Blick gar nicht wahrnimmt, bei dem der Bauer auf dem Feld mit der Arbeit fortfährt und am Abend bis auf die Knochen naß ist, als wäre die Sintflut auf ihn niedergegangen. Auf dem Weg zum Theater spürte Puglisi, wie sich der Stoff seines Anzugs langsam aufweichte und die Hosen ihm jetzt einen rascheren Schritt ermöglichten.

»Glauben Sie mir«, sagte Filastò. »Ich habe große Erfahrung mit dem Feuer. Ich weiß, wie es entsteht, wie es sich ausbreitet, ich kenne seine Launen. Manchmal braucht es ein Nichts, auf daß es seine Meinung, Richtung und Stärke ändert. Der Brand im Theater ist auf der Rückseite ausgebrochen und nicht im Saal, wo die Leute waren.«

»Über diese Geschichte mit dem Brandherd habe ich mir auch so meine Gedanken gemacht«, sagte Puglisi.

Sie waren vor der kleinen Tür angelangt, die zur Unterbühne führte. Die war völlig verkohlt, und die Flammen hatten schwarze und weiße Spuren hinterlassen, die sich auf der Wand über der Türöffnung fortsetzten.

»Wie man sehen kann, zog das Feuer von hier«, sagte der Versicherungsfachmann. »Hier wurde es stärker. Dann machte es eine halbe Kehrtwende und begann die Hinterseite der Bühne anzugreifen. Von dort aus setzte es sich Richtung Zuschauerraum fort. Das genaue Gegenteil von dem, was die Leute glauben. Der Brandstifter hat auch die Fenster der Kellerluken eingeschlagen, damit es besser zieht. Sehen Sie, Herr Kommissar? Die Scherben der Kellerfenster sind in den Hängeboden hinein und nicht nach außen auf die Straße gefallen. Folgen Sie mir bitte.«

Sie gingen hinein und stiegen die noch heil gebliebenen Stufen hinunter. Filastò hatte sofort ein Öllicht angezündet, das er bei der ersten Ortsbesichtigung am Treppenfuß niedergestellt hatte.

»Sehen Sie bitte hierher«, sagte er und deutete auf eine Stelle neben der Tür. »Hier genau neben der Tür, haben die Bühnenarbeiter gesagt, standen die zusammengerollten Bühnenbilder, die gleich nach Ende der Aufführung fortgeschafft werden sollten. Sehen Sie nur. Was sind das Ihrer Meinung nach für Tonscherben?«

»Für mich sind das Reste einer Amphore, was weiß ich, eines kleinen Krugs. Jedenfalls eines Behälters für Trinkwasser.«

»O nein, da täuschen Sie sich. Hören Sie mir weiter zu.«

Der junge Mann stellte die Lampe ab, kauerte sich nieder und begann, die Tonscherben passend zusammenzufügen. Als er fertig war, wandte er sich mit dem Ding aus Ton in den Händen, das jeden Augenblick wieder in seine Teile zerfallen konnte, erneut an den Kommissar: »Es ist keine Amphore, kein Krug. Nichts jedenfalls, in dem Wasser aufbewahrt wird, sehen Sie gut hin.«

»Es ist eine Spardose aus Ton«, wunderte sich Puglisi.

»Richtig«, meinte Filastò. »Und dort drüben, wo die Kostüme der Theatertruppe lagen, sind Teile einer zweiten Spardose.«

»Natürlich ist es komisch, daß die Leute vom Theater plötzlich von einem Spardrang erfaßt sein sollen«, bemerkte Puglisi ungläubig.

Filastò ließ die Stücke der Spardose zu Boden fallen und behielt zwei zwischen den Fingern, die er Puglisi unter die Nase hielt.

»Riechen Sie.«

Puglisi kam näher und schnupperte. Auf seiner Stirn grub sich eine Falte ein.

»Es riecht nach Petroleum.«

»Und Sie glauben mir, wenn ich Ihnen sage, daß auch die anderen Stücke des zweiten Sparbehälters nach Petroleum riechen?«

»Ich glaube Ihnen. Aber was bedeutet das?«

Filastò blieb stumm, legte die zwei Tonscherben wieder an ihren Platz und wischte sich die Hände an seinem Anzug ab, der inzwischen eine völlig undefinierbare Farbe angenommen hatte.

»Gibt es jemanden hier im Ort, der Töpferwaren herstellt oder verkauft?«

»Ja, das ist Don Pitrino.«

»Statten wir ihm doch einen Besuch ab.«

»Wer A sagt, muß auch B sagen«, sagte sich Puglisi und ließ die Arme sinken.

Auf dem Weg hatte der Kommissar das Bedürfnis, dem jungen Herrn seine Anerkennung auszudrücken.

»Da braucht es bestimmt ein scharfes Auge, um zu erkennen, daß die Tonscherben nicht aufgrund des Feuers zu Bruch gegangen waren.«

»O ja, da braucht man einen geübten Blick. Aber es ist wie ein Spiel, eine Wette. Einer sieht sich den gesamten Schaden an, den das Feuer angerichtet hat, aufmerksam schaut er wieder und wieder hin und sagt dann: hier stimmt etwas nicht. Und erneut nimmt er die Sache unter die Lupe, bis er auf das Unstimmige stößt.«

Gevatter Pitrino begrüßte lächelnd den Kommissar. Puglisi war ganz sein Typ.

»Mein Freund hier«, sagte der Kommissar, »würde gern eine Spardose für seinen kleinen Sohn kaufen.«

»Ich habe sie in allen Größen da.«

»Wir suchen eine, die ungefähr so groß ist«, deutete er mit den Händen den Umfang an.

»Von der Größe habe ich ein halbes Dutzend«, sagte der Alte. «Kommt mit ins Gatter.«

Der eingezäunte Platz hinter dem Häuschen stand voll mit großen und kleinen Amphoren, Krügen und Krüglein, Blumentöpfen, Dachziegeln, Regenrinnen, irdenen Gegenständen aller Art. Der Alte zeigte ihnen, wo die Spardosen standen, und blieb verdutzt stehen.

»Was gibt es?« fragte Puglisi.

»Die Spardosen, wie sie der Freund da will, habe ich gestern nach dem Mittagessen gezählt. Es waren sechs, jetzt stehen aber nur noch vier da. Sehen Sie die leere Stelle und den Abdruck im Sand, wo sie gestanden haben? Offensichtlich ist irgendein Hundesohn heute nacht hier eingestiegen und hat sie mir geklaut.«

Filastò und Puglisi verständigten sich mit einem kurzen Blick. Der alte Mann beugte sich hinunter, um einen der vier übriggebliebenen Sparbehälter zu nehmen.

»Ist der recht?«

Er war recht. Dann bat Filastò, daß das Tongefäß mit Petroleum gefüllt werde, das ebenfalls als Ware im Laden gehandelt wurde. Gevatter Pitrino stellte keine Fragen ob der seltsamen Bitte und führte nicht ohne Schwierigkeiten das Gewünschte aus. Filastò ließ sich auch einen

Stoffetzen geben. Puglisi bezahlte, und sie verließen das Geschäft. Zehn Meter von der Hütte entfernt waren sie schon auf freiem Feld. Filastò führte jetzt dem Kommissar vor, welche Bewandtnis es mit der Spardose, dem Petroleum und dem Stoffetzen hatte. Als sie den Platz wieder verließen, brannten die regennassen Holzstückchen und das Gestrüpp noch immer, die der Versicherungsexperte aufgeschichtet hatte, um die Spardose dagegen zu werfen.

»Wie sind Sie darauf gekommen?«

»Sie wollen sagen, auf die zwei Spardosen, die auf diese Weise verwendet wurden? Das ist nicht mein Einfall, ich habe nur mein Gedächtnis angestrengt. Unsere Versicherungsgesellschaft ist groß und hat Zweigstellen in ganz Italien. Die einzelnen Filialen tauschen sich untereinander über die verschiedenen Tricks aus, mit denen die Leute die Versicherung betrügen wollen. Ich habe mich erinnert, daß unser Agent in Neapel und auch der in Rom zwei Fälle gemeldet haben …«

»Aus Rom?« unterbrach Puglisi ihn, mit einem Schlag ganz Ohr.

»Ja, aus Neapel und aus Rom.«

»Verzeihen Sie, ich wüßte gern Ihre Meinung. Was glauben Sie, warum das Theater in Brand gesteckt wurde?«

»Äh, ich weiß nicht. Vielleicht weil es in Vigàta jemanden gibt, der den Präfekten verarschen will, mehr noch als der Präfekt sich selbst verarscht hat.«

»Verzeihen Sie nochmals, aber sind Sie wirklich überzeugt, daß der Brand erst ein paar Stunden nach dem Ende der Vorstellung, als die Leute schon wieder daheim waren, ausgebrochen ist? Ich meine, nach einer so großen Zeitspanne, nach der logischerweise ein Feuer nicht mehr zufällig entstehen und sich ausbreiten kann?«

»Es besteht nicht der mindeste Zweifel: das Feuer ist einige Stunden, nachdem in Vigàta wieder Ruhe herrschte, gelegt worden.«

»Das überzeugt mich nicht.«

»Was denn?«

»Daß es einem Vigateser, nachdem wieder Ruhe eingekehrt ist, erst Stunden später in den Sinn kommt, daß er vergessen hat, das Theater anzuzünden. Das ist nicht die Art der Leute von hier. Da steckt eine fremde Hand dahinter.«

Als sie wieder im Ort waren, verabschiedete Filastò sich vom Kommissar.

»Ich gehe nochmals ins Theater, um nach weiteren Beweisen zu suchen. Im großen und ganzen stimmen Sie doch mit mir überein, daß es sich um Brandstiftung handelt?«

»Ich bin ganz Ihrer Meinung.«

Mit wohlwollendem Blick trennten sie sich. Der Kommissar machte kehrt und erreichte beinahe im Laufschritt seine Dienststelle.

»Sattelt mein Pferd, schnell.«

Auf halbem Weg nach Montelusa, der Regen hatte erneut heftig eingesetzt, fiel Puglisi vor Müdigkeit vom Pferd und verletzte sich an der Schulter. Mit noch dreckigeren Kleidern stieg er wieder in den Sattel und trieb das Tier zum Galopp an, soweit der nasse Grund das zuließ. Im Polizeipräsidium musterte man ihn neugierig und höchst verwundert. Doktor Meli, »der mit der Leichenmiene«, sprach aus, was die anderen nur dachten: »In diesem Zustand können Sie nicht vor den Polizeipräsidenten treten.«

»Dann sprechen Sie an meiner Stelle mit dem Herrn.«

»Ich muß Sie darauf hinweisen, daß der Polizeipräsident wegen der Mitteilung, die Sie ihm haben zukommen lassen, äußerst verstimmt ist. Sie erbitten sich drei Tage Zeit für die Ermittlungen, das geht ja noch. Aber dann haben Sie hinzugefügt, daß hohe Persönlichkeiten dahinein verwickelt sein könnten. Ja glauben Sie, das sind Dinge, die ohne Bedenken schwarz auf weiß festzuhalten sind?«

Puglisi kochte vor Wut.

»Da wir nun mal an diesem Punkt sind: lassen Sie den Polizeipräsidenten wissen, daß ich mit hohen Persönlichkeiten den Plural verwendet habe, um im allgemeinen zu bleiben und eigentlich nur den Präfekten meinte. Jetzt aber bin ich überzeugt, daß der Plural seine Richtigkeit hatte.«

»Es sollen also noch andere Persönlichkeiten mit im Spiel sein?«

»Jawohl.«

»Zum Beispiel?«

»Zum Beispiel die Person, mit der Sie gleich sprechen werden.«

Doktor Meli machte einen so gewaltigen Sprung, daß eine Fensterscheibe klirrte. Leichenblaß packte er den Arm des Kommissars und zischelte ihm zu: »Sind Sie sich bewußt, was Sie da sagen?«

»Vollkommen. Warum haben Sie mir nicht sofort den Befehl erteilt, den Mazzini-Anhänger aus Rom zu verhaften?«

»Schweigen Sie!« gebot ihm Meli. »Kommen Sie in mein Zimmer.«

Sie verließen das Vorzimmer, wo eine Schar von Leuten ein und aus ging und die Ohren spitzte. Ohne aufgefordert zu sein, setzte sich Puglisi im Amtszimmer nieder. Er war fix und fertig.

»Erklären Sie die Sache, aber bleiben Sie ruhig und werden Sie nicht laut.«

»Warum haben Sie mir nicht sofort den Haftbefehl für den Mazzini-Anhänger erteilt?« wiederholte Puglisi etwas ruhiger.

»Ich habe dem Cavaliere die Sache nahegelegt.«

»Und er?«

»Er sagte mir, es seien ein paar Tage abzuwarten, zumindest bis nach der Einweihung.«

»Und warum?«

»Ich weiß nicht, was ich Ihnen sagen soll.«

»Was für eine großartige Idee hat der Herr Cavaliere da gehabt! Wenn ich rechtzeitig den Haftbefehl von Ihnen gehabt hätte, dann hätte der es höchstwahrscheinlich nicht geschafft, das Theater anzuzünden.«

»Sind Sie sicher, daß er es war?«

»Gewißheit habe ich noch nicht. Aber sobald ich ihn in die Finger kriege, werde ich mir von ihm alles erzählen lassen. Dann werden Sie schon sehen, daß ich recht habe. Händigen Sie mir umgehend den Haftbefehl aus, und zwar schriftlich und mit dem Datum versehen.«

Meli quälte sich von seinem Stuhl hoch, als wäre ihm der Hintern festgewachsen, klopfte an die Tür des Polizeipräsidenten und trat ein.

»Cavaliere, Puglisi ist in meinem Zimmer.«

»Was will er?«

»Er verlangt umgehend den Haftbefehl für jenen Mazzini-Anhänger Traquandi, der in Vigàta untergetaucht ist.«

»Stellen Sie ihn aus.«

»Ja, ja, aber die Schwierigkeit ist die, daß der Herr Kommissar glaubt, daß es der Traquandi war, der das Feuer im Theater gelegt hat.«

»Ja und?«

»Cavaliere, wenn der Römer es gewesen ist, und Puglisi täuscht sich nur selten, wird er uns die Schuld geben, weil wir diesen nicht früher verhaftet haben.«

»Scheiße!« meinte der Polizeipräsident, der endlich begriffen hatte.

»Und es gibt auch zwei Tote in dieser Angelegenheit.«

»Waren es nicht drei?«

»Ja, gewiß, aber der dritte Tote, der Arzt Gammacurta, ist nicht uns anzulasten. Auf den hat einer der Männer von Villaroel geschossen. Der geht auf das Konto des Präfekten.«

Der Polizeipräsident sah Meli an, klapperte mit den Augendeckeln und machte ein fragendes Gesicht.

»Hören Sie, Meli, sind Sie sich wirklich sicher, daß die Anweisung, die Verhaftung aufzuschieben, von mir kam? Sie haben meine Worte nicht etwa falsch verstanden?«

Die alte Geschichte. Aber dieses Mal machte Meli nicht mit, das Risiko war einfach zu groß.

»Cavaliere, Sie mögen mir verzeihen, aber ich erinnere mich sehr gut: der Amtsschreiber hatte den Haftbefehl nämlich schon ausgefüllt, und ich habe ihm dann die Anweisung gegeben, ihn zu vernichten, da Sie anders beschieden hatten.«

Nun, der Cavaliere hatte es halt versucht. Und änderte seine Taktik.

»Was kann man jetzt tun?«

»Kurz nachdenken, bevor Sie Puglisi empfangen.«

Aus dem kurzen Nachdenken wurden zwei Stunden geflüsterter Wortwechsel und langes nachdenkliches Schweigen. Als Doktor Meli endlich Puglisi zur Unterredung mit dem Polizeipräsidenten rufen ging, war der schon mit dem Kopf auf dem Tisch eingeschlafen, und die Arme baumelten schlaff an den Beinen herunter.

Wenn ein Reisender in einer Winternacht, die von sich aus schon schlimm ist, mit Regen, Donner, Blitzen und Sturm über die Piazza gekommen wäre, wo das neue Theater von Vigàta stand, und die Zerstörung gesehen hätte – die Straßenlaternen waren umgeworfen, die Beete zerstört, die Scheiben zerschlagen, berittene Soldaten stieben in alle Richtungen davon, Pferdekutschen mit Verletzten oder ohnmächtigen Damen kamen und gingen – und die Schüsse in der Ferne, die jammernden oder wütenden Stimmen, die Gebete, die Hilferufe, die Flüche gehört, hätte er sofort seinem Pferd die Sporen gegeben, um das Weite zu suchen. Denn was er sah, hätte er zu Recht für eine neue Achtundvierzigerrevolution gehalten. Nie und nimmer hätte er sich vorstellen können, daß dieser Wahnsinn, dieses Chaos, diese Zerstörung durch einen falsch gesungenen Ton aus dem Mund eines Soprans verursacht worden war. Es war ein schrecklicher, grauenhafter falscher Ton, das ist wahr. Alle glaubten, es sei plötzlich ein Dampfschiff mit tutendem Nebelhorn ins Theater eingedrungen, und es war noch zu bedenken, daß jemand zur gleichen Zeit einen Schuß aus einem Karabiner abgegeben hatte. Aber das, was in Wirklichkeit die wilde Massenflucht heraufbeschworen hat, verdankte sich der Fähigkeit des Theaterbauers. Dessen Überlegung war gewesen: ein Theater ist dazu da, daß einer, der darin ist, alles hört, was gesungen und gespielt wird. Und so kam zu Nebelhorn und Schuß auch noch ein Grollen hinzu, erdbebenartig und zugleich harmonisch, das an irgendeinem unbekannten Punkt des Theaters entstand. Die Erklärung für dieses Geräusch war, wenn man es nüchtern betrachten will – aber gewiß nicht in jenem Augenblick der Riesenverwirrung –, die folgende: die Herren Orchestermusiker im Theater hatten sich bei dem Schuß und dem Nebelhorn (oder umgekehrt), da sie aufgrund des Verlaufs des Abends sowieso schon nervös waren, alle zugleich ihrer Instrumente entledigt, um besser davonlaufen zu können. Es waren zahlreiche Instrumente – Kontrabaß, Fagott, Trompete, Geigen, Pikkoloflöten, Pauke, Trommeln. Und diese Instrumente, die zuerst in die Luft geworfen wurden und dann zu Boden fielen, verursachten einen gewaltigen Lärm, und zwar genau in dem Teil des Theaters, der mystischer Golf oder so ähnlich genannt wird und dazu bestimmt ist, den Klang der Orchestermusik zu verstärken. Das tat der mystische Golf auch in dieser Situation, allerdings ohne zu wissen, daß es sich gar nicht um Musik handelte. Alle waren deshalb überzeugt, daß das Theater sich mit einem Schlag und ohne ersichtlichen Grund anschickte, im Erdboden zu versinken.

Don Memè Ferraguto hatte sich weder beim Falschsingen noch bei dem Schuß gerührt. Doch bei diesem magischen und ungeheuerlichen Geräusch, das von der Bühnenseite kam, spürte er, wie in seinem Inneren alles in Aufruhr geriet.

»Es ist eine Bombe!« schrie er.

Er packte die völlig benommene Präfektin, hob sie in die Höhe, trug sie in den hinteren Teil der Loge und lehnte sie dort gegen die Wand. Unterdes zückte der

Hauptmann Villaroel aus lauter Übermut mit heftiger Bewegung sein Schwert. Ausgerechnet in diesem Augenblick erhob sich der Bürgermeister, dessen Reflexe etwas langsam waren, aus seinem Sessel und geriet dadurch in Reichweite von Villaroels Säbel. Die Stirn von der spitzen Klinge aufgeschlitzt, fiel er rücklings zu Boden. Niemand achtete auf ihn. Auch der Präfekt sprang auf, eilte an die Seite seiner Gemahlin und bekam so etwas von Don Memès Schutz ab.

Genau das war der Stand der Dinge, als die Leute aus dem Parkett und von den Rängen stürmten und auf den Widerstand der Soldaten trafen, die sie mit Tritten und Säbelhieben zurückstießen. Der Befehl lautete, niemanden hinauszulassen, und diesem Befehl leisteten sie Folge. In dem Durcheinander und wogenden Gedränge geschah es, daß Don Artemisio Laganà, bis dahin ein Mann von gelassenem Gemüt und immer zu vernünftiger Vermittlung bereit, mit einem Schlag den Verstand und sein Urteilsvermögen verlor. Er zog den Degen aus seinem Spazierstock und bohrte ihn in die Schulter des Soldaten Arfio Tarantino. Dabei schrie er, wer weiß warum: »Zum Sturm!«

Nie in seinem Leben hatte Herr Artemisio Laganà eine Soldatenuniform getragen, und doch klang die Stimme, die ihm bei dieser Gelegenheit aus der Brust fuhr, wie die eines kampferfahrenen Soldaten. Der militärische Befehl erschallte gewaltig bis in die Galerie und bewirkte ein heftigeres und geordneteres Vorgehen in der Schlacht gegen die Soldaten, die den Ausgang blockierten.

Die Frauen, denen anfangs ritterlicherweise der Vortritt gelassen worden war, wurden jetzt in die zweite Front zurückgedrängt. Die kräftigeren Burschen und die unternehmungslustigeren Herren gingen zum Angriff über. Es muß noch erwähnt werden, daß dem Gefreiten Vito Caruana infolge des Befehls, keine Menschenseele aus dem Theater hinauszulassen, die Idee gekommen war, den ersten und den zweiten Rang zu verriegeln, hingen die Schlüssel doch griffbereit neben der Tür. Den Zuschauern auf den Rängen blieb also eine Zeitlang nichts weiter übrig, als zu versuchen, die Türen aufzudrücken. Diese gaben dank ihrer soliden Bauweise jedoch nicht nach. Für die Leute im Parkett und auf der Galerie war die Situation anders: sie brauchten keine Türen niederzuwerfen und hatten nur die bewaffneten Soldaten vor sich. Inzwischen hatten die aus dem ersten Rang nach den erfolglosen Versuchen, die Türen zu öffnen, herausgefunden, daß es genügte, über die Brüstung zu klettern und einen kleinen Sprung zu machen, und schon standen sie im geräumigeren Parkett. Das taten sie auch mit gegenseitiger Hilfestellung, und kräftige Arme hievten Frauen und Alte herunter. Die jüngeren Burschen eilten nach der Evakuierung zur Verstärkung der nach draußen drängenden Zuschauer zurück ins Parkett. Auf der Galerie waren die Dinge wieder anders. Beim ersten Karabinerschuß, dem Sirenengeheul des Soprans und dem unheimlichen Geräusch, das darauf gefolgt war, fanden sich Lollò Sciacchitano und sein Freund Sciaverio Seite an Seite wieder, wie sie es bei jeder Kneipenschlägerei hielten. Sie drehten die Köpfe, tauschten einige Blicke und legten wortlos den Aktionsplan fest. Langsam schritten sie in Richtung eines Soldaten, der sie beobachtete, ohne sich zu rühren. Als sie zwei Schritte von ihm entfernt waren, stürzten sie mit lautem Gebrüll auf ihn zu. Der Soldat hob zu Tode erschrocken den Karabiner und zielte. An diesem Punkt kehrten die zwei ihm den Rücken zu und machten immer noch wie die Irren brüllend eine scharfe Kehrtwende in die andere Richtung. Hals über Kopf setzte der Soldat ihnen nach, und das war sein Verhängnis. Sciacchitano blieb mit einem Ruck stehen. Sciaverio rannte weiter, und der Soldat blieb ihm auf den Fersen. Zu spät erkannte er die Falle: Sciacchitano verpaßte ihm einen mächtigen Hieb in den Nacken, und der Soldat brach wie ein leerer Sack zusammen. Den zweiten Soldaten, der den beiden in den Weg trat, ereilte das gleiche Schicksal, nur auf etwas andere Weise. Sciacchitano und Sciaverio stürzten sich auf ihn und stießen ihn mit Gewalt vor sich her. Der Soldat drängte seinerseits in die entgegengesetzte Richtung. Als das Terzett an einem toten Punkt angekommen zu sein schien, machten die zwei urplötzlich einen Schritt zurück: der Soldat verlor das Gleichgewicht und fiel mit dem Gesicht auf den Boden. Sciaverio verpaßte ihm einen Schlag auf den Kopf und beförderte ihn ins Reich der Träume. Dann nahm er ihm den Karabiner weg und holte sich auch noch sechs Patronen aus dem Munitionsgurt. Die restlichen vier Soldaten gaben unter dem Drängen der Zuschauer nach; einer fiel rückwärts die Treppen hinunter, die anderen drei wichen zur Seite. Und die Menge stürzte nach unten zur Eingangshalle.

Im zweiten Rang schien die Situation unverändert. Der Hauptmann Villaroel öffnete vorsichtig die Tür der Königsloge und sah sich um: im Gang war niemand. Der Gefreite Caruana, weit und breit die einzige Person, näherte sich ihm.

»Hier ist alles in Ordnung, Herr Hauptmann. Die können nicht raus, ich habe die Türen verriegelt, und die halten stand. Was soll ich tun?«

»Geh mit deinen Leuten nach unten und steh den Soldaten im Parkett zur Seite. Ich bleibe hier und bewache Seine Exzellenz.«

Caruana gehorchte, während Villaroel mit gezücktem Degen und wachem Auge vor der königlichen Loge Stellung bezog.

Keiner von beiden hatte mit den turnerischen Fähigkeiten Serafino Uccellatores gerechnet, der in jungen Jahren als geschickter Einbrecher und heute als geschätzter Händler für Seilerwaren tätig war. Als Serafino erkannte, daß die im zweiten Rang eingesperrt waren, kletterte er vom Parkett auf die Brüstung des ersten Rangs, richtete sich dort, das Gleichgewicht haltend, auf, hängte sich an die Füße einer Holzstatue, die eine nackte Frauengestalt mit Flügeln darstellte, und baumelte frei in der Luft. Mit einem Schwung erklomm er die Brüstung des oberen Rangs, zog sich mit den Armen hoch und war mit einer halben Kehre auch schon darin. Die seinen Balanceakt mit verfolgt hatten, empfingen ihn mit Beifall. Dort angelangt, zog er seinen Revolver, den er immer bei sich hatte, zielte auf das Türschloß und schoß. Auf den Schuß folgte ein allgemeiner Aufschrei, und die wellenartige Bewegung der Leute nahm zu. Die Tür ging auf. Erschrocken erblickte der Hauptmann Villaroel einen Athleten, der im Laufschritt eine Tür des Rangs nach der anderen aufriß. Wie bei einem Massenausbruch aus dem Gefängnis strömten die Leute mit lautem Geschrei heraus. Den Soldaten, die zur Verteidigung der zwei zentralen Treppenabsätze abgeordnet worden waren, blieb nichts anderes übrig, als sich an die Wand zu pressen und den Entflohenen den Weg freizumachen. Jetzt drängten sich alle Vigateser, die ins Theater gegangen waren, im großen Foyer zusammen. Ins Freie zu gelangen war allerdings unmöglich. Der Oberleutnant Sileci, der mit seinen Soldaten draußen stand, hatte Balken quer zwischen die Türgriffe der großen Vortür aus Holz und Glas gesteckt, so daß sie von innen nicht zu öffnen war. Und obendrein hielt eine Schar von Soldaten die Karabiner drohend Richtung Eingangshalle gerichtet. In dem Gedränge verloren drei oder vier Damen die Besinnung und mußten flach auf den Boden gelegt werden. Auf die gleiche Weise wie Don Artemisio Laganà gewissermaßen die militärische Befehlsgewalt an sich gerissen hatte, fühlte sich der Vereinsvorsitzende Cozzo zum Oberhaupt der Zivilverwaltung berufen.

»Alle ohnmächtigen Damen auf diese Seite!« befahl er.

Man gehorchte. Die Frauen wurden an den Füßen über den Boden geschleift oder an Kopf und Füßen hochgehoben und in einer Ecke der Halle zusammengetragen.

»Zum Sturm! Zum Sturm!« ertönte wieder die Stimme Laganàs.

»Aber draußen steht die Reitermiliz«, gab ihm jemand zu bedenken.

»Und die Soldaten haben die Waffen auf uns gerichtet«, mahnte ein anderer.

Während Ratlosigkeit sich im ganzen Vorraum breitmachte, beschloß der Hauptmann Villaroel, der nicht ahnte, was im Untergeschoß vor sich ging, einen Vorstoß zu wagen.

»Alle nach draußen!« schrie er den Logengästen zu.

Der Präfekt, die Präfektin, Don Memè und der Bürgermeister, der sich ein blutgetränktes Taschentuch auf die Stirn preßte, kamen heraus und wiegten sich in trügerischer Sicherheit, da sie weit und breit keine Menschenseele sahen.

Sie schickten sich an, die Freitreppe hinunterzugehen: der Hauptmann mit dem Säbel vornweg und Don Memè als Nachhut. Als sie auf der Treppe in Sichtweite des Foyers angelangt waren, fanden sie sich einer wogenden, aufgebrachten, stürmischen Menschenwand gegenüber, aus der sich Schreie und Klagelaute erhoben. Da brüllte Villaroel aus voller Kehle: »Platz da für Seine Exzellenz!«

Zur Bekräftigung seiner Worte begann er, blindlings Schläge nach rechts und links zu verteilen. Die Gruppe gelangte zwar in die Eingangshalle, aber keinen Schritt weiter. Zumal der herumschreiende Villaroel, der mit der Breitseite seines Säbels um sich schlug, plötzlich die kalte Mündung eines Karabiners im Genick spürte. Es war die Waffe, die Sciaverio an sich gebracht hatte.

»Wirf den Säbel weg, du Idiot!«

Villaroel gehorchte, und flugs griff Laganà nach der Waffe.

»Zum Sturm! Zum Sturm!« rief dieser mit gezückter Waffe und reichte einem Herrn in der Nähe seinen Stockdegen weiter.

Ob dieses Tohuwabohus drängte Don Memè vorsorglich den Präfekten und seine Gattin in eine Ecke und stellte sich schützend vor sie.

Um nicht tatenlos dazustehen, gab Sciaverio in der Zwischenzeit einen Schuß aus seinem Karabiner ab. Die gläserne Vortür ging zu Bruch, und erneut erhob sich Geschrei aus der Menge.

Don Tanino Licalzi, auch »Flinkhand« genannt, der dem Laster frönte, sämtlichen Damen in seiner Reichweite mit unvorstellbarer Geschicklichkeit an den Arsch zu fassen, hatte im Schutz der Dunkelheit inmitten der dichten Menge eine solche Anzahl von Hinterteilen getätschelt, daß ihm jetzt die rechte Hand schmerzte. Doch er hatte sich in den Kopf gesetzt, daß in seiner Sammlung noch der Allerwerteste der Gemahlin des Präfekten fehlte. Gesagt, getan, bahnte er sich einen Weg durch den Tumult und kam genau neben der Präfektin zu stehen. Mit geschlossenen Augen den Vorgeschmack auskostend, streckte er die Hand aus, befühlte eine mit Seide bedeckte Arschbacke und kniff hinein.

»Jemand hat mir an den Hintern gefaßt!« kreischte die Präfektin entrüstet und mit leicht beglücktem Unterton in der Stimme.

Don Tanino hatte sein Ziel erreicht und sackte in den Knien zusammen, als hätte er die Besinnung verloren. Der Aufschrei der Dame aber hatte sich in Don Memès Herz und Ehrgefühl gebohrt. Außer sich vor Zorn ob dieser frevelhaften Geste zückte er den Revolver und gab drei Schüsse in die Luft ab.

»Platz da! Platz!« schrie er mit erstickter Stimme.

Bei den Schüssen waren die Leute in der Nähe ein Stück weit zurückgewichen, und ein kleiner Freiraum tat sich jetzt um Don Memè, den Präfekten und Gattin auf, die immer noch schimpfte: »Jemand hat mir an den Hintern gefaßt!«

Als der Vorsitzende Cozzo die drei Revolverschüsse vernahm, beschloß er, zur Tat überzugehen. Dieses Mal würde er nach jahrelangem Üben seinen Revolver tatsächlich zücken. Den Zeigefinger auf dem Abzug, überlegte er kurz, und ein Geschmack von Zitrone lag ihm auf der Zunge. Dann schoß er. Die Kugel, nach Jahrzehnten der Gefangenschaft endlich in Freiheit, tobte sich trunken vor Glück auf einer Schußlinie aus, die jeden Fachmann für Ballistik verrückt gemacht hätte. Sie traf die Decke der Eingangshalle, bog in Richtung Wand ab und schlug auf der Seite des bronzenen Basreliefs ein, welches das Gesicht von Maestro Agenore Zummo (1800–1870), dem illustren Leiter des Musikvereins von Vigàta, darstellte. Die Kugel trat aus dem rechten Auge von Maestro Zummo aus und flog in Richtung des riesigen Leuchters, streifte eine kupferne Zinne und drang in einer Parabelbahn ein Stück weit unter die Nackenhaut des Bürgermeisters, dem es nicht gelang, das Blut auf der Stirn zu stillen. Wegen der neuerlichen Verletzung brüllte der Bürgermeister los wie ein abgestochenes Schwein. Bleischwer kippte er nach vorn und schlug sich die Nase ein. Sciaverio war hinter den ausladenden Hinterteilen dreier ohnmächtiger, übereinandergestapelter Damen in Deckung gegangen. Aus lauter Übermut gab er blindlings einen weiteren Schuß mit dem Karabiner ab. In diesem Moment stürzte der Oberleutnant Sileci zu Pferd in den Freiraum um Don Memè und seine zwei Schützlinge. Er hatte sich von seinen Soldaten die Gegentür aufmachen lassen, die jedoch weiterhin Wache hielten, um die Leute am Herausgehen zu hindern. Es war ein Sprung, der in die Annalen der Reitkunst eingehen würde. Der Oberleutnant hatte ihn nicht etwa in einer Reitschule gelernt, sondern dank seiner freundschaftlichen Beziehungen zu einem flüchtigen Banditen, den er hin und wieder in seiner Freizeit zum Vergnügen, aus Zuneigung und geschäftlicher Beziehungen wegen in der Macchia aufsuchte. Sileci beugte sich vom Pferd herab, zog die Frau Präfektin an einem Arm hoch und setzte sie vor sich in den Sattel. Dann packte er den Präfekten, hob ihn in die Höhe und setzte ihn hinter sich. Er gab dem Pferd die Sporen, damit es wieder einen Sprung in die umgekehrte Richtung tat. Aber das Tier schaffte es nicht unter der schweren Last.

Genau in diesem Augenblick gab der Vorsitzende Cozzo, der buchstäblich in Ekstase geraten war, weil er endlich seinen Revolver hatte benutzen können, einen zweiten Schuß ab und zielte hinter die Ohren des Pferds. Das sprang erschrocken über die Menge hinweg und landete vor dem Theater. Sileci brachte mit Unterstützung der Soldaten die Präfektin und den Präfekten zu ihrer Kutsche und ließ sie von vieren seiner Männer eskortiert nach Montelusa fahren.

Silecis Pferd hatte allerdings beim Durchpreschen, ohne es zu wollen, die Reihen der Soldaten gesprengt. Und die Menge stürzte prompt durch die Lücke ins Freie, während die Lichter auf der Piazza ausgingen. Ein paar Burschen aus dem Dorf hatten sich nämlich überlegt, daß die Dunkelheit der Nacht ihren Mitbürgern im Theater zugute käme, und hatten mit Hilfe von Pferden, die sie mit Seilen an die Pfähle banden, drei Lampions umgeworfen. Ohne Grund noch Befehl gingen da die Soldaten auf der Piazza zum Angriff über, und die Leute flüchteten durch die Straßen. An dieser Stelle trugen sich noch andere Dinge zu. Wie die Geschichte mit Sciaverio, der von einem Soldaten verfolgt wurde, auf ihn schoß und ihn an der Hand traf, oder die des Soldaten

Francesco Micciché, der einem auf den Fersen war und in einer schmalen Gasse einen Topf voll Scheiße und Pisse über den Kopf geleert bekam. Der Kommissar hatte sich aus der ganzen Schlacht herausgehalten.

Als das Chaos ausbrach, war er niedergeschlagen auf seinen Sitz im Parkett gesunken und hatte den Kopf in den Händen vergraben.

Es war eine Lust, Feuer zu legen, da gab es keinen Zweifel. Doch beim Zusehen, wie es wuchs, immer höher stieg, sich Platz schaffte, singend alles verschlang, was auf seinem Weg lag, verwandelte sich die Freude nach und nach in Lust, und man hatte plötzlich einen Steifen wie beim Vögeln.

»Ich muß es noch einmal probieren«, sagte sich Traquandi und entblößte seinen Unterleib, wie er es meistens handhabte, wenn er Schlaf finden wollte.

Auf der Liege neben ihm schlummerte Decu schon seit einer Stunde selig. Sein Atem ging tief und regelmäßig, als erzähle er sich selbst eine Gutenachtgeschichte.

In der Nacht darauf wurden sie von einem anhaltenden Klopfen an der Tür geweckt. Es klang nicht so heftig wie ein Befehl, eher wie eine höfliche Bitte um Einlaß. Aber es genügte, die beiden aus dem Schlaf zu reißen und ihnen das Blut in den Adern gefrieren zu lassen.

»Rühr dich nicht und mach bloß nicht auf«, befahl Traquandi, als er mitbekam, daß Decu eine Kerze anzünden wollte. Er griff nach dem Jagdgewehr, das der Freund ihm gegeben und das er ans Kopfende des Bettes gestellt hatte.

Decu erhob sich langsam, ohne irgendein Geräusch zu machen, und der Römer tat das gleiche. Sie stellten sich an die Seiten der Tür, während das Klopfen höflich, aber unablässig weiterging.

»Wer ist da?« fragte Decu mit betonter Sicherheit in der Stimme.

»Ich bin's, Decu, dein Cousin Girlando.«

»Wer zum Teufel ist das?« fragte der Römer.

»Es ist mein Vetter, der Sohn eines Bruders meines Vaters.«

»Und was will der um diese Stunde?«

»Was weiß denn ich. Ich frage ihn am besten.«

Das war nicht mehr nötig, weil der Mann vor der Tür weitersprach: »Mach auf, Decu, ich muß mit dir sprechen, mit dir und dem römischen *picciotto*, der bei dir ist.«

Traquandi machte einen gewaltigen Satz und umklammerte nervös, mit schweißnassen Händen das Gewehr.

»Verdammt noch eins, wie weiß der bloß, daß ich hier bin? Die Sache kommt mir langsam ziemlich faul vor.«

»Ruhig, ruhig!« entgegnete ihm Decu. »Wenn der weiß, daß du dich hier mit mir versteckt hältst, wissen es auch die im Polizeipräsidium in Montelusa.«

Mit einem Schlag begriff Traquandi, was Sache war.

»Du willst mir also sagen, daß der da draußen ein Sbirre ist?«

»Ja, aber in erster Linie ist er mein Vetter.«

»Was soll das heißen, in erster Linie?«

»Das heißt nichts weiter. Nur daß es bei uns noch eine Bedeutung hat.«

»Seid doch vernünftig«, kam es von draußen. »Wenn ich euch hätte fassen wollen, hätte ich das längst getan. Ihr schlieft ja selig wie die Engelchen. Selbst wenn ich die Absicht hätte, euch zu verhaften, könnte ich es nicht tun. Ich bin nämlich unbewaffnet. Und außerdem, Decuzzo, habe ich dich je verraten?«

Diese Worte waren für Decu ausschlaggebend.

»Wir können ihm trauen«, sagte er leise zu Traquandi. Und laut sagte er dann: »In einer Minute mache ich auf.«

Der Römer schlüpfte eilig in seine Kleider. Decu zündete ein Licht an. Dann öffnete er die Tür.

Auf der Schwelle stand ein Mann von mächtiger Statur und hatte die Arme erhoben. In der Rechten hielt er eine Laterne, die ihm in sein derbes Gesicht leuchtete, das eines herzensguten Mannes, wohlgesinnt gegenüber der Welt in ihren mannigfachen Erscheinungsformen – Mensch, Pflanze und Tier.

»Sei gegrüßt, Decuzzo«, sagte er lächelnd. »Darf ich hereinkommen?«

Decu antwortete nicht, trat aber zur Seite, um ihn einzulassen. Der Römer erwartete den Neuankömmling hinten an der Wand stehend und die Flinte auf ihn gerichtet. Aber der Sbirre schien sich nichts weiter daraus zu machen. Er stellte die Laterne auf der Erde ab und setzte sich auf einen Stuhl daneben. Der Lichtschein fiel nur auf ihn und sein lächelndes Gesicht und ließ die anderen im Schattenkegel, beinahe als Demonstration, daß er nichts zu verbergen hatte.

»Und was gibt es?« fragte Decu.

»Das ist eine verwickelte Angelegenheit«, meinte Girlando, »schwierig zu erklären und zu verstehen.«

»Willst du mich etwa verarschen?« schoß Traquandi brutal heraus, der das Zeremoniell nicht begriffen hatte.

»Nein«, erwiderte der Polizist und hob die Hände in die Höhe. »Nein, im Gegenteil.«

»Dann erklär mal genauer, Cousin!«

»Decu, bist du nervös, bin ich es auch. Wenn meine Kollegen im Revier mitkriegen, daß ich hier bei euch bin, ist mindestens meine Karriere, wenn nicht noch mehr beim Teufel. Das muß euch klar sein. Laßt uns vernünftig sein und sehen, wie die Dinge stehen. Also dieser Arsch von Präfekt aus Montelusa beschließt, daß das neue Theater in Vigàta mit einer beschissenen Oper eingeweiht werden soll. Es gelingt ihm auch, und er hat alle gegen sich. Die Opernaufführung endet erwartungsgemäß als totaler Reinfall. Sind wir uns darin einig?«

»Sind wir«, meinte Decu verwundert, weil sein Vetter so um den heißen Brei herum redete, und begriff nicht, worauf er hinauswollte.

»Was geschieht also?« fuhr der Polizist fort. »Zwei Stunden nach dem Riesendurcheinander kehrt wieder Ruhe ein, und das Theater geht in Flammen auf. Und das ist das Seltsame an der Sache.«

»Warum?« schaltete sich Traquandi ein. »Das Feuer braucht doch seine Zeit, um sich auszubreiten. Wenn jemand im Gewühl eine Zigarre hat fallen lassen ...«

Girlando unterbrach ihn mit einem strengen Blick.

»Ich habe hier keine Zeit zu verlieren. Wenn wir uns gegenseitig mit der Geschichte von der Zigarre auf den Arm nehmen wollen, dann verzeiht, aber ich gehe.«

»Mach weiter«, brummte Decu.

»Wir Vigateser sind weit und breit dafür bekannt, daß wir zu den schlimmsten Sachen in der Lage sind. Aber nur in der Hitze des Gefechts, von Angesicht zu Angesicht. Niemals würden wir so was machen: zwei Stunden später und in aller Ruhe fällt einem ein, daß er ja noch was vergessen hat, und zwar das Theater anzuzünden. Wir überlegen es uns hinterher nicht anders, wie es die Hornochsen halten. Das ist der Grund, weshalb das Theater nicht von einem Vigateser, sondern von einem

Auswärtigen angezündet wurde. Und ebendas ist die Ansicht des Kommissars Puglisi, der sich vor knapp zwei Stunden zum Polizeipräsidenten begeben hat, um ihm seine Meinung zu unterbreiten.«

»Und wer ist es laut Puglisi gewesen?« fragte Decu, und alle Farbe wich ihm aus dem Gesicht.

»Laut Puglisi war es der Mazzini-Anhänger aus Rom, der seit vier Tagen im Dorf ist.«

»Ich?« sagte Traquandi forsch.

»Sie, ja«, erwiderte Girlando und blickte ihn unverwandt an.

»Selbst wenn es so wäre, wie könnte Puglisi das beweisen?« fragte Decu.

»Wenn es ihm gelingt, den Herrn hier vor mir zu packen«, sagte der Polizist, »bringt er ihn bestimmt zum Reden, da kannst du die Hand ins Feuer legen, ins selbe, in dem das Theater abgebrannt ist.«

Er tat einen Seufzer, steckte sich an der Flamme der Öllampe eine Zigarre an und genoß es, die zwei in ihrem eigenen Saft schmoren zu lassen.

»Doch ich bin anderer Meinung«, verkündete Girlando nach dem ersten Zug aus der Zigarre, während er der Rauchwolke hinterher sah.

Diese Worte waren für die zwei wie das Treibholz, an das sich die Ertrinkenden klammern.

»Und wie lautet die?« fragten sie wie aus einem Mund.

»Meiner Meinung nach hat Cocò Impiduglia, der Dorftrottel, den Brand im Theater gelegt. Impiduglia ist nicht imstande, ein vernünftiges Wort herauszubringen. Ein Köter hat mehr Hirn als er. Dümmer als ein Stück Vieh ist er. Alle Vigateser wissen, daß seine einzige Befriedigung darin besteht, alles anzuzünden, was ihm unterkommt. Wir haben ihn schon viermal verhaftet, und jedesmal hat er einen Heuschober oder eine Holzhütte in Brand gesteckt. Meiner Meinung nach war er es auch dieses Mal. Puglisi liegt falsch.«

»Wenn Sie so fest überzeugt sind, daß es dieser Arsch von Irrem war, der das Theater in Brand gesteckt hat, warum sind Sie dann heute nacht hergekommen und gehen uns auf den Keks?«

Traquandi war sehr nervös. Er hatte das Taschentuch herausgezogen und trocknete sich ständig den Mund ab.

»Weil die Sache kompliziert ist. Ich werde sie gleich erklären. Puglisi ist nicht nur überzeugt, daß der Mazzini-Anhänger aus Rom den Theaterbrand gelegt und zwei Tote verschuldet hat. Er hat auch die Frechheit besessen, zum Polizeipräsidenten zu sagen, wenn dieser uns sofort den Befehl gegeben hätte, den Römer da zu verhaften, der weder Zeit noch Gelegenheit gehabt hätte, das verfluchte Theater niederzubrennen. Das bedeutet, immer noch laut Puglisi, daß der Herr Polizeipräsident die Verantwortung für das ganze Unglück trägt. Und das bedeutet, daß es ernst wird. Puglisi ist störrisch wie ein Maultier.«

»Was soll denn das heißen?«

»Das bedeutet, der geht stur seinen Weg, ohne nach rechts oder links zu schauen, nicht mal der Tod Samsons mit sämtlichen Philistern bringt ihn aus dem Konzept. Ist das klar?«

»Völlig klar«, erwiderte Decu.

»Nun habe ich von mir aus, ohne ein einziges Wort verlauten zu lassen, beschlossen, nach einer Lösung für das Ganze zu suchen. Da der Polizeipräsident seinem Kommissar den Befehl erteilt hat, den Römer am nächsten Tag bei Morgengrauen, sprich in ein paar Stunden, zu verhaften, habe ich mich schleunigst auf den Weg gemacht und bin hergekommen. Wenn Puglisi also auftaucht und dich, Decu, ganz allein und selig wie im Paradies schlummernd antrifft und keine Spur des Römers in deinem Haus entdeckt, dann wird alles zu einem bloßen Hirngespinst des Kommissars Puglisi. Es gibt keinerlei Beweise, nichts gibt es dann.«

»Ich habe verstanden«, sagte Traquandi. »Ihrer Meinung nach soll ich mich jetzt schnellstens aus dem Staub machen.«

»Genauso ist es«, meinte Girlando.

»Ist gut. Aber einfach so abhauen? Wohin soll ich denn gehen? Wohin bloß?«

»Gerade so ins Blaue hinein nicht. Die würden Sie sofort wieder einfangen, und dann sähe das Ganze übel aus, vor allem für mich, der ich Sie habe entkommen lassen.«

»Was soll ich also tun?«

Girlando legte eine wirkungsvolle Pause ein und drückte den Stummel seiner Zigarre aus.

»An der Kreuzung hundert Meter von hier wartet einer meiner Vertrauten auf Sie. Er heißt Laurentano und hat zwei Pferde bei sich, eins ist für Sie. Wenn Sie jetzt keine Zeit verlieren und sich sofort auf den Weg machen, sind Sie morgen am späten Vormittag in der Gegend von Serradifalco. Dort ist einer meiner Leute, der Sie drei bis vier Tage bei sich aufnehmen kann. Der wird dann selbst sehen, wohin er Sie schickt.«

»Also soll ich gleich gehen?«

»Natürlich. Nach dem Plan, den ich ausgeklügelt hatte, läßt sich alles mit einem Streich in Ordnung bringen.

Puglisi wird Sie nicht antreffen, und alles, was er sich über den Urheber des Theaterbrands zusammengereimt hat, wird keinen Pfifferling wert sein. Obendrein wird mein Vetter leugnen, Sie je kennengelernt zu haben. Ich werde Cocò Impiduglia verhaften und ihn dazu bringen, das zu gestehen, was ich von ihm verlange – und sei es, daß er zu Zeiten Neros auch Rom in Brand gesteckt hat. Auf diese Weise werden wir alle in Frieden und Eintracht weiterleben, mitsamt dem Herrn Polizeipräsidenten, genau wie in den Märchen, die den Kleinen beim Zubettgehen erzählt werden. Lassen Sie es sich gesagt sein, es gibt keinen anderen Weg. Vielleicht wollt ihr beide ein paar Worte miteinander wechseln. Ich gehe einstweilen raus, um ein bißchen frische Luft zu schnappen.«

Sie überlegten hin und her. Einmal gerieten sie fast aneinander, dann umarmten sie sich wieder. Schließlich gelangten sie zu einem Entschluß. Traquandi packte seine Siebensachen, drückte Decu die Hand und verließ in Begleitung des Polizisten die Wohnung.

»Warte auf mich, ich muß mit dir sprechen«, flüsterte Girlando Decu zu, bevor er den Römer hinausbegleitete.

Es war noch keine Viertelstunde vergangen, und schon war er wieder zurück.

Voller Genugtuung meinte er: »Unser römischer Freund ist jetzt in den richtigen Händen. Und du bist mir zu Dank verpflichtet. Wenn ich nicht diesen Einfall gehabt hätte, hätte man dich morgen früh ins Gefängnis geworfen, und es wäre sehr schwer geworden, dich wieder herauszuholen. Vergiß nicht, Decu, es sind zwei Tote im Spiel.«

»Was soll ich machen, wenn Puglisi auftaucht?«

»Du brauchst überhaupt nichts zu machen. Oder werd sauer, zeig dich verblüfft, reg dich auf. Reich mir mal das Jagdgewehr, es wäre nicht ratsam, wenn Puglisi hier eine Feuerwaffe findet. Ich werde sie draußen in den Brunnen werfen. Zu Puglisi sagst du, daß du nichts von diesem Römer weißt, ihn nie zu Gesicht bekommen hast und in dieser Geschichte mit dem Theater unschuldig bist wie der Heiland am Kreuz. Auch wenn er dich verhaftet, weil er ein Dickschädel ist, muß er dich nach einem halben Tag wieder freilassen. Jetzt gib mir einen Schluck Wein, mir ist kalt.«

Sie ritten einen Feldweg entlang, schon tagte es. Mit einem Mal sagte Laurentano, ein Bauerntölpel, wie Traquandi sie mehrfach in diesen Tagen zu Gesicht bekommen hatte, ohne den Kopf zu wenden zu dem Römer: »Sie sind aus Rom?«

»Aus Rom, jawohl.«

»Und wie ist Rom?«

»Schön.«

»Und den Papst, haben Sie den gesehen?«

Traquandi verstand die Frage nicht.

»Was sagen Sie?«

»Haben Sie den Papst gesehen?«

»Nee, den hab' ich nie gesehen.«

»Bei der heiligen Mutter Gottes!« rief Laurentano voller Staunen. »Sie sind aus Rom und haben noch nie den Papst gesehen? Wenn ich in Rom lebte, würde ich den lieben langen Tag auf Knien vor der Kirche warten, wo der Papst drin wohnt, bis ich ihn sehe, und ihn um Vergebung für meine Sünden bitten. Sie sind doch ein Christenmensch, oder nicht?«

Traquandi gab ihm keine Antwort. Sie ritten weiter, und Laurentano machte während der ganzen nächsten Stunden kein einziges Mal den Mund auf.

Beinahe im gleichen Augenblick, da Girlando sich mit Umarmungen und Küssen von seinem Vetter Decu verabschiedete, stand der Kommissar Puglisi in der Diele des Hauses von Mazzaglia.

»Ist Don Pippino da?«

»Ja, aber er liegt im Bett, er fühlt sich nicht wohl. Ich werde fragen, ob er Sie empfangen kann.«

Das Dienstmädchen ging weg. Und wieder überkam Puglisi eine Müdigkeit an Leib und Seele, die er, solange er redete oder etwas tat, noch zügeln konnte. Sobald er aber allein war, und sei es auch nur für wenige Minuten, zog sie ihn schwer hinab. Er spürte, wie ihm die Beine schwach wurden, und lehnte sich an den Rücken eines Stuhls. Ihm war, als sei etwas Schwarzes vor seinen Augen vorübergeflattert. Das Mädchen kam zurück.

»Sie können kommen. Don Pippino fühlt sich besser.«

Er folgte ihr und betrat das Schlafgemach Don Mazzaglias, der mit drei Kissen im Rücken im Bett lagerte. Er war bleich und hatte den Mund halb geöffnet, als bekäme er keine Luft. Mit zitternder Hand machte er dem Herrn Kommissar ein Zeichen, auf einem der Sessel neben dem Bett Platz zu nehmen.

»Mir fehlt die Luft zum Sprechen«, brachte Don Pippino heraus.

»Ich sehe es. Wenn Sie gestatten, stelle ich Ihnen auch nur eine einzige Frage.«

Mazzaglia nickte leicht, er war einverstanden.

»Wo ist der Römer?«

Mazzaglia hob die Hand, als wolle er Puglisi Einhalt gebieten. Dieser sprach in einem Zug weiter, ohne ihm Zeit zu lassen, den Mund aufzumachen.

»Ich weiß, daß der Römer nicht bei Ihnen ist, Euer Wohlgeboren. Sie hätten nämlich einem, der fähig ist, ein Theater abzubrennen und mir nichts, dir nichts zwei unschuldige Menschen umzubringen, keinen Unterschlupf in Ihrem Haus gewährt. Euer Wohlgeboren wäre zu so etwas einfach nicht in der Lage. Ich bin hier, um Sie zu fragen: wo hält sich dieser Mörder versteckt?«

»Ich weiß es nicht«, hauchte Don Pippino.

»Aber ich weiß eines: Euer Wohlgeboren ist krank geworden, weil Sie mit einem solchen Verbrecher in Berührung gekommen sind.«

Don Pippino schloß die Augen. Sein Gesicht schien noch weißer zu werden.

»Wenn Sie nicht sprechen, dann tue ich es. Ich habe mir folgende Rechnung aufgestellt. Euer Wohlgeboren gibt sich mit einem solchen Gesindel wie diesem Traquandi nicht ab. Auch Don Ninì Prestìa, ein Ehrenmann wie Sie, tut so etwas nicht, und ich könnte meine Hand ins Feuer legen, daß auch Bellofiore dazu nicht fähig ist. So bleibt also von euch Mazzini-Anhängern nur einer übrig. Und das ist Decu. Liege ich da falsch?«

Mazzaglia sagte weder ja noch nein.

»Ist es Decu, der den Römer bei sich beherbergt?«

Der Alte rührte sich nicht.

»Danke«, sagte Puglisi und erhob sich. »Ich gehe und hole ihn mir.«

Don Pippinos Hand schnellte hoch und packte den Kommissar heftig am Arm.

»Passen Sie auf, der Römer da ist nichts für Sie.«

Giagia, meine Liebe

»Giagia, meine Liebe,

an diesem Tag will ich Dir, meine Angebetete, ein weiteres Geheimnis verraten. So viele meiner Geheimnisse sind schon in Deinem Besitz, Giagia. Ich habe sie in den Jahren unseres gemeinsamen Wegs Deinem Herzen übergeben, auf daß sie wie eine kostbare Perlenkette Deinen Elfenbeinhals einrahmen. Und da ich mich gänzlich in ihnen wiedererkenne, ist es, als schmiegte ich mich ständig selig an Dein zartes Fleisch. Jetzt will ich eine neue Perle auffädeln.

Giagia, meine Geliebte, die Frage, die sich heute alle in Montelusa, im Umkreis und vor allem in Vigàta stellen, lautet: was war der Grund, weshalb Dein Gemahl, der Präfekt, oder, anders gesagt, der Vertreter des Staats in diesen gewiß nicht lieblichen Gefilden, wünschte, und zwar inbrünstig wünschte, daß das neue Theater von Vigàta mit der Oper *Der Bierbrauer von Preston* von Luigi Ricci eingeweiht werde?

Die Übelgesinnten, und die sind in der Mehrzahl, die in Erfahrung gebracht hatten, daß Blutsbande zwischen dem Impresario der genannten Oper und mir bestehen, haben mit dem Maßstab ihrer armseligen Gemüter mein Vorhaben beurteilt und niederträchtige Mutmaßungen wegen eines angeblichen finanziellen Vorteils angestellt, den ich aus genannter Verwandtschaftsbeziehung hätte ziehen können. Du selbst weißt zu gut, daß meine Familie und ich allen voran keinerlei Beziehungen mit diesem Menschen aufrechterhalten wollen, seitdem sich herausgestellt hat, daß er, außer ein leidenschaftlicher Spieler und Verschwender von Riesenvermögen zu sein, auch mit verruchten Frauen wie Tänzerinnen, Schauspielerinnen und Sängerinnen verkehrt.

Was also ist der Grund für dieses hartnäckig verfolgte Unternehmen des Herrn Präfekten? Das fragt man sich in Montelusa und Umgebung.

Schwer gekämpft habe ich, meine Angebetete, auf daß diese Oper in Vigàta zur Aufführung komme. Mit Gelassenheit und frischem Mut stand ich finstere Zeiten voll heftiger Auseinandersetzungen und übler Verleumdungen durch, um mein Ziel zu erreichen. Von diesen qualvollen Angelegenheiten hast Du nichts erfahren, meine anbetungswürdige Giagia, weil ich sie Dir ersparen wollte und schwieg. Nichts solltest Du zu ertragen haben, bis auf manchen Wandel in meiner Stimmung – und auf immer werde ich Dich dafür um Verzeihung bitten.

Bevor ich Dir den geheimen Grund meines Eingreifens in eine Entscheidung, die einzig und allein der Leitung des neuen Theaters von Vigàta zugestanden hätte, erkläre, muß ich notgedrungen einen Schritt zurück machen.

Wie sah mein Leben in Florenz im Jahr Achtzehnhundertsiebenundvierzig aus? Ich war ein junger Mann aus ehrbarer und angesehener Familie und seinerzeit als Rechtsanwalt tätig. Und doch nagte etwas Krankhaftes und Schwermütiges an meiner Seele. Auf kein Unternehmen wollte ich mich einlassen, da ich alles für vergeblich erachtete und als einzigen Sinn des Lebens den Tod sah. Nicht einmal den Vergnügungen ging ich nach, die der Jugend eignen. Ich schloß mich in ein hartnäckiges Schweigen, in eine leidvolle Einsamkeit ein. Ich gehörte, Giagia, *zu jenem riesigen Friedhof der Ertrunkenen,* von denen der Aleardi in seinen Versen spricht. Aleardi, der Dichter, über dessen Seiten wir in den folgenden Jahren gemeinsam noch so viele Tränen vergießen, so viele Seufzer ausstoßen sollten. Doch dann kam jener unvergeßlich glückliche Abend, als ein wohlgesinnter Freund, der um mein Unglück wußte, der Pepoli – kannst Du Dich noch erinnern? –, mich aus meiner tödlichen Trägheit herausriß und ins Teatro della Pergola mitnahm, wo zum ersten Mal in Florenz eben *Der Bierbrauer von Preston* aufgeführt wurde, von dem ich bislang noch nie etwas gehört hatte. Gewiß folgte ich ihm nicht gerade begeistert.

Angebetete, mir war ganz und gar nicht danach zumute, ein niemals verspürtes Interesse vorzugeben, das bei den ersten Klängen jener Musik und beim Anblick der Figuren auf der Bühne sowieso gleich erstorben wäre. So beschloß ich, mich zum Ende des ersten Akts, nachdem ich mich gebührlich bei dem Freund Pepoli entschuldigt hatte, auf den Heimweg zu machen. Doch gerade als ich meinen müden Schritt durch die festliche Menge zum Ausgang lenkte, erblickte ich Dich, meine Angebetete. Du warst in Himmelblau gekleidet, und himmlisch sahst Du auch aus. Ja, Deine Füße schienen nicht einmal den Erdboden zu berühren. Sofort war ich zu Stein erstarrt. Es dauerte nur eine kurze Weile, und Dein Blick traf den meinigen. O mein Gott! Mein ganzes Leben war im Handumdrehn verändert! Es kehrte sich das Unterste zuoberst wie bei einem Erdbeben, dem keine zerstörerische Gewalt innewohnt. Und was mir zuvor grau und leblos erschien, ward jetzt in Licht getaucht und leuchtete in strahlenden Farben. Um es erneut mit Aleardi zu sagen, Amor breitete seinen wohltuenden Flügel über alles aus. Und Du weißt gut, Giagia, daß ich mich in jenem Augenblick auf immer an Dich band und das Leben mit neuer Kraft und frischem Mut anging…«

Auf der Haut, am Sichkräuseln der Härchen auf seinen Armen spürte Don Memè, daß das Dorf Vigàta sich auf die Theatereinweihung vorbereitete, aber auf eine Art und Weise, die ihm nicht recht behagte. Da war nichts zu machen, denn es handelte sich nicht um greifbare Dinge, sondern um Anspielungen, beredtes Schweigen, schräge Blicke, zuckende Mundwinkel. Er aber hatte sich mit seiner ganzen Person und seiner Ehre dafür eingesetzt, daß alles gutgehen würde. Sollten die Dinge jetzt schieflaufen, wie hätte er dem Präfekten je wieder unter die Augen treten können? Er ging die Hauptstraße von Vigàta auf und ab und warf denen böse Blicke zu, die nicht auf seiner Seite waren, grüßte überschwenglich andere, von denen er wußte, daß sie mit allem, was in erster Linie er und zweitens der Präfekt wollte, einverstanden waren.

»… ich machte kehrt, nicht um die Oper bis zu Ende zu hören, sondern um meinen Augen nicht den unerhörten Schmerz zuzufügen, Deinen Anblick zu missen. Der gütige Himmel hatte es so eingerichtet, daß mein Platz im Parkett recht weit hinten war, so daß der zweite Rang, in dem Du mit Deiner lieben Familie saßest, fast auf meiner Höhe lag. Wohl weil Dein Nacken unter meinen Blicken glühte, kehrtest Du nach einer Weile langsam Dein stolzes Haupt … Deine Augen begegneten den meinigen … und mit einem Mal fühlte ich mich, nicht lachen, meine geliebte Giagia, wie eine Seifenblase, die leicht in der Luft schwebte, aus dem Theater flog, über den Platz hinweg und sich in die Höhe erhob, bis sie die ganze Stadt winzig unter sich sah …«

Arelio Butera und Cocò Cannizzaro waren um vier Uhr in der Früh von Palermo aufgebrochen. Sie handelten mit Saubohnen und Getreide und mußten für drei Tage eine Geschäftsreise durch alle kleinen Dörfer in der Gegend von Montelusa machen. Während sie in Vigàta auf einen Großhändler warteten, mit dem sie eine Verabredung hatten, vertraten sie sich auf der Hauptstraße des Dorfs die Beine. Und bei diesem Spaziergang kamen sie an einem Aushang vorbei, der von zwei Personen mit Coppola und Doppelflinte über der Schulter bewacht wurde.

Sie hielten an, um zu lesen, was da geschrieben stand. Besser gesagt, Cocò las laut vor, da sein Freund Arelio mit dem Lesen und dem Schreiben nicht viel am Hut hatte.

»Außerordentliche Bekanntmachung«, las Cannizzaro, »für Mittwoch abend, zehnter Dezember. Feierliche Einweihung des neuen Theaters von Vigàta namens Re d'Italia. Einzigartige Aufführung der unsterblichen Oper *Der Bierbrauer von Preston* des neapolitanischen Komponisten Luigi Ricci. Der nicht nur in Italien, sondern auf der ganzen Welt große Triumphe gefeiert hat. Seine Werke *Das stürmische Abendmahl* und *Der Schlafwandler* haben den Beifall von Königen und Kaisern sowie vom breiten und gebildeten Publikum erhalten. Für den Erfolg in Vigàta garantieren der Tenor Liborio

Strano als verliebter Bierbrauer und die Sängerin Maddalena Paolazzi in der Rolle seiner schönen Verlobten. Die Aufführung, die mit farbenprächtigen Bühnenbildern und herrlichen Kostümen aufwartet, findet genau um sechs Uhr abends statt. Alle Sänger, das Orchester mit vierzehn Musikern unter der Leitung des hervorragenden Maestros Eusebio Capezzato, der Chor der Gesangsakademie von Neapel erweisen dem Publikum ihre Ehrerbietung und erwarten mit klopfendem Herzen den Beifall der intelligenten Zuschauerschaft von Vigàta, die im neuen Teatro Re d'Italia großzügig sich einfinden möge.«

»Ich habe kein Wort verstanden«, meinte Arelio. »Was soll das bedeuten?«

»Das heißt, daß heute abend hier ein neues Theater aufgemacht und eine Oper gespielt wird, die von einem erzählt, der Bier braut.«

»Cocò, sag mal, schmeckt dir Bier?«

»Nein.«

»Und warum nicht?«

»Weil ich davon rülpsen und pissen muß.«

»Und ich muß rülpsen, pissen und furzen.«

Sie lachten. Aber ihr Gelächter wurde von einer höflichen Stimme unterbrochen: »Gestatten Sie? Darf ich vielleicht auch lachen?«

Überrascht fuhren sie herum und sahen einen Herrn mit hellen Augen, breitem, herzlichem Lächeln und gesittetem Auftreten. Sie tappten in die Falle.

»Wir lachen über unsere Angelegenheiten. Wenn Sie etwas zu lachen haben, lachen Sie doch wegen Ihres eigenen Scheiß«, entgegnete Cocò, wobei er Arelio am Arm faßte und einen Schritt tun wollte.

»Halt«, sagte einer der beiden Männer mit der Coppola auf dem Kopf und nahm das Jagdgewehr von der Schulter. Die beiden Händler hielten inne. Don Memè trat von hinten gewaltsam zwischen die beiden Fremden: »Ich habe gesagt, ich will auch lachen.«

Arelio hob instinktiv die Hand, um zuzuschlagen. Don Memè packte sie in der Luft und drehte sie ihm auf den Rücken, während er Cocò nicht gerade vornehm einen Tritt zwischen die Beine verpaßte. Der schrie auf, hielt sich die Hoden und fiel zu Boden. Eine kleine Schar von Müßiggängern und Passanten hielt in gehörigem Abstand inne und schaute zu.

Arelio hatte schnell wieder die Gewalt über sich gewonnen, trat einen Schritt beiseite und zog einen dreißig Zentimeter langen Dolch mit scharfer Schneide aus dem Gürtel.

»Ach, ach«, tadelte Don Memè und faßte sich mit der Rechten an die hintere Hosentasche, wo er das Schießeisen stecken hatte. An dem plötzlichen Mienenwechsel des Mannes erkannte Arelio, daß diese Geste nicht nur demonstrativ war. Arelio steckte den Dolch in die Scheide und hängte ihn wieder an seinen Gürtel.

»Verzeihen Sie«, sagte er leise.

»Wir können alle mal einen Fehler machen«, sagte Don Memè. »Ich wünsche einen guten Tag.«

Er kehrte den beiden den Rücken zu und ging von dannen. Er war zufrieden, ja, zu lautem Jubel war ihm zumute. Alle hatten gesehen, was geschah, wenn sich einer über die Oper lustig machte. In weniger als einer Stunde würde die Nachricht die Runde im ganzen Dorf gemacht haben.

Arelio half unterdes dem zusammengekrümmten,

jammernden Cocò wieder auf die Beine. Keiner von den Zuschauern machte Anstalten, ihnen behilflich zu sein.

»Darf man wenigstens wissen, was zum Teufel wir falsch gemacht haben?« fragte sich Arelio.

Er wußte keine Antwort, und auch die Müßiggänger gaben ihm keine und nahmen ihren Müßiggang wieder auf, und genausowenig antworteten ihm die Passanten, die ihren Weg fortsetzten.

»... das ist der Grund, warum ich unbedingt gewollt habe, daß in Vigàta diese Oper aufgeführt werde. Einen anderen gibt es nicht. Niemals wird dieser Grund einem Fremden offenbart werden, liegt er doch im Innersten meines und Deines Herzens verborgen. Heute abend werden wir Seite an Seite in der königlichen Loge des Theaters Platz nehmen und nicht mehr getrennt wie damals. Innigst werde ich Dir die Hand drücken. Ich werde sie Dir halten, auf daß Du Dich an die schönsten Augenblicke unserer ersten Begegnung erinnern mögest. Genießen wir gemeinsam, meine Angebetete, dieses Geschenk, das die Zeit und die Gelegenheit mir ermöglicht haben, Dir als Pfand einer Zukunft voller Glück darzubringen. Es küßt Dich mit der Zärtlichkeit, die Dir so sehr gefällt, Dein fürs Leben Dindino.«

Er nahm ein Kuvert, schrieb darauf »An meine Giagia« und schob es in die Tasche. Zur Essenszeit ging er ins Schlafzimmer und steckte den Brief gut sichtbar an den Spiegel des Toilettentischchens. Er erhielt keine Antwort und dachte sogar, Giagia könnte den Brief übersehen haben. Als er im Ankleidezimmer nachsah, war der Brief jedoch verschwunden.

Giagias Schweigen dauerte auch auf der Fahrt in der Karosse von Montelusa nach Vigàta fort. Die Dame schien in Gedanken woanders zu sein. Einmal richtete sie sich die Frisur, dann strich sie sich das Kleid glatt. War es möglich, daß sie den Brief an sich genommen hatte, ohne ihn zu lesen? Der Präfekt hielt es nicht länger aus.

»Hast du meinen Brief gelesen, Giagia?«

»Aber sicher doch. Danke, Dindino.«

Giagia war nun mal so, da war nichts zu machen. Ein Jahr nach ihrer Hochzeit hatte er ihr ein Schmuckstück geschenkt, das ihn zwei Anwesen seines armen Großvaters gekostet hatte. Und der einzige Kommentar von ihr lautete: »Ganz hübsch.«

Die Straße war holprig und voller Löcher, und sie wurden im Wageninnern hin und her geworfen. Nach einer Weile sagte sie: »Aber du täuschst dich, Dindino.«

»Worin täusche ich mich?«

»Im Datum, Dindino. Ich war nicht bei der Aufführung dieses *Bierbrauers.* Den habe ich noch nie gesehen oder gehört.«

»Ist das dein Ernst?«

Bevor sie antwortete, faßte sie sich an die Haare, den Busen, die linke Hüfte, die rechte Hüfte, die Augen und die Lippen.

»Ja, Dindino, das ist mein Ernst. An jenem Abend bin ich nicht ins Theater gegangen. Ich bin mit meiner Großmutter zu Hause geblieben, weil ich meine Tage hatte, Dindino, und mich unwohl fühlte. Da bin ich mir ganz sicher, Dindino. Ich habe in meinem Tagebuch nachgelesen. Ich war zu Hause.«

»Aber wir zwei haben uns doch das erste Mal im Teatro della Pergola gesehen, oder nicht?«

»Gewiß, Dindino, im Teatro della Pergola. Aber sechs Tage später. Und es wurde nicht dieser *Bierbrauer* gegeben, sondern eine Oper von einem gewissen Boccherini, ich glaube, sie hieß *La Giovannina* oder so etwas in der Richtung.«

»Sie hieß *La Clementina,* jetzt erinnere ich mich«, sagte Bortuzzi und verfiel in dumpfes Schweigen.

Die Orangen wuchsen in jenem Jahr üppiger als sonst

Die Orangen wuchsen in jenem Jahr üppiger als sonst. Puglisi bemerkte das, während er sich mit Catalanotti hinter einem steinernen Mäuerchen wenige Meter vom Hause Decus entfernt auf die Lauer legte. Der Tag brach mit einem lästigen, frischen Wind an, der nichts Gutes versprach. Der Kommissar spürte die Kälte doppelt wegen der Müdigkeit in seinen Knochen. Mit Absicht hatte er sich nicht hingelegt, denn in der Horizontalen wäre er für zwei Tage oder gar länger in bleiernen Schlaf gefallen. So war er am Abend zuvor nach der Unterredung mit Don Pippino Mazzaglia nach Hause gegangen, hatte sich gewaschen, umgezogen und war in seinem Zimmer auf und ab gegangen. Nach einer gewissen Zeit hatte er das Bedürfnis verspürt, frische Luft zu schnappen, und hatte sich Richtung Strand aufgemacht. Er spazierte am Meeresufer entlang und dachte, was er nur für einen Mist mit Agatina angestellt hatte. Ja, es war Scheiße. Wenn die Geschichte weiterging, was er sich wünschte, würde der Ehemann zweifelsohne davon Wind bekommen. Eifersüchtig, wie er war, würde er zur Gegenwehr ansetzen. Und der Herr Kommissar, der Arm des Gesetzes, würde im ganzen Ort einen Skandal auslösen und ein schlechtes Beispiel abgeben. Nein, das ging nicht. Mit Agatina mußte es bei einem Wiedersehen so aussehen, als wäre nie etwas zwischen ihnen gewesen. Aber nicht nur das, Agatina selbst müßte begreifen, daß es keine weiteren Begegnungen geben durfte.

»Wenn ich noch fünf Minuten still stehe, werde ich steif wie ein Stockfisch«, sagte Catalanotti leise zu ihm und bewegte die Finger, damit sie nicht gefühllos wurden.

»Du rührst dich nicht vom Fleck«, sagte der Kommissar. »Gib mir Rückendeckung, und komm erst raus, wenn ich dich rufe.«

Das Haus der Garzìa, einst reiche und angesehene Leute, war völlig heruntergekommen. Das Dach war zur Hälfte eingestürzt, das durchlöcherte Vordach schützte kaum noch vor Regen und Wind, und an den Fenstern und an der großen Tür in der Mitte des Hochparterres fehlten die Läden und die Fensterscheiben. Die Zimmer im oberen Stockwerk waren eindeutig unbewohnt, Decu und sein römischer Freund mußten somit im Erdgeschoß schlafen. In geduckter Haltung machte Puglisi einen Spurt bis zur Haustür. Nichts geschah. Also stellte er sich seitlich neben die Tür, streckte den Arm aus und klopfte. Keine Antwort. Er versuchte es noch einmal stärker.

»Wer ist da?« kam eine verschlafene Stimme aus dem Innern.

Puglisi merkte sofort, daß der da drinnen Theater spielte und nur so tat, als sei er gerade erst aufgewacht.

»Ich bin's, der Kommissar Puglisi. Ich muß mit Ihnen sprechen. Kommen Sie heraus.«

»Ich komme gleich, eine Minute Geduld bitte«, und die Stimme klang gar nicht mehr verschlafen, sondern hellwach.

Die Tür ging auf, und Decu stand da, in Wollunterwäsche und mit einer Decke über den Schultern.

»Guten Morgen, Herr Kommissar. Was gibt es?«

»Wo ist der Römer?«

Decu blinzelte, was seine Überraschung zum Ausdruck bringen sollte, doch er war ein schlechter Schauspieler.

»Was für ein Römer?«

»Der Römer, der bei dir ist.«

»Soll das ein Scherz sein? Ich bin allein. Kommen Sie ruhig herein und sehen Sie selbst nach.«

»Geh du voran«, befahl Puglisi mit dem Revolver in der Hand. Die Hausdurchsuchung dauerte nur wenige Minuten. Es gab keine Spur von dem Römer. Puglisi merkte, wie blinde Wut ihn überkam. Da mußte ihm jemand zuvorgekommen sein und die Dinge so gedreht haben, daß der Mazzini-Anhänger verschwinden konnte. Aber noch war das Spiel nicht verloren.

»Zieh dich an«, sagte er zu Decu. »Wir gehen jetzt in die Kaserne und unterhalten uns ein bißchen, du und ich, unter vier Augen. Und hinterher werden wir sehen, wer gescheiter ist, du oder ich.«

Ohne ein Wort zu verlieren, setzte sich Decu aufs Bett und beugte sich nach vorne, um nach seinen Schuhen zu greifen. Er war bereit, alles so zu machen, wie sein Cousin es ihm nahegelegt hatte. Gegen ihn lag ja nicht der geringste Beweis vor. Puglisi konnte sich seinen Dickschädel anderswo einrennen. Aber während er mit einer Hand nach seinen Schuhen tastete, stießen seine Finger auf die kalte Mündung des Revolvers, den er am Tag zuvor dort versteckt und prompt vergessen hatte. Ohne irgendeine Überlegung, rein instinktiv, packte er das Schießeisen und schoß.

Er traf Puglisi mitten in die Brust. Der fiel gegen die Wand, die Waffe glitt ihm aus der Hand, und dann rutschte er mit den Schultern die Wand herunter.

Am Boden zuckte er noch einmal, als wollte er sich bequemer hinlegen.

Catalanotti hörte den Schuß, kam hinter der Mauer hervor und rannte fluchend los in Richtung Haustür. Atemlos trat er ein und sah den Kommissar mit einem großen Blutfleck auf der Brust und aufgerissenen Augen auf dem Boden liegen. Vor ihm stand Decu, zitternd und kreidebleich. Der Revolver war ihm aus der Hand gefallen.

»Du heilige Mutter Gottes«, flüsterte Catalanotti und wußte aus langjähriger Erfahrung, daß sein Freund und Vorgesetzter mit einem Schlag wie eine Kerzenflamme ausgepustet worden war.

»Ich habe das nicht mit Absicht gemacht«, jammerte Decu mit ersterbender Stimme. »Ich wollte ihn nicht umbringen. Es ist mir rausgerutscht.«

Catalanotti sah ihn an. Was er sah, war ein ekliges, dreckiges Ding, mit wenigen Haaren, eine Art Wurm in Menschengestalt. Der sich vor Angst in die Unterhosen pißte, die tropften.

»Rausgerutscht ist es dir?«

»Jawohl, ich schwöre es.«

»Auch mir rutscht es raus«, sagte Catalanotti und schoß ihm ins Gesicht. Dann kauerte er sich neben Puglisi nieder, nahm seinen Kopf in die Hände, küßte ihn auf die Stirn und begann zu weinen.

In der Gegend um Serradifalco begann es hell zu werden. Sie durchquerten ein Tal voll betäubenden Dufts nach Orangenblüten. Der Bauernbursche Laurentano hielt an.

»Ich muß pissen.«

»Ich auch«, meinte Traquandi. Nach sechs Stunden waren das die ersten Worte, die sie miteinander wechselten. Sie stiegen vom Pferd. Der Römer ging an einen Baum, knöpfte den Hosenlatz auf und begann, Wasser zu lassen. Doch genau vor ihm hing an einem niedrigen Ast eine wunderschöne Orange, der er nicht widerstehen konnte.

Mit der Linken hielt er seinen Schwengel, und mit der Rechten wollte er nach der Frucht greifen. Genau in diesem Augenblick schoß Laurentano ihm ins Genick. Der Römer schlug mit dem Kopf gegen den Baumstamm, bevor er platt auf dem Boden aufschlug. Laurentano zog ihm auftragsgemäß den Geldbeutel aus der Rocktasche und steckte sich das Geld, das darin war, und das war viel, in die Tasche. Dann machte er aus dem Geldbeutel, dem Koffer des Fremden und allem, was darin war, einen Haufen und zündete ihn an. Geduldig wartete er ab, bis nur noch Asche übrig war. Dann band er die Zügel des Pferds, das der Römer geritten hatte, an seinen Sattel und schlug wieder die Straße nach Montelusa ein. Besser gesagt, er ritt zum Polizeipräsidium von Montelusa, wo er jeden Tag seine Pflicht tat und dem Doktor Meli zu Diensten stand.

Am Vormittag hatte Don Memè Mut gefaßt und war ins Vorzimmer des Präfekten gegangen.

»Melden Sie Seiner Exzellenz, daß ich hier bin«, sagte er zu Orlando.

Der Amtsdiener blickte ihn einen Moment lang an, dann senkte er den Kopf und sagte kaum vernehmlich: »Seine Exzellenz ist sehr beschäftigt.«

»Auch für mich?«

»Für alle, Don Memè. Er hat es mir ausdrücklich gesagt: ich kann keinen empfangen, nicht einmal den Herrn im Himmel.«

»Und wann darf ich wiederkommen?«

»Das kann ich nicht sagen.«

Don Memè war der Meinung, daß es von seiner Seite aus nicht angemessen war, Orlando noch weiterhin zu belästigen, der scheinbar Geschmack daran gefunden hatte, ihn abzuweisen.

Er machte kehrt und wollte hinausgehen, wobei er den Umstehenden wie gewöhnlich eine heitere Miene zeigte. Da ließ ihn die Stimme des Amtsdieners innehalten.

»Ach, Don Memè, beinahe hätte ich es vergessen. Der Herr Doktor Vasconcellos möchte Sie sprechen. Kommen Sie mit mir.«

Sie gingen durch einen langen Korridor, Orlando voraus und Don Memè hinterher. Vasconcellos war der Kabinettschef des Präfekten. Ein Zwerg, der »Säckchen« genannt wurde, sowohl wegen seiner geringen Statur als auch wegen seiner Angewohnheit, Kleidung zu tragen, in der er jede menschliche Form verlor. Wer ihn näher kannte, nannte ihn »Vipernsäckchen«. Als sie an seiner Tür angelangt waren, machte Orlando Don Memè ein Zeichen zu warten, klopfte und trat ein. Kurz darauf kam er wieder heraus.

»Er erwartet Sie.«

Der Kabinettschef, der sich bis vor zwei Tagen noch bis zum Boden verneigt hätte, um ihm seine Ehrerbietung zu bezeugen, antwortete jetzt weder auf seinen Gruß, noch erhob er sich von seinem Stuhl, der auf einem Podest stand, um ihn zu begrüßen. Wenn es überhaupt eines Beweises bedurfte, daß der Wind jetzt aus einer anderen Richtung wehte, dachte Don Memè, dann war er das.

»Seine Exzellenz«, sagte Vasconcellos, »hat dieses Paket für Sie hinterlassen. Es sind Bücher. Er sagt, sie mögen mit Dank für die Leihgabe ihrem rechtmäßigen Besitzer zurückgegeben werden.«

Es handelte sich sicher um die archäologische Geschichte Siziliens, die er dem Notar Scimè abgezwungen hatte, um sie dem Präfekten zu schenken. Während er das Paket an sich nahm, blitzte Vasconcellos ihn aus Äuglein an, die wahrlich wie die einer Schlange waren, und zischte: »Gute Fastenzeit, Herr Ferraguto.«

Don Memè, in Gedanken verloren, ging wie ein Idiot in die Falle.

»Fastenzeit? Im Dezember?«

»Dezember oder Januar, die Ballsaison ist zu Ende.«

Er hatte es geschafft, dieser Totengräber Vasconcellos, sein ganzes Gift zu verspritzen, wie der Tintenfisch es mit seiner Tinte macht.

Don Memès Wut war so groß, daß sein Kopf in der Kutsche auf dem Nachhauseweg summte, als wäre er voller Fliegen, Bienen und Hornissen. Und da die Wut immer ein schlechter Ratgeber ist, ließ Don Memè das Pferd kehrtmachen und schlug den Weg zu einem abgelegenen Haus in seiner Besitzung bei Sanleone ein. Dort angekommen, aß er mit geringem Appetit ein Stück Frischkäse und ein in Wein gekochtes Huhn. Danach fiel ihm auf, daß die zwei Dutzend Orangenbäume im Garten so voll hingen, daß sich die Zweige bogen. Er nahm einen aus Palmblättern geflochtenen Korb und machte sich an die erste Reihe. Jetzt wollte er an nichts mehr denken und erst einmal alles überschlafen. Dann würde er entscheiden, was zu tun war. Eine Sache aber war sonnenklar: wenn der Präfekt glaubte, sich seiner so einfach entledigen zu können, war er ein größeres Arschloch, als er gedacht hatte. Den Affront, den er in der Präfektur vor aller Augen hinnehmen mußte, würde er ihm übers Maß heimzahlen. Als der Korb schwer nach unten zog, leerte er ihn in einen großen Tragekorb aus Schilfrohr und machte sich an den zweiten Baum. Er arbeitete stundenlang, ohne zu merken, wie die Zeit verging. Als er so gut wie fertig war, hörte er das Geräusch näher kommender Pferdehufe. Er blickte zum Tor hin, wo gerade Gaetanino Sparma, der sogenannte Feldhüter des Abgeordneten Fiannaca, eintraf. Don Memè ging ihm entgegen, wie es der Anstand verlangte.

»Wie schön! Was für eine herrliche Überraschung! Woher wußten Sie denn, daß ich hier bin?«

»Wenn ich mir in den Kopf setze, einen ausfindig zu machen, dann kriege ich den! Selbst wenn er sich als Floh im Fell eines Hundearschs verkrochen hat.«

Sie lachten. Sparma stieg vom Pferd, trat ins Haus und ließ sich ein Glas Wein anbieten. Nachdem Don Memè eine angemessene Zeit hatte verstreichen lassen, um weder zu neugierig noch zu erschrocken zu klingen, fragte er: »Was verschafft mir die Ehre?«

»Der Abgeordnete hat mich geschickt. Er möchte mit Ihnen reden.«

»Heute noch?«

»Nein, nein, es hat Zeit. Es ist nichts von Bedeutung.«

»Wie geht's dem Herrn Abgeordneten? Ist er wohlauf?«

»Dem Himmel sei gedankt, gesundheitlich geht es ihm gut. Aber heute morgen hat er sich sehr ärgern müssen.«

»Über wen, wenn die Frage gestattet ist?«

»Über einen aus Favara. Der Abgeordnete sagte, daß dieser Herr aus Favara nicht den Unterschied zwischen einem hergelaufenen Großmaul und einem Ehrenmann begriffen hat.«

»Ach ja? Und wie hat der Abgeordnete diesen Unterschied erklärt?«

»Ich erzähle es Ihnen«, sagte Sparma, »aber ich will den Herrn nicht mit meinem Geschwätz belästigen. Fahren Sie nur mit Ihrer Arbeit fort. Oder wenn Sie wünschen, kann ich Ihnen behilflich sein und die Orangen zu Ende sammeln. Die sind ja wunderschön.«

»Danke«, erwiderte Don Memè und war auf der Hut. Die Worte des anderen machten ihn mißtrauisch. Er wollte sehen, was der da im Schilde führte.

Sie verließen das Haus. Gaetanino nahm den Sammelkorb und pflückte mit Don Memè Orangen vom selben Baum.

»Der Unterschied«, setzte der Feldhüter seine Rede fort, »besteht nicht nur im Äußeren, sondern in der Substanz. Dieser Herr aus Favara hat sich wer weiß warum mit einem hohen Beamten im Ort zusammengetan. Ein Herz und eine Seele sind sie geworden. Und so hat er anstelle dieses Beamten das gemacht, was eben dem Beamten oder, anders gesagt, dem Gesetz nicht erlaubt ist zu tun. Gewalttätige Übergriffe, Schandtaten, üble Sachen. Einen in der Öffentlichkeit mit Fausthieben traktieren, ihn unschuldig ins Gefängnis werfen, das sind – so sagt der Abgeordnete – Äußerlichkeiten. Aber um solche Dinge zu machen und dabei nicht das Ansehen zu verlieren und vor allem nicht das der Freunde, die dir Vertrauen schenken, dazu braucht es Substanz. Wenn sich aber herausstellt, daß du gar keine Substanz hast, im Innern hohl bist, dich im Wind biegst wie ein dürrer Zweig, da wirst du ein anmaßender Diener und schlimmer noch ein anmaßender Diener des Gesetzes, was von Natur aus verkehrt ist. Ist der Herr auch dieser Meinung?«

»Gewiß bin ich dieser Meinung.«

»Nun kann ein Großmaul, das sich für einen Ehrenmann hält, Schaden anrichten, und zwar sehr großen Schaden.«

Er machte eine Pause, trocknete sich die Stirn mit dem Hemdsärmel.

»Heilige Jungfrau, wieviel habe ich bloß geredet! Und vielleicht habe ich mich gar nicht deutlich ausgedrückt.«

»Der Herr hat sich sehr gut ausgedrückt. Besser ging es nicht!« meinte Don Memè düster.

Der Sinn der Rede war klar. Don Memè würde sich vor dem Gesetz verantworten müssen, seine Beziehungen zum Präfekten erklären und sich rechtfertigen. Die Beleidigung, als Großmaul bezeichnet worden zu sein, brannte ihn heftig. Er hatte keine Lust mehr, Sparma zwischen den Beinen zu haben.

»Die Körbe sind voll«, sagte er. »Gehen wir sie ausleeren.«

Er beugte sich vor, um seinen Korb zu heben, und das war die letzte Bewegung in seinem Leben. Gaetanino war überzeugt, Don Memè alle erdenklichen Gründe genannt zu haben für das, was sein Auftrag war. Er öffnete sein Rasiermesser, packte ihn bei den Haaren, riß seinen

Kopf nach hinten und schnitt ihm die Kehle durch, machte aber gleichzeitig einen Satz, um sich nicht mit Blut zu besudeln. Der Feldhüter war ein Meister in der Handhabung des Rasiermessers, als wäre er zeit seines Lebens Barbier gewesen. Mit der Stiefelspitze drehte er den Toten auf den Rücken und steckte ihm ein Blatt Papier zwischen die Zähne, auf dem außer dem gedruckten Briefkopf nichts stand. Die Inschrift lautete: »Königliche Präfektur von Montelusa«. Wer verstehen wollte, was damit gemeint war, würde verstehen.

Erstes Kapitel

Andere hätten aus den Ereignissen in Vigàta am Abend des zehnten Dezember achtzehnhundertvierundsiebzig, als das frisch eingeweihte Theater »Re d'Italia« wenige Stunden nach der Eröffnungsvorstellung ein Opfer der Flammen wurde, einen Roman gemacht. Nicht wenige Gelegenheiten wären dem Vorhaben eines Schriftstellers und seiner Einbildungskraft zugute gekommen, da viele Punkte schon von Anfang an sehr unklar waren und es auch im folgenden blieben. So konnte man die kühnsten und abartigsten Vermutungen anstellen.

Für mich ist es eine Pflicht, den Verführungen der Einbildungskraft nicht nachzugeben. Ich war es nämlich, der im Alter von knapp zehn Jahren als erster Alarm in Montelusa schlug und meinem armen, vor Jahren verstorbenen Vater, der als Bergbauingenieur tätig war, den Brand meldete. Mit unübertrefflichem Altruismus und allgemeinnützigen Absichten eilte er, begleitet von einigen seiner Arbeiter, nach Vigàta. Er hatte ein von ihm erfundenes Gerät bei sich, das zum Löschen von Bränden oder zumindest ihrer Eindämmung bestimmt war. Voller Sohnesstolz darf ich hier festhalten, daß der prompte Einsatz dieses Geräts dem schon stark in Mitleidenschaft gezogenen Städtchen weitere Schäden ersparte.

Mehr als vierzig Jahre sind nunmehr vergangen, und mein Ansinnen ist heute, diese Geschichte innerhalb der gesicherten Grenzen der Tatsachen, wie sie aus Polizeiakten, Dokumenten, Briefen, Zeugenaussagen hervorgehen, neu zu ordnen, um ein glaubwürdiges Zeugnis zu leisten.

Es muß vorausgeschickt werden, daß Vigàta, ein Fischer- und Bauerndorf, zu jener Zeit eine Bevölkerung von siebentausend Seelen zählte. Verwaltungsmäßig gehörte es zur Provinz von Montelusa, obwohl es geographisch wesentlich näher bei einer anderen Provinzhauptstadt lag, nämlich Agrigent. Professor Baldassare Corallo, ein Chronist jener Zeit, schrieb: »Mit fortschreitender Verbesserung der wirtschaftlichen Lage begann unsere kleine Stadt sich zu jenem bürgerlichen Wohlstand hin zu entwickeln, der das Leben in ganz Italien kennzeichnete. Auch das Bürgertum strebte ein Anheben seines kulturellen Niveaus an und stellte sich mit Eifer den Forderungen der Zivilisation.«

Dazu gehörte natürlich auch der Bau eines Theaters, das nicht nur Vergnügungsstätte gehobenerer Art, sondern zugleich ein Ort für kulturelle Begegnungen, eine Art Gemeindehaus, sein sollte, wo die Bürgerschaft sich von Zeit zu Zeit zusammenfindet, um dem erbaulichen Gastspiel eines auswärtigen Künstlers zu lauschen oder über die Probleme der Gemeinde selbst zu debattieren.

Der Vorschlag, ein Theater zu erbauen, wurde in einer Versammlung des Gemeinderats am siebenundzwanzigsten März achtzehnhundertsiebzig einstimmig angenommen; die öffentliche Auftragsarbeit dazu wurde der Firma »Tempore novo« aus Misilmesi in privaten Verhandlungen übertragen. Daraufhin verbreiteten hartnäckige böse Zungen unter der Bevölkerung das Gerücht, daß sich der Abgeordnete Fiannaca, wenn auch nicht in offizieller Form, an der Spitze der beauftragten Firma befände und daß obendrein der Bürgermeister von Vigàta, der Buchhalter Casimiro Pulitanò, sein Parteigenosse sei.

Keine größere Verleumdung und Lüge kann gegen den Abgeordneten Fiannaca vorgebracht werden, dessen politische Karriere stets das Spiegelbild seiner untadeligen sittlichen Rechtschaffenheit war: in zwei Legislaturperioden wurde er mit überragender Mehrheit von der Bevölkerung gewählt und bekleidete höchst ehrenvoll auch das Amt des Staatssekretärs im Innenministerium. Das ist die reine Wahrheit.

Ein Anarchist, ein gewisser Federico Passerino, ließ ein niederträchtiges und verdorbenes Pamphlet gegen den Abgeordneten drucken, in dem unter anderem eine Klüngelei zwischen Fiannaca und dem Bürgermeister von Vigàta, Pulitanò, wegen des genannten Auftrags unterstellt wird. Es muß vorausgeschickt werden, daß Passerino – ein gottloser Mensch ohne eine Familie hinter sich, der weder eine Stellung noch ein Vermögen vorzuweisen hat und dem sämtliche Eigenschaften fehlen, die Voraussetzung für die Zugehörigkeit zur bürgerlichen Gemeinschaft sind – eines Tages in der Öffentlichkeit persönlich von dem Abgeordneten in Schutz genommen wurde: einige Anhänger des Politikers, empört ob der zahlreichen Anwürfe, die dieses verabscheuungswürdige Wesen gegen das Schaffen des Fiannaca geiferte, hatten ihn zu Recht angegriffen. Der Abgeordnete entschied, mehr um die erhitzten Gemüter zu besänftigen als persönlicher Genugtuung wegen, den höheren Weg der Justiz zu beschreiten, und erstattete im vollen Besitz von Beweisen ordnungsgemäß Anzeige gegen den Passerino. Das Amtsgericht in Montelusa verurteilte ihn wegen Verleumdung. Der Vollständigkeit der Berichterstattung halber muß hinzugefügt werden, daß Margherita, die Frau des Passerino, und der kleine Sohn Andrea, Nirìa genannt, bei der Explosion einer Bombe, die der Anarchist bei sich zu Hause herstellen wollte, einen schrecklichen Tod fanden. Auch bei dieser Gelegenheit wurden üble Stimmen laut, die behaupteten, daß die Bombe in Wirklichkeit durch ein offenstehendes Fenster auf den Passerino geworfen worden sei; diese Gerüchte werden hier um der Unparteilichkeit willen aufgeführt. Die meisten aber sahen in jener Tragödie die strafende Hand des Herrn.

Die Auftragnehmer aber kamen ihren vertraglichen Verpflichtungen nach, wenngleich mit einer beträchtlichen Kostensteigerung, die auf die Abwertung der Lira zurückzuführen war. Das Theater konnte mit nur zehnmonatiger Verspätung über den vorgesehenen Abgabetermin hinaus eingeweiht werden.

Vielfältig und kurios waren die zahlreichen Gerüchte, die wegen der Auswahl der für die Einweihung bestimmten Oper in der Provinz im Umlauf waren. Die Provinz Montelusa wurde in jenen Jahren von zwei herausragenden Staatsdienern regiert. Der erste war Seine Exzellenz der Präfekt Cavaliere Eugenio Bortuzzi aus Florenz; der zweite der Polizeipräsident Cavaliere Everardo Colombo aus Mailand.

Gleich nach seiner Ankunft in unserer Gegend war Bortuzzi pflichtgetreu bestrebt, sich eine persönliche Kenntnis von Menschen und Dingen anzueignen, die er, wie er es auch tat, edelmütig regieren sollte. Von Carmelo Ferraguto, dem damals fünfzehnjährigen Sohn des verstorbenen Emanuele, von allen vertraulich »Gevatter Memè« genannt, der für die Bedürfnisse seiner Mitmenschen stets ein offenes Ohr gehabt hatte, habe ich erfahren, wie Seine Exzellenz der Präfekt sich dessen Vater geneigt machte, um von ihm ausgiebig über die örtlichen Gegebenheiten unterrichtet zu werden und sich ein möglichst vollständiges Bild über den Zustand unserer Provinz zu verschaffen.

Das verdienstvolle Werk Emanuele Ferragutos konnte leider nicht fortgesetzt werden, da er von unbekannten Meuchelmördern und aus ebenso unbekannten Gründen abgeschlachtet wurde, während er ahnungslos zur Obsternte auf einem seiner Landgüter weilte.

Der Präfekt Bortuzzi, ein Mann von großer Kultur und edlem Geist (wie hätte es auch anders sein können, kam er doch aus Florenz, der Geburtsstätte der Kunst), sah es als seine Pflicht an, die Vigateser in der Kunst zu unterweisen oder vielmehr sie väterlich auf den ersten Schritten hin zum Genuß des Erhabenen zu geleiten.

Als einfacher Bürger und nicht ob seiner Amtsgewalt tat er im Verlauf einer Tafelrunde im Hause eines Freundes gegenüber dem Marchese Pio di Condò, dem Vorsitzenden des Verwaltungsrats des Theaters, seine bescheidene Meinung kund, daß nämlich die Oper *Der Bierbrauer von Preston* des Komponisten Luigi Ricci einen idealen Gradus ad parnassum für die Vigateser darstellen könnte. Aufgrund dieser Meinungsbekundung, die, das möchten wir wiederholen, in der alleinigen Absicht erfolgte, keine ungünstige Stimmung innerhalb der Bevölkerung aufkommen zu lassen, die gewiß noch nicht in der Lage war, die Schönheit und die Tiefe feinsinniger ausgerichteter Opern mit komplexerem Aufbau vollständig auszukosten, kam ein gefährliches Mißverständnis auf. Einige Mitglieder des Verwaltungsrats sahen oder wollten in der freundschaftlichen Empfehlung Seiner Exzellenz bei Tisch eine Anordnung von Amts wegen sehen, was dem Moralverständnis des Präfekten völlig fernlag. Aufgrund der sich anschließenden lebhaften Auseinandersetzungen sah sich der Marchese Antonino Pio di Condò gezwungen, seinen Rücktritt einzureichen. Nach endlosen Diskussionen und Wortgefechten wurde an seiner Stelle der Commendatore Massimo Però ernannt, der aufgrund eines sachkundigen Hinweises eines Mitglieds des Verwaltungsrats, des Professors Amilcare Ragona (der sich eigens nach Neapel begeben hatte, um einer Aufführung der umstrittenen Oper beizuwohnen), erneut den *Bierbrauer von Preston* als Stück für die Einweihung vorschlug.

Was läßt sich an dieser Stelle anderes sagen, als daß der Widerstand eines Teils des Verwaltungsrats noch stärker, die bösartigen Anspielungen noch zahlreicher wurden und die schlimmsten Gerüchte hemmungslose Verbreitung fanden? So hoch schlugen die Wellen, daß Seine Exzellenz Bortuzzi schweren Herzens zur Auflösung des Verwaltungsrats schreiten und einen außerordentlichen Kommissar, Sisinio Trincanato, einsetzen mußte, einen hohen Funktionär der Präfektur, dessen Unparteilichkeit unbestritten war. Bei jener Gelegenheit wurde das Gerücht in Umlauf gesetzt, daß Trincanato als Schwager des Herrn Emanuele Ferraguto sich in keinem Fall dem gemeinschaftlich von Präfekt und Ferraguto auf ihn ausgeübten Druck entziehen können würde. Erwartungsgemäß bewies Trincanato jedoch auch in dieser Lage seine unbedingte Entscheidungsfreiheit. Ja, mehr noch: bevor er eine Entscheidung traf, hörte er die Meinung einiger Mitglieder des aufgelösten Verwaltungsrats an, beratschlagte sich mit angesehenen Bürgern und zog erst dann seine demokratischen Schlußfolgerungen. So fiel die Wahl endgültig auf den *Bierbrauer.*

Im Gegensatz zu dem, was in Zeitungen und Kreisen laut wurde, die der Regierungspartei nicht freundlich gesinnt waren, wurde die Aufführung nicht von relevanten Mißhelligkeitsbekundungen gestört. Es gab Ausrufe des Staunens über die Schönheit der Bühnenbilder und die Pracht der Kostüme sowie die Erlesenheit der Musik und die Bravour der Sänger. Einige Demonstrationen von Unkultur kamen von Zuschauern auf der Galerie. Aber es handelte sich in erster Linie um naive Kommentare von Leuten, die noch nie ihren Fuß in ein Theater gesetzt hatten und nicht wußten, was korrektes Benehmen hieß. Diese undisziplinierten Theaterbesucher zu gesittetem Verhalten aufzurufen hätte der örtliche Polizeikommissar, Sebastiano Puglisi, Sorge tragen müssen. Doch gerade er ist der wunde Punkt dieses unglückseligen Ereignisses, und wir werden uns bemühen, ihn genauer unter die Lupe zu nehmen. Puglisi ist ein ordinärer Mensch von heftigem Temperament – üble Eigenschaften, die durch sein ehebrecherisches Verhältnis mit einer jungen Frau aus Vigàta, deren Schwester, eine Witwe, infolge des Brands eines grausamen Todes starb, noch verstärkt wurden. Vielleicht um das untreue Weib mit großzügigen Geschenken an sich zu binden, hatte Puglisi sich der Protektion des illegalen Lotteriespiels verschrieben, das zu jener Zeit auf der Insel eine schlimme Plage war, die ausgerechnet im Schutze derjenigen gedieh, die eigentlich gegen sie vorgehen und dieses Laster unterbinden sollten. Bei dem von Präfekt und Polizeipräsident umgehend eingeleiteten Kampf gegen das Verbrechen kam die Rolle des Puglisi in diesem schmutzigen Geschäft ans Tageslicht. Aber Puglisi konnte seinen Kopf aus der Schlinge ziehen; dank einer Fehleinschätzung des Polizeipräsidenten, die nur seinem gutmütigen Wesen zuzuschreiben ist, konnte der Kommissar im Amt bleiben und da sein intrigantes Werk fortsetzen. Anstatt während der Theatervorstellung einzuschreiten und umzustimmen, zu besänftigen und zu bekehren, zeigte er dann auch, wie es einem üblen Charakter nun einmal eigen ist, eine Art hochmütiger Gleichgültigkeit. Der Vollständigkeit halber muß gesagt sein, daß Puglisi zwei Tage nach dem Theaterbrand ein schmähliches Ende fand. Wie im nachhinein geklärt werden konnte, hatte er sich im Haus eines gewissen Diego Garzìa, eines jungen Menschen aus einer einst bedeutenden, inzwischen verarmten Familie, der wohl aufgrund familiärer Unglücksfälle auf Abwege geraten war, ein Stelldichein mit Delinquenten, Untergetauchten und Straßenräubern gegeben. Es besteht kein Zweifel, daß es sich um eine Zusammenkunft handelte, bei der neue kriminelle Unternehmungen beschlossen werden sollten: Puglisi fand sich dort mit seinem privaten Revolver ein (seine Dienstwaffe wurde in der Schublade seines Amtsschreibtisches in Vigàta gefunden). Wäre dies eine Operation zur Unterdrückung zukünftiger Verbrechen gewesen, hätte er als erstes das Polizeipräsidium und zweitens die ihm untergebenen Männer verständigen müssen. Er aber versetzte niemanden in Alarmbereitschaft und begab sich allein dorthin – ein Zeichen dafür, daß er keine Zeugen wollte. Im Hause des Garzìa muß wohl eine Auseinandersetzung, wahrscheinlich wegen der Aufteilung der Beute, eine Abrechnung, wie es gewöhnlich heißt, stattgefunden haben. Garzìa und Puglisi griffen zu den Waffen und brachten sich gegenseitig um. Die sofort von dem neuen Kommissar in Vigàta, Catalanotti, eingeleiteten Ermittlungen haben diesen Hergang klar bestätigt.

Es wurde außerdem völlig unangebrachterweise von dem Einschreiten einer Reiterkompanie unter dem Kommando des Hauptmanns Villaroel (der später seine Karriere als Oberst der königlichen Karabinieri abschloß) während der Vorgänge, die zum Brand des Theaters führten, gesprochen. Es ist wahr, ein Militärkommando war zum Schutz der anwesenden Würdenträger vor dem Theater aufgestellt, aber es handelte sich in erster Linie um eine Ehrenwache. Ungefähr in der Mitte des zweiten Akts begannen zwei weinselige junge Burschen auf dem Theatervorplatz aus keinem anderen Grund als dem der Ruhestörung Radau zu machen. Deshalb beschloß der Hauptmann Villaroel, die Zuschauer darauf hinzuweisen, daß es nicht angebracht sei, einzeln und in kleinen Gruppen das Theater zu verlassen – eben um unangenehme Zusammenstöße zu vermeiden. Unerklärlich bleibt jedoch die panikartige Reaktion beim unerwarteten Kieksen (wie es im Jargon der Musiker heißt) der ansonsten hervorragenden Sängerin Maddalena Paolazzi. Ein falscher Ton ist bekanntlich ein bedauerlicher Unfall, der in jedem Theater und bei den besten Sängern vorkommen kann. Doch seit Menschengedenken hat ein solcher Fehler in keinem Theater der Welt jemals einen so rasenden Schrecken ausgelöst. Für dieses scheinbar irrationale Verhalten sind wir in geduldigen Untersuchungen und mit Hilfe hervorragender Erforscher der menschlichen Seele zu einer rationalen Erklärung gekommen, die wir später darlegen werden.

Bleibt noch der Brand zu erwähnen. Fest steht, daß er mindestens zwei Stunden nach dem Abbruch der Aufführung ausgebrochen war, als die Leute schon eine ganze Weile zu ihren häuslichen Beschäftigungen zurückgekehrt waren. Wichtigste Frage ist somit die folgende: was war die Ursache der Feuersbrunst?

Während das Theater ein Opfer der Flammen wurde, kam man allgemein zu der Überzeugung, daß das Unglück versehentlich durch einen glühenden Zigarrenstummel ausgelöst worden sei, der in der Nähe eines leicht entflammbaren Gegenstandes – eines Vorhangs, eines Sessels, eines Teppichs – fallen gelassen worden war. Die dazwischenliegenden zwei Stunden erklären sich vortrefflich als notwendiger Zeitraum, in dem aus einem unachtsam hingeworfenen Zigarrenstummel bei langsamem Schwelen ein echter Brand entstehen konnte. Diese vom gesunden Menschenverstand diktierte Erklärung wollte man um jeden Preis durch eine andere verdrängen, die denen besser zupaß kam, die sich die Gelegenheit zunutze machen wollten, um das Werk der Obrigkeit in Frage zu stellen. Es wurde beispielsweise von der Präsenz eines gefährlichen Mitglieds der Mazzini-Sekte im Dorf gesprochen. Im übrigen darf nicht vergessen werden, daß zu jener Zeit die Insel von republikanischem Enthusiasmus erfaßt war. Und tatsächlich wurde nur einige Monate später Mazzini selbst bei einem heimlichen Landungsversuch in Palermo verhaftet. Wie auch immer, jedenfalls findet sich weder im königlichen Polizeipräsidium in Montelusa noch im Kommissariat von Vigàta irgendeine Spur von der

Durchreise dieses nicht faßbaren Revolutionärs in Vigàta. Catalanotti, der rechte Arm des berüchtigten Puglisi, behauptete wohlbedacht, daß sein Vorgesetzter ihm niemals gesagt habe, er wüßte über die Anwesenheit eines gewalttätigen Aufwieglers und vermutlichen Brandstifters im Ort Bescheid.

Das Buch des Abgeordneten Fiannaca *(Sizilianische Schlachten)* ist im übrigen eine großzügige Anerkennung der Verdienste der Republikaner in Vigàta, die er, wenngleich seine politischen Gegner, über den infamen Verdacht jedweder Mittäterschaft erhaben erachtet. Die These von der Brandstiftung wurde auch von einem jungen Gutachter der »Fondiaria-Versicherungsgesellschaft« vertreten (ohne einer bestimmten Person die Urheberschaft der Schandtat zuzusprechen): das Feuer soll durch zwei mit Petroleum gefüllte und mit brennender Zündschnur in die Unterbühne des Theaters geworfene Spardosen gelegt worden sein. Welch Hirngespinst diese Rekonstruktion war, bewies kurz darauf Doktor Meli, der nach dem gewaltsamen Tod des Kommissars Puglisi vom Polizeipräsidenten Colombo mit der Weiterführung der Ermittlungen betraut worden war. Doktor Meli (der seine Karriere in einem sehr hohen Amt im römischen Innenministerium auf brillante Weise abschloß) bewies mit unbestreitbarer Gewißheit, daß die zwei Spardosen den Kindern des Hausmeisters des Theaters gehörten, die sie aus kindlichem Mißtrauen eben in der Unterbühne versteckt hatten. Vollständige Bestätigung erhielten die Ermittlungsbeamten durch den Fund zahlreicher kleiner Münzen im Umkreis der Scherben dieser Behälter, die zuvor aufgrund der Brandschäden nicht entdeckt worden waren.

Der Brand verursachte auf mittelbarem wie unmittelbarem Wege den schmerzlichen und entsetzlichen Verlust dreier Menschenleben.

An dieser Stelle bin ich gezwungen, auf einen Umstand einzugehen, auf den ich wegen der Schwere des Falls und des üblen Geruchs, den jener verbreitet, gerne verzichtet hätte. In wenigen Worten: die Flammen des Brands griffen auch auf ein kleines dreistöckiges Haus über, das unmittelbar hinter dem Theater stand. Dort gab es zwei Tote, eine junge Witwe und einen Mann, der auf den ersten Blick beim selbstlosen Rettungsversuch der Frau sein Leben gelassen zu haben schien. Das leitete sich aus der Stellung der Toten ab. In Wirklichkeit handelte es sich jedoch um eine ebenso makabre wie schamlose Inszenierung des Kommissars Puglisi. Die junge Witwe war wie jener Mann, der ihr Liebhaber war und in dessen Armen sie bis zu jenem Augenblick schändlich gelegen hatte, schlafend am Rauch erstickt. Beeinflußt von seiner Geliebten, der Schwester der zu Tode gekommenen Witwe, manipulierte Puglisi die Leichen und brachte sie in eine andere Stellung, auf daß es so aussähe, als hätte die Witwe allein gelegen, und der Mann wäre durchs Fenster gestiegen, um sie zu retten. Catalanotti wurde dieser obszönen Fälschung sofort gewahr und verfaßte wenige Stunden später, nach Überprüfung der Indizien, zum Beweis der Richtigkeit seiner These einen Rapport an den Doktor Meli, der eindeutig der Wahrheit entsprach.

Tatsächlich aber ließ der Doktor Gammacurta, einer der beiden Ärzte von Vigàta, sein Leben bei dem selbstlosen Versuch, die junge Witwe zu retten. Als er bemerkte, daß die Flammen das kleine Haus hinter dem

Theater bedrohten, und sich an die Witwe, eine seiner Patientinnen, im letzten Stock erinnerte, kletterte er auf die Spitze eines Salzbergs, ein Vorratslager, das fast an die Rückwand der Behausung reichte. Der Rettungsversuch wurde durch einen Herzinfarkt vereitelt, der ihn bei seiner altruistischen und heroischen Aktion ereilte. Die Verwundungen an seinem Körper stammten laut Befund der Autopsie, die von einem Amtsarzt der Quästur durchgeführt wurde, von den unzähligen Hindernissen, die Gammacurta auf seinem unheilvollen Weg zu überwinden hatte.

Doch von diesen und anderen, noch unbekannten Episoden wird in den folgenden Kapiteln ausführlich die Rede sein.

Nachbemerkung

Dieser *Rapport über die sozialen und wirtschaftlichen Zustände in Sizilien* (nicht der bekanntere von Franchetti und Sonnino) wurde 1875/76 vom italienischen Parlament in Auftrag gegeben und erschien 1969 bei Cappelli Editore in Bologna. Für mich erwies er sich als eine Fundgrube. Die mehreren hundert Seiten mit Fragen, Antworten und Kommentaren ergaben den Stoff für meinen Roman *La stagione della caccia* und den Essay *La bolla di componenda.*

Auch der vorliegende Roman verdankt sein Entstehen dieser Quelle. In der Sitzung der parlamentarischen Untersuchungskommission am 24. Dezember 1875 wurde der Journalist Giovanni Mulè Bertolo angehört: man wollte in Erfahrung bringen, welches die Haltung der Bevölkerung von Caltanissetta und Umgebung gegenüber der Regierungspolitik sei. Der Journalist erklärt an einer Stelle, daß sich die Lage ab dem Tag deutlich gebessert hätte, als der Präfekt vor Ort, der Florentiner Fortuzzi, der sich bei der Bevölkerung äußerst unbeliebt gemacht hatte, versetzt worden sei. (»Fortuzzi wollte Sizilien anhand von Illustrationen in Büchern studieren. Wenn ein Buch keine Abbildungen hatte, war es wertlos… Er hockte immer zwischen seinen vier Wänden, umgeben von drei oder vier Individuen, von denen er sich beraten ließ.«)

Fortuzzi brachte das Faß zum Überlaufen, als er für die

Einweihung des neuen Theaters von Caltanissetta die Aufführung der Oper *Der Bierbrauer von Preston* anordnete. (»Er wollte uns Barbaren dieser Stadt sogar die Musik aufzwingen! Und obendrein mit unserem Geld«, empörte sich Giovanni Mulè Bertolo.) Trotz des Widerstands der Autoritäten vor Ort gelang ihm sein Vorhaben, und das Schöne daran ist, daß man nie in Erfahrung gebracht hat, warum er sich so heftig auf die Aufführung des *Bierbrauers* versteift hatte. Während der Vorstellung kam es erwartungsgemäß zu zahlreichen Unfällen; ein Postbeamter, der sein Mißfallen lauthals zum Ausdruck gebracht hatte, wurde anderntags versetzt (»er mußte seine Stellung aufgeben, da sein Jahresgehalt die 700 Lire nicht überstieg und er sich nicht von Caltanissetta entfernen konnte«); die Sänger wurden ausgepfiffen. In einem bestimmten Moment mußte etwas Ernsthafteres geschehen sein, immer noch laut den Worten des Journalisten, »denn es drangen berittene Soldaten und bewaffnete Truppen ins Theater ein«. An dieser Stelle der Anhörung ziehen die Mitglieder der parlamentarischen Kommission es jedoch vor, zu einem anderen Thema überzuwechseln.

Die Geschichte, wenn auch nur in knappen Worten in dem Bericht skizziert, packte mich, und ich begann, an ihr zu arbeiten. Heraus kam dieser Roman, der abgesehen von dem Grundmotiv natürlich erfunden ist.

Mein Dank geht an Dirk Karsten van den Berg, der für mich das Libretto und die Partitur des *Bierbrauers* auftreiben konnte.

Ich widme diese Geschichte Alessandra, Arianna und Francesco, die sie lesen werden, wenn sie groß sind, und hoffentlich darin die Stimme ihres Großvaters wiederhören werden.

Inhalt

P.S. Zu dieser späten Stunde, ich meine, jetzt, wo wir beim Inhaltsverzeichnis angekommen sind, werden die Leser, die bis hierher durchgehalten haben, sicherlich gemerkt haben, daß die vom Autor vorgeschlagene Reihenfolge der Kapitel nur ein Vorschlag ist: tatsächlich kann sich jeder Leser, wenn er will, seine eigene Sequenz zusammenstellen.

Nachbemerkung der Übersetzerin

Andrea Camilleri, nicht nur »Regisseur« dieser *Oper*, hatte, bevor er mit dem Schreiben anfing, jahrelange Erfahrung als Theaterregisseur gesammelt. Dieser Reichtum hat seiner erzählerischen Sprache den unverkennbaren Stempel seiner Herkunft, nämlich aus bester sizilianischer Tradition, aufgedrückt – was bedeutet, das Leben als eine endlose Tragikomödie zu begreifen. Ganz neu aber ist Camilleris Sprache. Seit seinem ersten Roman (*Il corso delle cose*, in den siebziger Jahren zu Papier gebracht) drängte und drückte es ihn, eine Sprache zu finden, *die ganz ihm gehöre* und das vollkommene sowie originelle Gewand für *seine* sizilianischen Geschichten wäre: *Ich hatte es satt, mich immer in fremder Leute Sprache auszudrücken.*

Ein vielleicht nicht ganz unwichtiges Detail: schon seinerzeit lebte Camilleri »im Exil«, in Rom, wo die höchste der politischen Künste, das Reden, die Rhetorik, besonders gepflegt ist. Der Schritt zur Rückbesinnung auf das eigene Hineingewachsensein in die Wörter war winzig und geriet zu einem lebhaften Dialog mit der Sprache seiner Heimatinsel. Heraus kam die »handgestrickte« *Sprache, wie sie zum Privatgebrauch in den vier Wänden seines Vaterhauses gesprochen wurde* – ein geniales Geflecht aus italienischer Alltagssprache und sizilianischem Dialekt agrigentinischer Färbung.

Ein weiteres, vielleicht unwichtiges Detail: die Übersetzerin des vorliegenden Romans lebt ebenfalls und schon lange im Exil, in Italien inklusive Inseln (Elba, Sardinien, Sizilien), und konnte also – unter Camilleris »Regie« – aus dem vollen schöpfen. Der Schlüssel war gut geölt und paßte. Denn um die »Szenenbilder« in meiner Sprache bildhaft zu machen, brauchte ich nicht den Umweg einzuschlagen, für die dialektalen Ausdrücke und Namen Äquivalente im Hochitalienischen zu suchen. (Herausgekommen wäre eine künstliche, fiktive Sprachebene, von der aus ich ein nicht authentisches Hochdeutsch angepeilt hätte.) Ich habe mich statt dessen selbst auf jene »Opernbühne« gestellt und einfach mitgespielt. Die Spielregeln der »commedia all'italiana« hatte ich mir im Laufe der Jahre angeeignet; mein Staunen über die *pazzia degli italiani*, mein leicht mitleidiges Lächeln über ihre mentalitätsbedingten Schranken und mein wütendes Fasziniertsein dieser unbegreiflichen Realität sind in mir lebendig wie eh und je.

Die *Sizilianische Oper* baut effektvoll auf dem Spannungsverhältnis zwischen raffiniertem Sikulisch und anderen gestandenen Regionalsprachen auf. In Florenz, der *Wiege der Kultur* gleichwie Heimatstadt *Seiner Exzellenz des Präfekten Bortuzzi*, lebend hörte ich den steinigen, holprigen Klang des Toskanischen herrlich mißtönend, ließ mich aber auch auf das Mailänderische (ein Amalgam aus Lateinisch, Spanisch und Österreichisch), das »arabisch« klingende Piemontesisch und das lässig arrogante bis vulgäre Römisch, den Hauptstadtslang, ein.

Die Versuchung war groß, sich beim Übertragen dieser Sprache aus dem Süden (auch als politischem Ort) an die südliche Linie der deutschen Lande zu halten und Begriffe zu schöpfen aus dem Alemannischen, »Badensischen«, »Pälzerischen«, »Stuurgarterischen«, »Bajuvarischen«, »Großösterreichischen«. Nehmen wir das feinfühlig diminutive Adverb *tanticchia* je nach Kontext = *etwas mehr als wenig, lange nicht viel, die eigentliche Menge zurücknehmend, verbergend, unter- oder übertreibend* … was hätte sich da, je nach Kontext, nicht alles bilden lassen. Wehmütig habe ich einer nüchternen, dudenabgesegneten Diktion stattgegeben. Hätte ich, südwärts Strebende, für die Übertragung des Sizilianischen einen süddeutschen Dialekt gewählt, wie hätte ich mich bloß bei den anderen verhalten sollen?

Auf dem Hintergrund der historischen Erzählwelt, der Irrungen und Wirrungen bei der Bildung des italienischen Staatenpuzzles, der Unità d'Italia, des italienischen Einheitsstaats (den es meiner Ansicht nach auch heute noch nicht gibt) zeichnet sich das Grundthema ab: Sprache nicht nur als Machtinstrument, sondern als wirksame Form des Widerstands zu gebrauchen. Die Parole heißt seit immer schon: auf der Hut vor unliebsamen Zuhörern, den Fremdherrschern, sein, die die Geschicke Siziliens seit Jahrtausenden lenken. Deshalb wird der sizilianische Dialekt (dessen Verben keine Zukunftsformen kennen) quer durch die Klassen gesprochen und verstanden: adlige wie nichtadlige Großgrundbesitzer, Handeltreibende, Intellektuelle und das arbeitende Volk hatten und haben sich letztlich alle auf die eine oder andere Weise gegen die alten wie neuen Invasoren zur Wehr zu setzen. Auch der reinen Geist atmende sizilianische Intellektuelle, Kosmopolit oder bodenständige Städter beherrscht die gesamte Skala des Sizilianischen. Etwas Vergleichbares gibt es im Deutschen nicht. Denn Dialekteinschläge, herkunftsweisende Tonfälle sind in den bildungshungrigen Klassen wie

Unkraut zu jäten, um den Boden fein krümelig für ein reines »gutes Deutsch« zu machen.

Wenn die anderen uns nicht verstehen sollen: um die »Geheimsprache« noch »mysteriöser« zu machen, ist das Sizilianische mit den Kodes der nonverbalen Kommunikation durchsetzt, die ganze Romane erzählen – wie uns Camilleri sinnlich und anschaulich im »Liebeskapitel« verdeutlicht. Die stumme Sprache der einzelnen Körperteile Concettas und Gaspànos – angefangen bei den Blickkontakten, verwoben mit der Seemannsdialektik, die nur *Schiff* und *Hafen* kennt – zu übersetzen war für mich ein besonderer Lustgewinn. Leise Ratlosigkeit machte sich erst breit, als es konkret um die »Artischockenhand« ging, die vielsagende, für Süditalien typische Geste, mit der sich der Fragende in des Befragten Gewissen bohrt, ihn erforscht und in der Handhöhle Raum läßt, die oft ebenfalls unausgesprochene Antwort aufzunehmen. Konnte ich aber Gewißheit haben, daß der deutsche Leser auch tatsächlich diese Distelfrucht in ihrer geschälten Version vor Augen hat? Da ich keine Befürworterin der auf Teufel komm raus importierbaren Lebenswelten bin – auch Sprache ist keine feile Ware –, habe ich eine andere Lösung gewählt.

Und was wäre ein Theater ohne raschelnde Roben? Beim Kleid der Frau Präfektin mußte ich mich eines weiteren »Kniffs« bedienen. Jenes ist nämlich *knallbunt wie eine Cassata.* Nur in der Vorstellung des Sizilienkenners hätte dieser Name das richtige, herkunftskontrollierte Farbenspektakel gezündet: die *cassata alla siciliana* ist nämlich kein blasses Vanilleeis mit kandierten Früchten, das portionsgerecht abgepackt im Supermarkt auf die italiensehnende Hand wartet, sondern ein kaum zu beschreibendes, duftiges ebenso wie schweres, farbenrauschendes Zuckergebäude, für das der Name Torte ein nüchterner wissenschaftlicher Begriff ist. Dieses Kunstwerk schmückt die ganz großen Anlässe, und je süßer, desto fester klebt die Erinnerung daran.

Bei den ausgefeilten, in der Hierarchie des Lebens, nicht nur in der feudalen Gesellschaft abgewogenen Anreden von *Voscienza* bis zu *Eccellenza* habe ich mich vor allem an den Klang gehalten, sie zeugen nur vordergründig von lidersenkender Unterwürfigkeit, sind vielmehr ironischer Verweis – eben weil der Anachronismus der Machtverhältnisse in diesem Sizilien »nachrevolutionärer« Prägung (wer gibt den Ton an? wer spielt die erste Geige? nach welcher Musik wird getanzt?) so augenfällig ist.

Und daß die Vigateser Musikkenner ersten Ranges sind, dürfte ja inzwischen der ganzen Welt klar sein. Darüber hinaus ein lustiges, anarchisches Völkchen, von dem es mehr geben sollte in diesem Europa.

Monika Lustig
Florenz, im März 1999

PIPER ORIGINAL

Andrea Camilleri
Hahn im Korb

Roman. Aus dem Italienischen von Monika Lustig.
158 Seiten. Klappenbroschur

Sein ganzes Leben lang ist Vito diesem einen Gebot gefolgt: Am besten ist, nichts zu hören, nichts zu sehen und sich aus allem rauszuhalten. Sein Leben verläuft ereignislos zwischen Tagen im Hühnerstall und Abenden in Don Masinos Bar. Aber dann, als er eines Tages wie immer nach der Arbeit nach Hause schlendert, werden zwei Schüsse auf ihn abgefeuert. Sie verfehlen ihn um ein Haar. So sehr der erschütterte Vito in seinem Gedächtnis wühlt, er kann sich beim besten Willen nicht erinnern, wer es auf ihn abgesehen haben könnte. Daß kurz zuvor auch noch ein toter Schafhirte hinter seinem Haus aufgefunden wurde, stürzt ihn in völlige Ratlosigkeit. Für Kommissar Corbo steht fest: Vito muß etwas erfahren haben, das er nicht erfahren durfte. Aber was? Vito weiß nicht, daß des Rätsels Lösung in seiner Westentasche liegt und daß der Feind ihm gefährlich nah ist. Am Ende sieht Kommissar Corbo das alte Sprichwort bestätigt: Jedes Verbrechen geschieht aus Eifersucht und hat mit einer Frau zu tun.